**21** 二十一世纪出版社集团
21st Century Publishing Group
全国百佳出版社

隐形天子

# 霍光 的前世今生

黎隆武 著

# 序

## 朱　虹

　　在2016年年初为黎隆武同志的长篇历史纪实作品《千古悲摧帝王侯——海昏侯刘贺的前世今生》作序之后，时隔不到一年，他的这部姊妹篇《隐形天子——霍光的前世今生》又摆在了我的案头。欣喜之余，感慨良多。

　　江西南昌西汉海昏侯墓考古大发现催生出了一批优质图书，《千古悲摧帝王侯——海昏侯刘贺的前世今生》毫无疑问是其中的佼佼者。这不仅是国内首部关于海昏侯刘贺的原创文学作品，也因其出色的市场表现被出版界公认为2016年现象级的畅销书。尤为难得的是，作者以著作为媒介，配合海昏侯墓重大考古发现的发布、展览、研究与宣传，与出版方二十一世纪出版社集团共同策划了"向着全球讲好海昏侯故事"系列活动。在不到一年的时间里，作者进高校，入企业，下基层，赴海外……竟举办了近百场海昏侯文化专题讲座和媒体访谈。作者足迹所至，城市有北京、香港、上海、深圳、南京、长沙、苏州等国内大都市，高校则有哈佛大学、北京大学、香港大学、复旦大学等世界著名学府，所到之处，掀起了一阵阵海昏侯热浪。因为持续不断的成功宣讲，也因为海昏侯的无穷魅力，万千普通读者成为铁杆"海粉"，甚至于国学泰斗、百岁长者饶宗颐老先生也给予了热情鼓励。不仅《中华读书报》《北京晚报》《南方周末》等有着广泛影响的传统纸媒竞相深入报道，作者还做客中央电视台、北京电视台、深圳电视台、香港卫视和人民网、新华网等电视及网络媒体，海昏侯热一波高过一波。作者熟稔新媒体的运用，不仅专门设立了一个微信公众号"隆武话海昏"，还通过移动互联网实现对海昏侯宣讲同步直播，通过网络和广播等媒介显著扩大受众面，实现了海昏侯宣传全媒体覆盖。在中国畅销书排行榜中，这本书连续数月位居历史传记类榜单前列，曾获单月实体书店销量第一名，总发行近二十万册，以此书为基础改编的大电影《海昏侯密码》等也即将问世。作者和出版方的这一系列举动高度契合、积极配合了江西省委、省政府关于讲好海昏侯故事的要求，为海昏侯墓发掘获全国考古十大新发现之首做出了重要贡献，保持了海昏侯宣传温度不降、热度不减。而这一切，大多是作者利用周末或工作日晚上的休息时间去完成的，这需要付出多么大的努力啊！

黎隆武同志在《千古悲摧帝王侯——海昏侯刘贺的

前世今生》一书和随后开展的"向着全球讲好海昏侯故事"系列活动的过程中，就对与海昏侯刘贺曲折的命运、特殊的经历关联紧密的另一重要历史人物霍光有所描述，只是由于前一本书的写作重点在于海昏侯刘贺，因此对霍光没有过多的浓墨重彩，以免喧宾夺主。事实上，揆诸正史，可以说，没有霍光，就没有海昏侯。作为雄才大略的汉武帝钦点的大司马、大将军，在昭帝刘弗陵驾崩后，权倾朝野的霍光以辅政大臣的身份，力排众议，将年仅十九岁的昌邑王刘贺扶上帝位，但仅仅二十七天后，又将他拉下皇帝宝座。霍光不仅从根本上改变了刘贺的人生命运，甚至也深刻影响了西汉的历史进程。作为汉武帝晚年选定的托孤重臣，霍光辅佐过从武帝到昭帝、废帝、宣帝四代皇帝，为西汉王朝立下了卓然功勋。但他以臣子身份决定皇帝的立废，因此，千百年来对其历史功过是非的争议一直不休。为什么霍光能够主导皇位人选？他又是如何从郎官起步，一步步攀升到"天下大事悉决于光"的显赫地位？霍光逝后两年，霍氏家族为何又全族被夷？把以霍光为中心的西汉这段波诡云谲的历史讲述清楚，有助于理解海昏侯刘贺独特的前世今生。正因为如此，黎隆武创作这部《隐形天子——霍光的前世今生》，既是对海昏侯故事的延续与展开，也体现了作者敏锐的创作方向感，满足了广大"海粉"进一步了解霍光其人其事的渴望。在《隐形天子——霍光的前世今生》这部作品中，作者延续了他在前一本书中的叙述风格，故事连环递进，情节跌宕起伏，将一代名臣霍光的传奇人生娓娓道来，深入而细腻地描述了霍光从忠臣、能臣到功臣，最后到堪称"隐形天子"的权臣的心路历程，展现出西汉中期一段长达六十年的堪称雄浑悲壮的历史画卷。耐人寻味的是，正如书名所说，与将刘贺称作"千古悲摧帝王侯"相应，作者将霍光定位为"隐形天子"，不仅体现了作者的史学识见，也显示出其丰富的艺术想象力，准确地抓住了霍光的本质特征，创造出了历史文学作品典型环境中的"这一个"典型人物。人性从来都是复杂的，不宜简单地用好人、坏人区分。读完此书，我们可以得出这样的结论：霍光如果不是忠臣与能臣，他就不会得到汉武大帝的信任，位高权重，建功立业；如果不是权臣，他就不能决定皇帝的废立，也不会在他逝世的短短两年后，其家族全部覆没。作品最后，作者以史为鉴，夹叙夹议，将主人公置身于风起云涌的历史长河中，从人性欲望、权力角逐、从政智慧等多个方面，将霍光与历代名相一一比对，阐发出发人深省的现实感悟。一书读罢，令人荡气回肠，掩卷长思。

南昌西汉海昏侯墓的考古发掘正在引起全球越来越多的人的高度关注。它之所以能够成为一个世界性的重要文化事件，离不开中央和省委省政府的高度重视，离不开广大考古工作者的艰辛努力，离不开广大新闻媒体人的持续宣传，也离不开广大文学艺术工作者创造性的劳动。黎隆武同志炽爱家乡，又在宣传岗位上工作，他把自己的文学创作爱好、对海昏侯宣传的热情与本职工作紧密结合起来，执着于将海昏侯故事在江西、在中国、在世界精彩讲述。这种精神令人敬佩、值得赞扬。期待有更多的人投入到讲好海昏侯故事、传播海昏侯文化的行列中，也期待黎隆武同志笔耕不辍、多出佳作。

是为序。

# 目　录

# 引 子

公元前 88 年。

刚进六月，素来凉爽的关中平原，却烈日如火，油黑的麦田裂开一道道绽口。七月，一场大地震突如其来，原本温顺的渭河掀起滔天巨浪。翻滚的洪流，竟不知是来自天边还是地下，只见巨浪裹挟着参天古木，横冲直撞，遇难的人畜随流沉浮，不计其数……

正所谓天有不测风云。

第二年，即公元前 87 年的二月，汉武帝驾崩。

武帝刘彻自公元前 141 年十六岁即位，在帝位五十四年。刘彻当皇帝的这些年，可以称得上是波澜壮阔。对内，他罢黜百家，独尊儒术，兴太学，修郊祀，改正朔，定历数，协音律，作诗乐；对外，他征伐四夷，北击匈奴，拓土扬威，并且开辟了利于东西方交流的"丝绸之路"，将"汉"变成了"大汉"。然而，武帝好大喜功，穷奢极侈，除了连年穷兵黩武，还求仙封禅，又修建了许多宫殿、道路，为自己身后事修建的茂陵更是耗费了全国赋税总额的三分之一，将"文景之治"几十年累积下来的国力几乎消耗殆尽。武帝喜怒无常，任用计臣酷吏，最终造成了像"巫蛊之祸"这样无法弥补的过失。但他又能反省悔过，对自己过去的行为进行自我批判，及时调整国家战略方针，回到与民休养生息的轨道上。

大汉的臣民们大抵已经习惯了武帝这样任性的君王，习惯了这位君王的勤奋和高傲，暴虐和无常。武帝长达半个多世纪的执政，甚至让臣民们产生了一种错觉：这位皇帝及他那傲视天下的帝国会与那矗立在长安城中雄伟的未央宫一样，永世长存。

然而，这只是一厢情愿的误读。

武帝终于还是老了，这位曾经意气风发、一手缔造了汉武盛世的天子，这位经历了无数大风大浪的皇帝，最终却没能挨过早春的一次风寒。这年二月，已届古稀之龄的武帝，因偶染风寒竟一病不起，在五柞宫驾崩。武帝逝后，入殡未央宫前殿。

武帝逝后的第十八日，被葬于茂陵。

这天清晨，未央宫大殿前，一位身材壮硕、眉目疏朗、蓄着美髯的中年男子独自站在石阶上，等待着今日的第一缕阳光投射到宫中。这位中年男子正是大司马大将军霍光。

14

已过不惑之年的霍光昨夜整宿未睡，心里反复揣摩着武帝临终前对他的嘱托——辅佐好幼主刘弗陵！

刘弗陵时年仅八岁。按照武帝的遗嘱，天下大事由霍光和其他三位辅政大臣金日磾、上官桀、桑弘羊一起议定。霍光作为武帝钦点的首辅大臣，任职大司马大将军，主持朝廷军政，负责最终的决策。武帝驾崩治丧的这些日子，大小事情均由四位辅政大臣商议并最终交由霍光做出决断。作为先皇武帝钦点的大司马大将军、首席辅政大臣，霍光自领受武帝遗命以来，日夜在未央宫中陪护着武帝的灵柩，不敢有丝毫懈怠。

时间尚早，霍光一个人在宫中踱着步，他孤独的身影被初升的朝阳投射出了一道长长的影子。早春的寒气本就逼人，而初升的太阳又被薄薄的云层滤去了些许的温度，霍光不禁感到身上有点发凉。他像一条警觉的猎犬，环视着未央宫前殿，全身的神经都紧绷了起来。

自从接受武帝托孤遗诏以来，霍光就一直在思量：自己原来只是朝中一个并不起眼的大臣，如今一下子变成了当朝的政治核心人物，虽然有武帝的遗诏做后盾，但自己资历尚浅，难保不遭人眼红、嫉恨。眼下自己的威信尚不够高，未来的路保不准会十分艰险哪。

对于武帝将幼主刘弗陵托付给自己辅佐这件事，霍光既诚惶诚恐，又感到无上的荣耀。武帝对自己可是有知遇之恩啊，只是辅佐幼主这副担子实在是太重了。霍光暗下决心要士为知己者死，辅佐好刘弗陵，要对得起武帝的重托!

自十几岁被哥哥霍去病带入宫以来，霍光就一直伴随在武帝左右。因为霍去病受宠于武帝的关系，霍光也深得武帝的青睐。到武帝晚年，霍光已是武帝身边最受信任的大臣。跟随武帝的这些年，霍光目睹了因武帝连年征战而导致的国库空虚、师劳民疲的状态。武帝晚年虽然开始着手调整国家的内外政策，与民休养生息，但是国家政策还没有完全调整到位，武帝就弃天下而去，留下了一个外表强盛实则捉襟见肘的王朝。

霍光心想：武帝在位五十多年所积累起来的巨大威望无人匹敌，即使在武帝晚年，问题初见端倪的时候，凭借着武帝的威望，国家也仍能正常运转。但自武帝驾崩后，由于新帝年幼，武帝留下的权力便完全由他临终前指定的四个辅政大臣接掌。自己作为首辅大臣，虽然大权在握，重任在肩，但也难保不会有人虎视眈眈哪。尤其是新帝刘弗陵的那两个哥哥燕王刘旦、广陵王刘胥，都想过要继承武帝的皇位。武帝的这两个儿子都不是省油的灯，特别是那个燕王刘旦，过去因为自荐请立为太子而被武帝重罚，被削掉了三个县的封邑，但刘旦从来就没有停止过觊觎帝位。这次武帝出殡，自己决定不让外地的诸侯王进京吊丧，就是为了防止生出意外。同为武帝指定的辅政大臣，还有金日磾、上官桀、桑弘羊三人。过去在朝中他们都是位高权重之辈，官阶在自己之上，这下因为武帝钦点了自己为首辅，就都排到自己后面去了，他们心里也不见得就会舒坦。

霍光又望了一眼武帝的灵柩，心里暗暗祈祷，武帝入殓以来，自己日夜守护在未央宫，陪伴着武帝的灵柩，就是怕出意外。今天已是第十八天，正是武帝出殡的日子，可不能生出什么变故来啊。

就在霍光胡思乱想之时，只见鄂邑长公主带着即位不到一个月的皇帝刘弗陵来到了大殿前。小皇帝刘弗陵穿着麻布丧服，表情悲苦，而一旁的鄂邑公主也是同样穿着，一脸愁容。

武帝驾崩后，新帝刘弗陵尚年幼，饮食起居皆需要人照顾。但刘弗陵的母亲钩弋夫人在刘弗陵被立为太子后因武帝顾虑"子少母壮"而被赐死，几个辅政大臣便商量着将刘弗陵同父异母的姐姐、正在寡居的鄂邑公主接入宫中负责照顾小皇帝的起居，并加封鄂邑公主为长公主。好在鄂邑长公主进宫以来，对刘弗陵照顾有加，而刘弗陵也十分亲近她。

霍光快步迎上前去，对新帝刘弗陵和鄂邑长公主行过礼，问他们为何此时出来。鄂邑长公主轻叹一声说："陛下心中不宁，思念先皇。"

霍光担心小皇帝年幼易遭风寒，便请鄂邑长公主陪护着刘弗陵回后宫居所。只听霍光朗声说道："请陛下安心，

17

臣必誓死效忠陛下。先皇武帝出殡的一切事宜都已准备妥当，有微臣在，请陛下和长公主放心。"

霍光的这一番话虽然音量不高，却句句发自肺腑。刘弗陵听了，微微点头，一双哭红的眼睛有些彷徨地扫视了一下霍光，随后便按照霍光的嘱咐，和鄂邑长公主进后宫去了。

新帝刘弗陵和长公主离开不久，只见另外两个同样被武帝选为辅政大臣的人也来了，一个是车骑将军金日磾，一个是左将军上官桀。这两人最近也和霍光一样忙于武帝出殡的大小事务，颇有些倦容。

二人和霍光打过照面，寒暄了几句。随后就有各路官员纷纷前来报告，说出殡的事情已经准备停当，问大将军还有什么需要交代的。霍光对众人的报告，不住地点头以示认可。

宫殿内渐渐繁忙起来，送葬的人，运送陪葬品的车辆，还有护卫的军队，各路人马开始汇集。虽然人头攒动，却不见过度的嘈杂和喧哗，各项工作都在有条不紊地进行中。

又过了些许时候，出殡的时辰终于到了。从武帝驾崩到出殡，虽说只有十八天，但霍光却觉得仿佛过了一生那样漫长。霍光生平第一次感受到，焦虑之中的等待滋味原来是如此难挨。

武帝的灵柩被抬上丧车，送葬者执绋<sup>①</sup>前导，哀歌响起，曲调悲壮哀愁，似不住地呼唤先帝之魂。一时间，宫中哭声四起。

在霍光的指挥下，柩车起行。众多的羽林军武士或行车，或骑马，或步行，在灵柩周围列阵护送。柩车之后是运送陪葬品的车辆，金器、玉器，无数的珍宝源源不断地起运，都是武帝生前喜爱之物。再之后是几位辅政大臣带领着朝中一众大臣护送而行。

未央宫外，长安城万人空巷，无数的百姓也追随着送葬的队伍，一齐向着茂陵方向行进而去。低垂的天幕下，阵阵寒风发出声声呜咽，出殡的队伍浩浩荡荡，一眼望不到头，竟不知有几千几万人。军民官吏哭声震天，鹅毛大雪扑面而来，灵车上齐天高的大幡，仿佛也在寒风中簌簌发抖，扑啦啦的响声格外令人心生寒意。而此时，不知还有多少大汉的臣民正在望都而哭。正是群山变色，天地呜咽，举国哀恸。

站在茂陵山顶上眺望长安城，霍光仿佛看到了先皇武帝一手铸造的辉煌时代随着武帝的葬礼正逐渐消散，而在他面前，一个无比艰难的未来，正徐徐展开。霍光的心绪不由得沉重起来。

---

①绋：古代出殡时拉棺材用的大绳。

一个月前，武帝突然召见霍光，将他火速提拔数级，直接从光禄大夫诏命为大司马大将军，主管朝廷军政大事，就像当年的大司马大将军卫青一样。武帝此举，使霍光一下子成为了一人之下万人之上的托孤重臣。

对于武帝将自己任命为托孤首辅，霍光是有预感的。因为不久前武帝让人画了一幅《周公辅成王朝诸侯图》的画像赐给他，言下之意就是准备将最小的儿子、八岁的刘弗陵托付给他辅佐，让他思想上有所准备。

霍光没有想到，自己在武帝心中竟然会如此重要。入宫这些年来，自己跟随在武帝身边不敢有丝毫懈怠，虽深得武帝信任，但从未想过有朝一日要挑起辅佐小皇帝的重担，成为国家的柱石之臣。

武帝为什么会选择霍光作为托孤重臣呢？霍光又凭什么让千古一帝格外垂青呢？欲知详情，请看第一章：身世不凡——战神之弟霍光。

# 第一章

## 身世不凡——战神之弟霍光

汉武帝元狩二年，即公元前 121 年，正是仲秋时节。

河东郡的平阳城郊外，黄叶凋零，朔风瑟瑟。

在习习的凉风中，一队骑兵踏着黄尘而来。只见这队人马旌旗猎猎，盔甲鲜亮，虽然是缓步前行，但行进间却有一股摄人心魄的杀气。每隔几列人马，便有一人高擎着玄黑色的旗帜，任凭旗帜在风中呼啦啦地响，但擎旗士兵高擎着旗帜的手臂却始终纹丝不动。这阵势，一看就知道他们定然久经沙场，杀敌无数，所向披靡。

平阳城的百姓们早已围满城头，望着这队人马，满是好奇，议论不断。平日里很少露面、不苟言笑的河东太守，今天竟也背着弓弩和箭矢，带着府衙官兵列队在城门外等候，一脸罕见的恭谦神情。

有几个年龄不大的少年，在围观的人群里努力地往前面钻着，想挤到最前面去看热闹，其中一个十四五岁的少年格外显眼。只见他浓眉大眼，略显稚气的脸庞上，显出与年龄不相称的沉着。这孩子，便是平阳县吏霍仲孺的儿子霍光。

霍光的父亲霍仲孺曾在河东郡太守府上供事，霍光因而得以见过河东太守。霍光眼中的河东太守从来都是一副趾高气扬的样子，今天，见到太守竟然是一副如此谦恭的模样，少年霍光不禁大感意外，猜想能让太守如此等候的人肯定不一般。

当这队骑兵临近的时候，只见为首的竟然是一个身着银盔铁甲的年轻将军，骑在高头大马上。身后的那些骑士，个个彪悍异常，举手投足之间带着一股子粗犷和豪迈。

河东太守远远地便迎了上去。为首的年轻将军赶紧跳下马，与太守寒暄了几句，便和太守一起上马入了城。河东太守觉得这位年轻将军看上去年轻得有些过分，眉目间透出一股英武之气，让人不自觉地感到有一股强大的气场将自己紧紧包裹住，情不自禁会心生凛然之意。太守心想，怪不得当今圣上会封这位将军为冠军侯，单凭这份气场，就足以让敌胆寒。

这位将军，虽然看起来还未到弱冠之年，但是，只要说起他的名号，不仅在整个大汉的疆域内无人不知，即使是在边陲和匈奴之地，也是无人不晓。这位年轻将军正是不到二十岁便在对匈奴的战争中屡战屡胜，被武帝封为冠军侯的骠骑将军霍去病。

霍光见河东太守对这位年轻将军极尽谦卑之状，内心猛然抽动了一下，没来由地竟然从心底里涌出一股从未有过的热流。他情不自禁地把自己想象成那位将军，看着过去趾高气扬的太守对着自己唯唯诺诺，心里头觉得舒坦无比，一丝笑意从他的脸上荡漾开去。不知不觉中，霍光竟有些沉醉了。霍光的内心对这位威风凛凛的年轻将军一下子充满了好感，好像他便是另一个自己一般。

西汉一朝有个特点，就是外戚通常在政治舞台上起着举足轻重的作用。这个霍去病也算是外戚中的一员，只是他这个"外戚"的身份，却来得颇具传奇色彩。

霍去病的母亲是武帝的姐姐平阳公主府上的女奴，叫卫少儿。当初，一位叫霍仲孺的平阳县小吏偶然被召入公主府中处理事务，却意外地和卫少儿相遇了。两人一见钟情，擦出火花，竟然成了好事。但是随后不久，任期结束的霍仲孺惶惶不安地离开了公主府，留下了已有身孕的卫少儿。再之后，霍仲孺竟再也没有和卫少儿有过联络。

霍仲孺离开几个月后，公主府的女奴卫少儿产下了一个男婴。不知是不是为了纪念他那位一去不返的父亲，抑或是为了祈祷这个男孩平安长大，卫少儿给儿子取名霍去病。

这个时候，卫少儿还只是公主府里地位低下的家奴，假若不出什么意外，霍去病这个没见过父亲面的孩子恐怕也只会在奴婢群里长大，然后成为新的家奴。运气好一些的话，霍去病可能会在官府大院中找到点事做；运气不好的话，大概只能在农田或马厩里度过一生了。

但是，意外总是会出现的，尤其是对那些命好的人而言，霍去病大概算得上命好之辈了。原本可以推算得出的家奴命运轨迹在霍去病生下之后不久，就来了个惊天大逆转。

就在霍去病出生后不久的一个晴朗的春日，大汉的天子武帝刘彻到灞上祭祀。祭祀完毕回宫时，武帝路过他的姐姐平阳公主家，便顺道进去叙谈了一番姐弟之情。

平阳公主见天子驾临，顿觉蓬荜生辉。她摆开了场面迎接皇帝弟弟的到来，设宴款待时，刻意安排了歌舞表演。公主府上能歌善舞的女优轮番上场，让武帝看了个遍。其中一位正值豆蔻年华的歌女，歌喉如鸟鸣般婉转，身段似有万种风情，一下子就吸引了武帝的目光，惹得武帝不由得凝神细看起来。

这一看，阅女无数的武帝就发现了这位歌喉婉转的女子，容貌竟然也是无比的秀美，尤其是那一双美目，真是盼兮倩兮，顾盼之间竟会传情，让武帝不由得瞬间迷上了。和煦的春风下，武帝兴致大发。平阳公主当即把这位名叫卫子夫的歌女送给弟弟武帝带进宫。武帝当然也是欣然接受，据说在进宫的路上，武帝情兴勃然，竟忍不住在行进的车辇上与卫子夫成就了好事。

武帝当时的皇后是陈阿娇，也就是中国历史上著名的典故"金屋藏娇"中的女主角。陈阿娇皇后家族对于武帝刘彻当年被立为太子乃至后来登上皇位起了很大的作用。正因为有了娘家这个功劳资本做后盾，阿娇皇后于是恃功而骄，不但霸道后宫，而且容不得武帝喜欢其他女子。这个时候的武帝处理很多国家大事，还得依靠阿娇皇后的外戚家族，所以也就比较在乎阿娇皇后的脸色。武帝知道阿娇皇后是个醋罐子，虽然他将卫子夫带进了宫，却不想让阿娇皇后知道并引发后宫醋浪，于是将带进宫的卫子夫置于冷宫暂时搁置起来。武帝在皇帝位子上要处理的事情本就多，加上身边佳丽无数，很快就将这个带进宫的卫子夫给忘了，将卫子夫在冷宫中这一搁竟然就是一年多。可怜的卫子夫自从进了宫，就无缘再见君王的面，她就像是被随意扔进了水里的石子儿一样，连波澜都没有掀起，就沉寂得无声无息了。

一年后，武帝意识到自己后宫的佳丽太多了，于是计划察视优劣，决定她们的去留。那些年龄偏大和名不见经传的宫女将被安排优先出宫，以腾出地方给新招入宫的更年轻的女子。进宫后被雪藏了一年多、在后宫中完全没有丝毫影响力的卫子夫也在出宫之列。

临去之时，武帝召集这些等待出宫的宫女，按照宫人名册，一一点验，亲自察看。结果，武帝这一看，竟一眼又看到了那熟悉的眼神，那一双楚楚动人的美目，正对着自己顾盼，似有无尽的期待和哀愁。武帝一下子想起了这个正对着自己的女子正是姐姐家的那个歌女卫子夫。武帝想起一年前在姐姐平阳公主家欣赏乐舞的那一幕和随后在进宫车辇中与卫子夫成就的好事，禁不住旧情复燃，再一次兴致勃发。而这一次，卫子夫居然怀上了龙种。

武帝的后宫佳丽无数，有一种说法是武帝后宫中有一万八千女子。这一万八千女子当然不会全是妃嫔，绝大多数应当是在后宫中为皇帝和皇后、妃嫔们服务的宫女。她们中的绝大多数可能连武帝的面都没有见过，就结束了在宫中的生涯而被清理出宫，更不用说会被皇帝临幸了。卫子夫在进宫一年多时间后，在等待出宫之日，竟然又被武帝临幸，这不得不说是冥冥之中老天爷对她的特别眷顾。

在卫子夫怀上龙种之前，还没有哪位嫔妃能为武帝生下一儿半女。卫子夫怀孕时武帝已近壮年，而汉代人的平均寿命只有三十多岁，所以皇帝到了三十岁还没有后代，本就是一件足以让人忧虑的事情。就在满朝文武大臣正为武帝迟迟没有后代而忧心忡忡的时候，幸运的卫子夫怀孕了。这让武帝十分高兴，也让朝臣们松了一口气。顷刻之间，卫子夫就从名不见经传的宫女变成了高高在上的卫夫人，极受武帝的宠爱。

卫子夫受宠后，先是给武帝生下了一个女儿，后来又为武帝生下了第一个皇子。有了皇子的武帝更加高兴，马上诏令朝臣为初生的这位皇子作《皇太子生赋》及《立皇子禖祝》，取名刘据。武帝此举等于是在提前昭告天下：卫子夫生下的这位皇子就是将来的皇太子，是大汉皇位的接班人。

没有子嗣的阿娇皇后看到卫子夫因为给武帝生下了儿女而受宠后，翻过几次很大的醋浪，搅得后宫鸡犬不宁。阿娇以这种过去常常生效的闹腾方式向武帝表示强烈的抗议和不满。无奈这个时候的武帝已经亲政多年，羽翼丰满，阿娇皇后所依靠的娘家一族对于武帝来说已经不像过去那样举足轻重了。

这位阿娇皇后看不清朝堂和后宫的情势，依然经常在后宫折腾，这让雄睨天下的武帝很没面子，他很是烦心。皇帝很烦心，于是问题就很严重。最终，武帝忍无可忍，无须再忍，阿娇皇后被武帝废掉了皇后之位并迁居至长门宫，也就是被打入了长门冷宫。

被打入长门冷宫的阿娇皇后后来很是懊悔，她知道武帝很欣赏当代大才子司马相如的赋文，就让人送给司马相如千金请求这位才子作了一篇《长门赋》，把自己被废后居住在长门冷宫中的懊悔心情抒发得淋漓尽致。阿娇期望武帝看了赋文后，念及"金屋藏娇"的旧情，再给她一次改过自新的机会，却无奈武帝此时的心思全在给他生下了儿女的卫子夫身上。

据说武帝看了司马相如所写的《长门赋》后，对赋文中华美的文辞赞赏有加，却对赋文中所描写的那位哀怨的女主人公闭口不言。阿娇皇后花了千金却没有看到所希冀的效果，终日郁郁寡欢。早知今日，何必当初，只是这世上没有后悔药，如果有的话，哪怕再花千金阿娇也是舍得的。

后来的阿娇只能是在长门冷宫中孤寂而终。而因子而贵的卫子夫则在阿娇皇后被废黜以后顺理成章地被册立为皇后，她所生的儿子刘据，当然也就被立为了太子。

随着卫子夫的受宠和被册立为皇后，卫家摆脱了原来的社会底层生活，取代了原皇后陈阿娇家族，成为了在汉朝有着巨大权势的特殊群体——外戚中的一员。

卫子夫有两个姐妹，一个叫卫君孺，嫁给了太仆①公孙贺。另一个就是生下了霍去病的卫少儿，后来嫁给了西汉开国功臣陈平的后人詹事②陈掌。卫子夫的兄弟中，卫长君被封为侍中③，卫青则被封为建章监④、侍中。而霍去病因姨母卫子夫被武帝宠幸的关系竟也成为了皇亲国戚，得以从小在锦衣玉食中长大。武帝因为宠爱卫子夫的缘故，

---

①太仆：主管皇帝车辆马匹的官员。
②詹事：掌管皇后、太子家中之事。
③侍中：侍从皇帝左右，侍奉生活起居。
④建章监：建章宫羽林军统率。

爱屋及乌，对姨妹卫少儿的这个儿子霍去病也一直很有好感，可以说是看着霍去病长大成人的。

所谓外戚，就是皇亲国戚，主要指皇帝的母族、妻族。在汉朝以及后世许多朝代，外戚在朝堂政治和国家社会生活中常常能起到举足轻重的作用。汉朝建立初期，国家的许多财富、权力并不全部处于皇帝的实际控制中。在朝堂，往往都是外戚在掌权；在地方，各地的豪强、六国的遗民、高祖刘邦封赏的旧部，还有分封到各地的皇子皇孙，都有着各自的势力范围。

西汉开国起，历代皇帝都不断地试图将事实上的分封制改为以中央集权为主导的体制，以削弱诸侯王的权力，加强皇权。到了武帝时期，通过实行"推恩令"，一步步打压豪强，削弱了诸侯王的势力。除此之外，武帝还刻意培植新的贵族来平衡旧有的势力集团。在这种情况下，没有什么根基，且比较容易听话的，便是皇帝自己的母族、妻族家的外戚了。而随着皇后人选的更替，外戚势力集团也时常更迭。

正是在这样的背景下，卫子夫皇后的家族取代阿娇皇后家族走到了汉朝政治舞台的中心。卫皇后家族出了几个威震天下的人物。卫子夫的兄弟卫青，在公元前138年到前129年近十年间，从建章监、侍中到太中大夫，成为武帝身边的近臣，可以直接向皇帝进言讨论国家大事，一直跟随在武帝左右，深得武帝的信任。和许多只知道花天酒地、胡作非为，最终让位于新崛起的其他新贵的外戚不同，卫青不但能力出众，且性格宽厚。卫青虽然是武帝身边的红人，却一贯低调处事，因而也很得群臣的好感。卫青长期在武帝身边担当近臣的经历，为他之后七征匈奴，甚至任大司马大将军参决政事、秉掌枢机打下了坚实的基础。

匈奴是秦末汉初称雄于中原以北的强大游牧民族。公元前215年被秦朝大将蒙恬逐出黄河河套地区以及河西走廊地区。到了西汉前期，渐渐强大起来的匈奴开始屡屡进犯汉朝的边境，常常南下入侵中原。不仅如此，匈奴还控制了西域诸国，经常联手对汉朝的边境发难，对西汉政权构成了巨大的威胁。

汉高祖刘邦统一中原后，曾经亲自率领三十多万大军征讨匈奴，想将这个心腹大患一劳永逸地铲除，结果却被匈奴围困了七个昼夜，最后还是靠着贿赂冒顿单于（当时匈奴的首领）的老婆，全军才得以脱出重围。此后，刘邦见很难征服匈奴，于是转而实行和亲政策，送汉朝皇族的公主去给匈奴单于当妻妾，每年还奉送给匈奴一定数量的物资，相互结为兄弟。在这样的情况下，匈奴冒顿单于才稍微停止侵扰汉朝边境的活动，而汉军也没有主动攻入草原。

汉文帝和汉景帝时期延续了高祖刘邦的做法，也对匈奴采取了怀柔和亲的政策，尽可能保持边界的和平。但即使如此，匈奴依然时常骚扰汉朝边境，经常发生的冲突和侵扰让大汉的历代皇帝大为头疼。

到了汉武帝时期，事情开始发生了变化。

假如说开创了"文景之治"的汉文帝、汉景帝是中国历史上致力于国家发展和稳定的王者的话，那么汉武帝则是一个致力于征讨四方、开疆拓土的霸者。文景时期的稳定和发展给汉朝积累下了富庶的财力，到了武帝时期，有了祖辈和父辈们打下的比较雄厚的经济和物质基础，武帝这个霸者的底气就比较足了。他见到财物美女被不断地送往匈奴，而边境却并未因此变得太平，这位霸者心中的不满与日俱增。

有一次，当武帝听闻又发生了匈奴侵扰边境、掠夺财物、掳走边民的事件时，他暴怒了。武帝决定不再维持那表面上的和平，而是下诏书责问手下的大臣："朕忍辱负重，金钱美女不断送往匈奴，可是匈奴单于却越来越傲慢，还不断兴兵骚扰边境，朕现在想对匈奴用兵，大家议一议，看看该怎么办？"

彼时，汉军已经很久没有派出大军主动出击匈奴了。在应对匈奴侵扰的局部冲突中也没有占到过匈奴什么便宜。朝中那些名将，如飞将军李广等人，也只是善于在边塞防守，或者是处理小规模冲突。要说与匈奴军队大规模作战，朝中怕是没有一个将领有足够的把握。尽管武帝诏书的意思很明白了——想和匈奴人打仗，而且是想打个大仗、胜仗，但是在这个时候却没有人敢轻易表态。

就在武帝的朝臣们惶恐不安和犹豫不决中，匈奴人仍在不断南侵。如果匈奴人不主动停止南进的步伐，也许终有一天会打到长安城下，到那个时候，汉室的存亡都会成问题。随着匈奴南进的边境告急奏报雪片似的飞往长安城未央宫，武帝和朝臣们终于意识到大汉朝和匈奴之间的矛盾已经发展到了不得不进行全面宣战的地步了。不管愿不愿意，对匈奴的这场战争必须要打，而且只能打赢。

在这场与匈奴的全面战争中，皇后卫子夫的兄弟卫青有了用武之地，从此登上了大汉的政治舞台。

元光六年（公元前129年），匈奴再次大举入侵。武帝勃然大怒，他决定出兵四万，分为四路，迎击匈奴。

在武帝身边勤勤恳恳当了十年侍臣的卫青，这次被任命为车骑将军，率领一万人马，奉命出击。

卫青在踏上仕途之前，本来只是个小小的骑奴，负责养马喂马。可是在这次出征匈奴踏上草原的那一瞬间，卫青心中仿佛有什么东西猛然觉醒了。他感觉这金戈铁马的战场，仿佛天生就是他大展拳脚的地方。武帝策划的这次对匈奴的主动出击，打得并不顺利。他派出去的四路兵马，有两路打了败仗，一路无功而还，只有首次出征的卫青这一路，却意外地十分顺利。命运之神仿佛对卫青格外眷顾，初次受命抗击匈奴的卫青这一路，竟然击败了一支匈奴军队，斩敌七百余人。

虽然卫青此次出征斩获的敌人并不算多，但他所率部下斩获匈奴七百余人的这场胜利，可是汉初以来对匈奴作战的首次胜利，意义十分重大。武帝看到只有卫青凯旋，马上封赏他为关内侯。而在这之后，卫青在与匈奴的作战中竟开始连战连捷。

元朔元年（公元前128年），卫青率领三万骑兵出雁门反击匈奴，杀敌数千。

元朔二年（公元前127年），卫青自云中出发，长途奔袭攻占高阙，又进军陇西，杀敌、俘虏数千，夺取牲畜数百万之多，并且控制了河套地区。卫青也因此被封为长平侯，食邑三千八百户。

元朔五年（公元前124）春，卫青又率领三万余骑兵，从高阙出发，大破匈奴右贤王部，俘虏了一万五千余人，缴获牲畜数百万头。这一次，武帝接到战报后，不等卫青凯旋，就派特使捧着印信，到军中拜卫青为大将军，号令所有将领归他指挥。

元朔六年（公元前123年），卫青又两次领十万骑兵出击匈奴，歼灭匈奴军过万。这是卫青第五次与匈奴作战，而这一次，他奉武帝的命令，带上了自己的外甥——年方十七岁的霍去病。

霍去病初次参加对匈奴的作战即显示出了罕见的军事天才。在卫青与匈奴大军对峙之时，初登战场的霍去病仿如不怕虎的初生牛犊，他率领八百骑兵，翻越崎岖的山路，奔袭数千里，突然出现在匈奴的后方，将没有丝毫准备的匈奴后方的军队打得毫无还手之力。这一仗，霍去病率领他的飞虎队千里偷袭成功，斩杀匈奴兵将两千余人，俘获匈奴的相国、当户（匈奴官名）、单于的叔父，并杀死匈奴单于的祖父。在这次长途奔袭中，霍去病一马当先，在匈奴军中左奔右突如入无人之境，勇冠全军，成为卫青第五次出征匈奴的最大功臣。此战过后，霍去病一战成名，成为让匈奴人谈虎色变的战神。

胜利消息传来，武帝高兴不已。霍去病此次是奉武帝的命令随舅舅卫青出征的。武帝见霍去病初次出征匈奴就战功赫赫，感到这不仅是皇后卫氏一脉的荣耀，更说明自己有识人之明。喜出望外的武帝马上封赏霍去病为冠军侯。从此，勇冠三军就成了霍去病响亮的名号。

第一次与匈奴交战就锋芒初露，这只是霍去病战神生涯的开始。一战成名后，霍去病与舅舅卫青成为护卫大汉帝国的双璧，也成为武帝倚仗的左膀右臂。由于霍去病与卫青两人之间的这种舅舅与外甥的亲密关系，他们在军事行动中不仅不会发生丝毫的猜忌，反而可以更加信任地托付彼此，在与匈奴的战斗中可以毫无顾忌地全力以赴。两人的强强联合，使汉军战斗力得到了显著提升。

武帝掌政初期，大汉的车骑兵开始向骑兵转变。到了武帝中期，骑兵已经基本取代车骑兵，成为了汉军的主力兵种。而大规模使用骑兵集团，快速机动，长途奔袭，可以说是由霍去病带来的战术观念革新。霍去病的作战战术充分发挥了骑兵的快速灵活机动的特点，他率领的骑兵突击队伍常常是千里奔袭，迂回纵深，穿插包围，以最快的速度出现在敌人最意想不到的时间和地点，从最薄弱的环节入手对敌人进行突击。霍去病的这套战法可谓是那个年代的"闪电战"。对这套战法，霍去病屡试不爽，屡战屡胜。

元狩二年（公元前121年）春，武帝任命十九岁的霍去病为骠骑将军，率领一万骑兵从陇西出塞，再次主动向匈奴出击。这一次，霍去病又运用起了他的闪电战法，在六天时间里转战于匈奴的五个王国，如虎入羊群，所向披靡。霍去病所部不仅杀死了匈奴的折兰王与卢胡王，活捉了浑邪王子，消灭匈奴军队近九千人，还缴获了休屠王部匈奴人祭天用的金人，相当于夺去了匈奴人用于寄托精神信仰的祭天神物。经此一役，匈奴人闻听霍去病名号即震怖不已。

这一年夏天，霍去病又奉命出塞。他再一次实施战术性大迂回，深入草原两千多里，绕了个大圈偷袭匈奴王庭，最后一直打到了祁连山下。在这次战役中，霍去病率领的汉军再次取得了决定性的胜利，歼敌三万余人，活捉了匈奴单桓王、酋涂王以下首领七十多人，受降两千五百余人。

在不到半年的时间内，霍去病接连在与匈奴的大战中大获全胜，他也因此声名远扬，越来越受武帝喜爱。这个时期的霍去病集万千荣耀于一身，成为匈奴人的克星，也成为大汉帝国最闪耀的将星。

而这时，自出生起就没有见过父亲、一直想知道自己生父是谁的霍去病，也终于向他的母亲卫少儿询问到了自己的生父是平阳县的县吏霍仲孺的消息。

于是，霍去病在路过河东郡时专程来到平阳县。


霍去病这次路过河东郡，是奉了武帝的命令，去河西接受匈奴浑邪王、休屠王的投降。

原来，在之前的战争中，匈奴的浑邪王和休屠王屡次和汉朝军队交战，都被卫青和霍去病打败，损失了好几万人，浑邪王的爱子也被霍去病俘虏。匈奴单于迁怒于浑邪王和休屠王两人作战不力，打算要诛杀他们。

在和汉军的战争中浑邪王的爱子被俘虏了，本来就悲痛欲绝，又听说单于要诛杀自己，就和休屠王合计，不如干脆投降汉朝，这样兴许还能保住自己的项上人头和部族的安全。于是，浑邪王派了使者去汉朝请降。

武帝知道匈奴浑邪王请降之后，自然是非常高兴。可是，当他得知投降的并非是几百几千人，而是好几万人时，不由得心生疑虑。这么大规模的受降，若是万一出现什么岔子，或者是诈降，那可如何是好？武帝决定派匈奴人最为忌惮的霍去病领兵去接受浑邪王和休屠王归降。武帝觉得，只有派霍去病去，才能既起到威慑作用，又可防止出现无法收拾的意外情况发生。

霍去病要来平阳城的消息，河东太守事先得到了通知。太守知道这位年轻将军在与匈奴人的战争中立下了赫赫战功，是武帝最喜爱的人，自然不敢怠慢。

太守引着霍去病等人马下榻到传舍①，为将士们摆宴接风。酒宴上，觥筹交错，这些远征匈奴的将士们高声讲述着冠军侯霍去病在沙场上如何奋勇杀敌的功绩，一时间豪气干云，好不热闹。霍去病瞧着手下这些亲如兄弟的兵将，自己也不停地和太守把酒换盏，喝得很是尽欢。

酒到半酣时，霍去病却突然将话题一转，转向河东太守问道："使君可知，平阳县中一位叫霍仲孺的官吏？"

河东太守哪里知道下面的平阳县里一个小小官吏的名字，于是立刻唤来左右，令他们速去调查清楚。

吩咐下去后，太守不免心生疑虑：为何冠军侯要查此人，莫非这人犯了什么事情不成？

见霍去病皱起眉头若有所思，心中竟有些忐忑，太守不禁揣摩起来：冠军侯这位威震天下的将军，却为何对

---

①传舍：古时供行人休息住宿的处所。

平阳县一个小小官吏似乎有隐隐不安之感？见霍去病不再开口，太守也不敢询问，只是托着酒壶上前敬酒。

这时太守手下人回来，在太守耳边言语了几句。

太守一听，顿时感觉轻松不少，说道："将军要找的那个叫作霍仲孺的人，正是平阳县衙中当差的小官。今日正好他休息，要不……"

太守瞅着霍去病捉摸不定的表情，试探着说："要不我传他过来，将军觉得如何？"

霍去病将面前双耳杯中的酒一饮而尽，随后缓缓说道："若是使君能出面，请来此处与我相见。霍某实在感激不尽。"

太守见霍去病说得如此郑重，虽然不明就里，但是看到眼下这位皇帝身边的红人此时放低了身段求自己去办这么件事，哪有不允诺的道理？于是，太守赶忙吩咐下人备车，他要亲自去请住在城郊的霍仲孺来传舍。


这日，霍仲孺正在家里休憩。这个时候的霍仲孺，只是大汉帝国很普通的一个县——平阳县衙里的一个小小官吏，一家几口全住在一间小平房中，多少显得有些寒酸。

这一天午饭后，霍仲孺正准备午休，只听到马蹄声蹬蹬作响，似有十余匹马奔驰着来到近处。马蹄声渐近渐慢，最后马蹄声竟然停在了自家屋舍前。耳听着屋外一阵喧嚣，随后有人敲门。

霍仲孺赶紧出门一看，大吃了一惊，来者不是别人，竟是自己的上上级——河东郡的太守。

河东太守一见霍仲孺，满脸堆起了笑容，报起自己的名字和官职。

太守身后跟着十几人，都穿着一身官服，看上去官职都不低。这些人见了霍仲孺，立即下马，和太守一样都是一脸的恭谦。

河东太守对霍仲孺作了个揖，说道："霍大人，久闻阁下清廉正直之名，今日专程上门请您到传舍一叙。不知阁下现在方便否？"

对霍仲孺来说，太守可是大官，平日里和自己隔得太远，怎么可能"久闻"自己的"清廉正直之名"呢？霍仲孺平日里都是被人使来唤去惯了的，哪见过此等场面。听太守这么一说，霍仲孺顿时一脸的惊慌，不知道太守为何而来，竟期期艾艾地不知道说什么好。

这时，只见一个少年从内房走了出来，正是霍仲孺的儿子霍光。

霍光在里屋听得清楚，见父亲惊慌失措得连话都不会说，便走出来对着哆哆嗦嗦的父亲说道："父亲不用惊慌。是福不是祸，是祸躲不过。若是好事，那自然是好；若是坏事，想躲也躲不了。你平日从不做坏事，也无须太过慌张，不如我陪你一同前去吧。"霍光说完，上前立于霍仲孺身旁。

此时，霍仲孺虽仍然手足无措，但他知道自己的这个儿子一向颇有胆识,便说道:"好吧,我和我儿一同前往。"

于是，太守便引着霍仲孺父子出门上了马车，跟随的十几骑护在两侧，好不威武。见霍仲孺父子被河东太守领着的衙吏请往城中，霍仲孺的邻居们纷纷围了过来，冲着太守和霍仲孺等人指指点点，不知道究竟发生了什么事情。

坐在马车上的霍仲孺心中满是忐忑:自己一贯任人驱使，今日却被太守请坐在豪华的马车里，这究竟是怎么回事呢？他思来想去，也想不出一个所以然来。

马车很快就到了传舍。

霍仲孺一下车，只见传舍的院门左右各站着四名高大威武的持剑武士，目不斜视。院外的不远处马蹄声急，似有一支骑兵正在操练，军士们喊杀声洪亮震天。

霍仲孺哪见过这种阵势？见到那些刀剑利器，不禁心里一紧，双腿发抖。

河东太守依然是一副恭谦的神态，领着霍仲孺，来到传舍的大门，伸手说了一声"请"，便欲和霍仲孺一起进屋。此时的霍仲孺却只觉得全身发软，脚像注了铅，竟然一步也迈不开。

霍光迅速靠上前去伸手扶住父亲，说道:"父亲不用惊慌。"

见儿子霍光在自己身边，霍仲孺身子不再发软，稍微安下心来，稳了一下心神，随太守往里走了数十步，到了一间宽敞的房内。只见一位宽肩厚背的年轻将军正坐在榻上。

河东太守立即走上前去对青年将军说道："大人，按照您的吩咐，卑职已经把霍仲孺大人请到了。"从太守说话的语气听来，他似乎是完成了一项十分重要的任务，终于可以松一口气了。

霍仲孺见太守对着年轻将军如此谦恭有礼，也不由自主地赶忙向着年轻将军屈身行礼。可是还未容他拜下去，却只见那个将军迎上前来，用有力的双手扶住了他。

霍仲孺十分诧异，只感觉这位将军眉目间有一股英武之气，浑身散发出雄浑的气场，让人不敢正视。

只见这位青年将军突然双膝跪地，对着霍仲孺叩拜，哽咽着说道："去病不孝，之前一直不知，您竟是我的父亲！"说完泪流满面，不顾旁人惊讶的目光，连连叩首。

霍去病这话一出，在场所有的人都惊讶不已。

霍仲孺尤其迷惑，一脸茫然地发愣，心里寻思着：这位将军是谁？为何说是自己的儿子呢？

河东太守见状，估摸着霍仲孺似乎并不知晓这位将军的名号，便马上对霍仲孺说道："这位是名震天下的冠军侯霍去病将军哪，想必仲孺贤弟是有所耳闻的。他今日来平阳，正是为了寻亲。仲孺啊，恭喜你有个好儿子啊。"

霍仲孺心头一动，猛然抓住霍去病的手问道："你母亲可是姓卫？"

霍去病回答说："正是。"

霍仲孺一听，深埋在心底近二十年的记忆瞬间涌了出来。当年那个曾令自己意乱情迷的公主府女奴卫少儿的俊俏容颜霎时浮现在眼前。那可是自己年轻时一段刻骨铭心的恋情哪！霍仲孺虽然后来得知卫少儿生下了一个男儿，但一直不敢联系她。

莫非卫少儿当初生下的儿子就是眼前这位对着自己叩拜的青年，竟然还是一个让太守都如此敬畏的将军！霍仲孺内心激浪翻涌着，只感觉心怦怦地乱跳，好半天都不得平静。

离开平阳公主府二十年来，霍仲孺也时常想起卫少儿，心里头对有孕在身的卫少儿充满了愧疚。他不敢把这段情缘对家人诉说，每每想到卫少儿，霍仲孺心中满是后悔。

想到自己当年对卫少儿始乱终弃，硬起心肠离开已经身怀六甲的卫少儿，而今，素未谋面的儿子前来与自己相见，却没说半句责备的话，霍仲孺不由得万分自责、无比感慨："老夫有幸有你这个儿子，这真是上天的眷顾啊！"

霍去病起身，将霍仲孺扶到坐榻上安坐，说道："孩儿从前未能尽孝，一直以来都非常自责。若是有机会，请父亲一定让我侍奉于左右。"霍仲孺对这个儿子从未尽到过父亲的责任，见霍去病如此说，自然是连说不敢不敢，只说要以国家大事为重，不必刻意为之。

这时，霍去病把目光挪到了霍仲孺身旁的少年身上。

他见这少年进屋以后，一直举止沉稳，即使在自己说出霍仲孺是自己父亲的惊人之语后，也依然默不作声，只是侍立在霍仲孺身旁，不见丝毫的慌张。霍去病心里不禁暗自诧异。

霍仲孺察觉到了霍去病询问的目光，赶紧说道："这是我儿，我的光儿。"霍仲孺又转向霍光高兴地说道，"光儿，快拜见你大哥啊。"

霍光听了霍仲孺的话，才向前踏出一步，对霍去病行了个大礼。

霍去病见霍光不过十多岁，穿着虽然简朴，但干净清爽。更为难得的是，他年龄虽然不大，却老成持重，面对如此场合，也面无慌张之态，不由得感觉这个弟弟不同寻常。霍去病暗暗打定主意，此次出征回来，定要帮扶帮扶这个弟弟，说不定这个弟弟将来也能成为国之栋梁，为家族增光添彩。

在平阳县的家里盘桓几日后，霍去病即带着手下将士前往军营，准备北上接受匈奴浑邪王和休屠王的投降。临别时，霍仲孺非常不舍，千般叮咛，万般嘱咐，道不尽的不舍，似要把过去未能尽到的抚养责任一一补足，也似是在担心自己刚刚相认的儿子的安危。

霍光虽然生长于普通人家，但从小便与众不同。他自小不爱劳动，也不喜欢读书，倒是常常喜欢站在高处遥看远方发呆、痴想。他的老师多次向霍仲孺说，霍光这孩子天分极佳，过目成诵，但就是读书不甚用功，对老师的劝说也不理睬，将来令人担忧。

有天晚上，霍仲孺觉得有必要跟儿子说说道理了，就语重心长地对霍光说："光儿，你看父亲我做事可还勤勉？"霍光点点头表示认同。

霍仲孺接着说道："我虽然如此地努力，但是我们家的生活为什么还这么清苦呢？"

霍光沉默了一会儿，说道："因为你的官做得还不够大。"

霍仲孺听了高兴地说道："你说得很对。我之所以官做得不够大，那是因为我书读得不够多。可我比那些没读书的农夫还是好多了。你若想将来当大官，现在就得用功多读书。你如果当了大官，将来我老了也就有依靠了。"说完这番话，霍仲孺更感身世卑微，不禁连连慨叹。

哪知道霍光听了霍仲孺的话后却冒出这么一句话来："孔圣人读的书比父亲要多得多了，还不是经常四处颠簸，有时连饭都吃不上。"霍光这话一出，把他父亲霍仲孺堵得再也说不出话来。

今日，霍光突然多出了霍去病这么个兄长，而且是一个威震天下的英雄，统帅千军万马的将军。这个兄长竟然如此有孝心，在出征的途中专程绕道前来就是为了认父，这让霍光对这个哥哥增添了几分亲切，霍去病顿时成了他心中的偶像。

霍光见兄长霍去病准备上马离去，心想，这一辞别，日后不知何时才能相见。一念及此，只见霍光快步上前对着霍去病大声道："兄长且慢走，吾愿随兄长出征，为国效力！"

霍去病见十几岁的霍光竟然说出为国效力这番话来，不禁一愣，随即哈哈大笑起来，笑声里满是赞许。霍去病感到，弟弟霍光虽然年纪不大，但为国效力这几个字说得掷地有声，胆气委实不小，孺子可教也。

霍去病用力拍了拍霍光的肩膀，慷慨激越地说道："我此次去河西招降，前路很是凶险，也不知能否安然返回。吾弟年龄尚小，还不足以持兵刃。若是想为民、为国、为江山社稷出力，那等我回来后带你去长安，带你去见皇上，让你为皇上效力，如何？"说完此话，霍去病不再耽搁，带着他的队伍策马扬鞭绝尘而去。

望着霍去病疾驰而去的背影，霍光的心里已经在开始盼望着兄长早日凯旋，带自己去长安面见皇上。

霍去病离去的第二日，一位将官找到霍仲孺。原来，霍去病担心父亲不敢接受自己的一片孝心，干脆先斩后奏，购下了许多田地和豪宅，留下了大量的钱财，并且买了很多奴婢，让手下在自己离开后，赠予霍仲孺一家。霍仲孺也不再推辞，欣然接受。而霍光倒是对兄长的这些安排并不在意，他满脑子想的只有一件事，就是兄长允诺的，带他去长安见皇上，为国效力。

霍去病此次出征，虽是受降，却也凶险万分。武帝正是因为担心受降过程中出问题，因此才派匈奴人畏惧无比的霍去病率军前去纳降以防发生意外。果然不出武帝所料，受降中还真是发生了意外。

原来，浑邪王和休屠王本来是说好了带着族人一齐入塞投降的，可是半途中休屠王突然反悔，表示不愿投降汉朝了。浑邪王一听说休屠王反悔，二话不说，将休屠王砍了，又将休屠王的手下合并到自己的旗下。

可是新生悔意的不仅仅只是休屠王一个人。休屠王部与浑邪王部，均有一些将领反对投降，浑邪王此时统领的浑邪、休屠两个部族十万之众的归降大军跟他并不都是一条心。待到霍去病领兵渡过黄河，与浑邪王部遥遥相望时，这些匈奴人见汉军人数众多，又听闻是那位勇冠三军、杀人如麻的霍去病率领前来，心中顿时不安起来。那些不愿投降的匈奴人越想越怕，竟然开始相约逃走。先是休屠王部族的人马开始不受浑邪王的控制而发生了内乱，溃散的人群将浑邪王部族这边的人马也卷入了混乱之中，大批的匈奴人开始四散而逃。

此时的霍去病显示出了惊人的洞察力和魄力。他从匈奴人溃乱的状态判断出对方可能发生了内乱，如不能快速止乱，后果将不堪设想。霍去病当机立断，不待大军集结完毕，就率领自己的骑兵卫队直接突入到浑邪王大营内，找到浑邪王。在得知这些匈奴部族溃散而逃的内情后，霍去病立刻下令，暴力强势镇压反抗者和逃跑者。于是，汉军将所有逃跑的匈奴人都截住，砍杀八千余人，才最终阻止了大溃逃。

制止住溃乱后，霍去病对浑邪王说："我让使者先送你去长安，你的部族，我会护送到长安的。"浑邪王同意了。于是，浑邪王先行一步到了长安。随后，霍去病的大军护送投降的匈奴部落十万余人，渡过了黄河，往长安进发。

十万匈奴集体归降的消息很快传入了长安，胜利的捷报和欢呼声响彻全城。武帝龙颜大悦，浑邪王等匈奴受降贵族得到了武帝重重的封赏。浑邪王被封为漯阴侯，食邑万户。而浑邪王的其他手下，也均被封赏。

从此，汉朝实际控制了河西地区和祁连山，不仅使武帝开辟的丝绸之路更加通畅，还大大增强了汉朝对西域诸国的控制力。而匈奴部落则损失惨重，浑邪王的投降使得匈奴单于丧失了大部主力，再也无力发动大规模的战争，不得不迁往漠北。

这些草原上昔日的王者，走向愈行愈远的草原深处，哀伤的歌谣开始终日回荡在草原上：

失我祁连山，

使我六畜不蕃息；


失我焉支山，

使我嫁妇无颜色。


这天，天天在家盼着兄长霍去病归来的霍光，忽然听见马蹄声如奔雷一般渐近。不久，重重的脚步声踏入了院宅。

霍光赶紧冲出大门，只见自己朝思暮想的兄长霍去病就站在眼前。

霍去病一把抓住霍光的手，朗声说道："光弟，我如约而来。明日你就随我去往长安，为国效力吧。"

此时，少年霍光做梦也不会想到，自己会有朝一日踏上这个庞大帝国的权势巅峰，将一个巨大的帝国牢牢控制在自己的掌中。

霍去病也不可能想到，自己的这次远征和归来，以一种当时完全无法预估的方式，在根本上改变了大汉帝国的未来。

从某种意义上说，霍家兄弟这一文一武，在一定程度上决定了西汉中期整个军事、外交与社会的发展。而霍光之所以能够走上仕途，后又被汉武帝刘彻慧眼识中选为托孤之臣，当然也与武帝信任宠爱的战神霍去病有着密不可分的联系。

霍光随兄长霍去病进宫后为什么能够迅速得到武帝的赏识？他到底有着怎样的才干以至于几十年后竟然被武帝选为托孤之臣呢？欲知详情，请看下一章：长安新贵——老成少年霍光。

# 第二章

## 长安新贵——老成少年霍光

公元前 121 年晚秋，一支十几万人的大军浩浩荡荡，从大汉帝国的北部边疆前往长安。十万归降的匈奴人，分乘两万辆马车，在骠骑将军霍去病麾下上万骑兵的"护送"下，行进在前往长安的路上。

只见成千上万的骑兵列队而行，成千上万辆马车隆隆前进。队伍中除了铠甲铮亮的大汉兵将，更有大量的匈奴族人。一眼望去，行进的队伍竟然望不到尽头。马蹄、车轮所过之处，撩起漫天尘土，仿佛在炫耀着大汉帝国在与匈奴战争中辉煌的功绩。

这个秋天，大汉帝国在军事上取得了空前的胜利。虽然之前卫青与霍去病在数次与匈奴的战斗中都颇有斩获，但这一次，是第一次有整个匈奴部落成建制地臣服汉朝。匈奴部落这次归降，让大汉帝国的疆域大大扩展。

霍去病出征凯旋，在返回长安的路上特地绕道平阳城，捎上了霍光。此时，霍光已经随兄长霍去病行进好几天了。

这一天，霍去病与霍光兄弟二人在马车中相对而坐。霍光一路上见到众多本应该在战场上兵戎相见的匈奴人也坐在马车中，心中不免有些疑惑。终于，他忍不住问道："大哥，我听说匈奴人经常和我们打仗，杀了很多汉人。为何我们不杀了他们呢？"

霍去病哈哈一笑，说道："以武屈人其实是下策。要是能让这些投降的匈奴人为我们所用，那才是最好不过的事情。我的手下就有众多投降的匈奴人，在北征的时候，他们一样能为我们所用，比如说可以为我们引路啊。"

霍去病顿了顿，又说道："此次投降的匈奴部族是匈奴的主力。我朝过去与之交战几次，都占不了上风，直到这一次把他们彻底打败。这次他们整个部族能够归降，对我朝而言可谓是大大的胜利。这样一来，我们就可以顺势占据祁连山和河西，北部边疆就安稳了。"

霍光似懂非懂，一下子参悟不透，于是说道："兄长说的这些东西我还不能完全明白，我要是能像兄长一样博学多长就好了。"

霍去病拍了拍霍光的肩膀，说道："我本来也不甚清楚，只知道上阵杀敌。这些都是当今皇上亲自教导我的，否则，我哪能知道这些啊！"

霍光听到兄长霍去病如此称赞当今皇帝，心中那份为国效力的念想愈加强烈起来。他不禁好奇起来，这位让兄长时时挂在嘴边的皇上，究竟是什么样子呢？

从平阳城去长安，尚有几百里路途。走了数日，战马和拖车的马都很疲倦了，于是大军就地安营休憩。

霍光未曾在军营中待过，此时见到如此多的人、畜，而且是汉人和匈奴人混杂在一起，仿佛到了一个新天地。他不时地左边走走，右边看看，很是新鲜。

这时，一位将官来到霍去病的营帐中，禀告说："投降的匈奴人中有人传话说，休屠王的阏氏（妻子）身体本就虚弱，连续几日奔波劳累，状况很不好，匈奴人请求对她给予特殊的照护。"

霍去病听了，却不以为然，说道："休屠王言而无信，他既然背信弃义，那么让他的妻子受点罪也没有什么不可以的。"

霍光虽然不明了前因后果，但听了兄长的话却有些迷惑，他有些不解地问道："兄长之前说，这些投降的匈奴人可以为我们所用，为什么对生了病的匈奴妇人却如此毫不在意呢？"

霍去病听了弟弟的疑问，回答说："我说的这个人，是从前与我们为敌的一个匈奴休屠王的妻子。那个休屠王本来已经说好要和另外一位浑邪王一起投降的，可半路上

57

却变了卦，于是就被浑邪王给杀了。休屠王的妻子没有了依靠，只好随着其他人投降了过来。像休屠王妻子身体不舒服这样的小事，不足为虑。"

霍光听了，心中还是有些不安。他觉得阏氏因为被杀的丈夫而受累，实在是够可怜的。兄长霍去病的话语不利于稳定已经投降的匈奴部族，似乎不太妥当。

霍光思索了片刻，对霍去病劝说道："我觉得兄长要是照看一下她的话，那应该会更为妥当。要是把这位休屠王的妻子作为更高级别的俘虏来对待，那岂不是等于立了更大的功勋吗？"

霍去病听了霍光的话，感觉到霍光是想帮这位休屠王的妻子。他没想到霍光小小年纪，心地竟如此仁厚，不禁大笑起来，说道："也对，你可随我去看看。"

霍去病本来并不在意这位休屠王妻子的情况，也不在乎霍光所说的那点功勋。他让霍光随他去看看休屠王的妻子，只是感慨霍光小小年纪就能有此等见识，不忍拂了他的意而已。

于是，霍去病携着霍光，带着几十位甲士来到匈奴营帐处。

这一处营帐的匈奴人有好几百号，都是休屠王的旧部。此刻，这群匈奴俘虏正在汉军兵士的监视下，驻营休息。见到霍去病亲自前来，匈奴人像见到一只猛兽一样，都面露惊恐的神色，纷纷退开。

霍去病径直入了休屠王阏氏的营帐，却只见一位中原女子模样的人，半躺在临时搭起的床榻上，一脸的病容，正在昏睡中。这位女子虽说是中原人的模样，但却是匈奴人打扮。女子的身边还有两位匈奴装束的少年陪坐在一旁。

霍去病见了，心中生出了些许疑问，于是问左右将官道："这位就是休屠王的阏氏？"

这时，昏睡中的阏氏好像听见了霍去病的问话，竟然惊醒过来。见到英气逼人的霍去病，女子开口说道："阁下……阁下莫非就是骠骑将军？我本是汉宫的宫女，名叫花碑儿，随公主去匈奴和亲，后来嫁给了休屠王。"

霍去病见匈奴休屠王的妻子竟然是随大汉公主和亲的宫女，不禁大感意外。他见那些休屠王的旧部似乎对这位阏氏很是关切，神色之间十分希望自己能够优待阏氏。霍去病心想，阏氏身份特殊，看来在匈奴人中的影响和地位都很不一般。况且她本为汉人，看在同胞之亲上，也应当优待。于是立即吩咐左右说："阏氏虽然是休屠王的妻子，但是生了病就应当给予照顾。你们可以在食物和乘坐车驾方面，给予她特殊的安排。"

说完，霍去病又面向阏氏，指着霍光对她说道："这是我的弟弟霍光，是他怜悯你们，坚持要我过来看看，不然你这番去长安的路上要受的苦楚恐怕要更多了。"

休屠王的阏氏本就来自大汉，又在宫内服侍过公主，颇懂礼节。阏氏听见霍去病如此说道，挣扎着要坐立起来，并对坐在两边的少年说道："贺赖、尸逐，还不快谢谢将军。"

霍光赶紧上前让阏氏不要起身，却只见坐在她两边的少年马上站了起来，对霍去病行了礼。其中年长的那位名叫贺赖的少年对霍去病行了礼后，又对霍光行了礼。只见那个贺赖身材高大，大眼睛，高颧骨，高鼻梁，十分英俊，兼有汉人的柔美和草原人的雄奇，即使是在大名鼎鼎的霍去病和众多穿着盔甲的大汉武士面前，竟也未有一丝胆怯的神色。这时阏氏又气喘起来，少年赶忙回身安抚。

谁也不会想到，这位少年日后将成为汉朝历史上一位大大有名的人物，他就是被汉武帝赐名为金日磾的休屠王的大王子。后来，金日磾与霍光同时成为了武帝一朝的两大柱石之臣。此是后话。

返回营帐后，霍光对阏氏仍然很是挂念，便问兄长道："休屠王的阏氏到长安后，会受到怎样的对待呢？"

霍去病说道："从前，凡是被俘虏的匈奴人，若是女人和孩子，多半会被充作奴婢。你放心，阏氏和她的孩子，还有其他投降过来的匈奴人，他们到长安后，生活应当无忧。"霍光听了，心中稍感宽慰了一些。


大军又走了几天，终于到了长安。

骠骑将军霍去病得胜回朝，武帝心中的一块石头终于落了地。霍去病班师回朝的第一件事就是去觐见武帝。

他吩咐手下将霍光安顿好后，便立刻前往未央宫。

霍去病向武帝详细报告了此次出征的情况，见武帝心中欢喜，便顺势说道："臣此次远征，还在路上寻见了臣的生父。"

武帝一听，颇感好奇。于是，霍去病把寻父的过程一一向武帝禀报，也把买大宅照顾父亲的事情详细禀告了。

武帝边听霍去病汇报边频频点头，以示嘉许。武帝对霍去病说道："朕一向认为万事当以孝为先。你这次去寻自己的父亲，为父亲所做的这些事都做得很对！"

见武帝赞赏自己做得对，霍去病又接着说道："臣还见到了弟弟霍光，觉得他做事稳重而踏实，于是带他来了长安。臣希望以臣的军功，举荐他为郎官，侍奉陛下左右。"兴致正高的武帝听到霍去病举荐弟弟，立刻一口允诺，吩咐霍去病带弟弟入宫觐见。

次日，霍光便随着兄长进了未央宫。


霍光是第一次入宫。只见重重宫殿鳞次栉比，仿如迷宫；亭台楼阁错落有致，华丽辉煌。一路上，霍去病反复叮嘱着霍光觐见武帝需要注意的事项。

一想到自己马上就要见到那个神话般的皇帝了，霍光的心中满是忐忑。他一边应答着兄长的叮嘱，一边紧跟着兄长的脚步，对宫内沿路的美景顾不上多瞧几眼，寸步不离地跟在霍去病身旁。

也不知走了多久，终于到了一座大殿前。霍光随兄长拾级而上，到了一个大厅。只见大厅门口站立着两个威武的甲士，大厅尽头有一张床榻，上面坐着一位头戴通天冠的壮年男子，正微笑地目视着他们走来。霍光心里估摸着，这位男子应该就是那位让兄长景仰万分的皇帝了。

只见霍去病往前快速趋行了几步，随后伏身下拜，说道："臣去病拜见陛下。"霍光按照先前兄长对自己的嘱咐，也模仿着行了拜礼。

两人行完拜礼后，武帝便命他们起身。

武帝初见霍光，一时竟有些诧异。这位少年和霍去病年少时的模样竟然如此相像，只是相比于当年的霍去病，霍光看起来要更加拘谨一些。

霍光偷偷瞅向武帝。只见武帝身穿红黑相间的龙袍，方脸环目，十分威严。他轻抚长髯，似乎也正在注视着自己。霍光赶紧低下头，心中万分紧张，不知不觉中手心都冒出汗来了。

过了一会儿，只见武帝露出笑容，连声说道："好，好，很好啊。"霍光仍然有些不知所措，可是见到兄长霍去病面露喜色，便也慢慢安心起来。

武帝说完几声"好"后，便转头对霍去病说道："去病，你们兄弟二人如此相像，日后他定然也会成为国之栋梁啊。"说罢，武帝便吩咐左右赏赐钱财给霍去病与霍光。

对于霍去病此次得胜回朝，武帝是大加封赏。他加封了霍去病一千七百户食邑。

武帝将浑邪王和休屠王从前的领地改为了武威和酒泉两个郡。又把投降过来的十万匈奴人分为了五个部分，分别安置在大汉帝国西北的五个郡。从此，陇西等边境更加安定了。而浑邪王的投降使匈奴单于的战斗力大打折扣，加上卫青与霍去病不断的打压，匈奴单于已经不得不迁往漠北以避锋芒，拱手让出了河西的大片土地。

被浑邪王所杀的那位休屠王，他的阏氏随浑邪王投降后，被充作官奴，儿子则被分到宫中养马。阏氏带着两个儿子，一家三口人在宫中生活，也还算安稳。

匈奴的休屠部族一直以来都擅长养马。而休屠王的儿子贺赖自幼便受部族养马风俗的熏陶，对马的生活习性十分熟悉，养马也很是用心。他养的马匹总比别人养的要更加膘肥体壮，因而也被上司赏识。若干年后，贺赖正是因为马养得比别人好，而最终被武帝所垂青，后来竟然成为了武帝的肱股之臣。


在霍去病的举荐下，霍光顺利当上了郎官。

郎官，其实是议郎、中郎、侍郎、郎中等官员的统称，武帝时属光禄勋管辖。在西汉的时候，郎官承担着"掌守门户，出充车骑"的职责，换句话说，就是专门侍奉皇帝的侍臣。郎官也担负了"宿卫宫禁、执兵扈从"的任务，也就是具体负责皇宫的禁卫安全。武帝时期，郎官这样的侍臣多达数千人，大多是因为父亲兄长的功绩而经举荐得到官位，或是因为家里有钱而得到任职资格。所以，大多数郎官非富即贵，也有一些是因为举孝廉的制度而成为郎官的，不过比例很小。因为郎官常有到地方任职或者升迁的机会，所以，郎官既是出仕的重要途径，也是重要的人才储备。

霍光靠着兄长霍去病的功绩，成为了几千名郎官群体中的一员。因为霍去病是武帝的爱将这层关系，霍光这个郎官的升迁之路走得一帆风顺，不断地升迁，很快就加官至诸曹、侍中，后来还当上了御史和尚书令，进入到武帝身边的近臣行列，成为了长安城的新贵。成为了天子近臣的霍光，就像是武帝的影子，整天随行在天子的左右，渐渐地，他竟成为了武帝的心腹。

一年后，即公元前120年的秋天，经过一年多的休整，稍微缓过劲来的匈奴单于又开始进犯汉朝疆域。数万匈奴骑兵分两路袭击了右北平和定襄两地，杀掠汉民一千多人，作为对之前浑邪王投降汉朝的报复。大汉边境的气氛顿时又紧张了起来。有朝臣进言，请求武帝再次出兵反击匈奴。

可是，这一次武帝却没有马上命令汉军出击，而是陷入了犹豫中。原来，近十年武帝频繁地对外用兵，南征北讨，消耗巨大，加上连年水灾旱灾，朝廷花费越来越多，国库早已入不敷出，实在是拿不出更多的钱粮来支撑对匈奴的长期战争了。

武帝心里清楚，没有钱，怎么和匈奴开战？而且总是小打小闹也终归成不了什么气候。武帝心中想要的，是和匈奴再来一次决胜战，永远征服匈奴。但眼下的财力物力，必须得先忍一忍，养精蓄锐，过段时间再说。

一年后，到了公元前119年的春天。经过一年的休养生息，大汉的财力逐渐充盈。这一次，武帝把目光投向了匈奴的老巢漠北。武帝心想，匈奴的单于以为把他们的王庭搬到漠北，离大汉疆域很远，大汉天子就鞭长莫及，不敢大举进攻了。现在，我就是要在他们没做好充分准备的时候，突然发起总攻，一直打到匈奴的漠北老巢去，彻底解决匈奴边患问题。

武帝关于彻底解决匈奴边患的战略谋划得到了朝臣的一致支持。朝议的时候，满朝文武人人摩拳擦掌，大殿群臣个个欲上阵杀敌，未央宫君臣充满了与匈奴决战决胜的豪迈。而此时的漠北草原上，风吹草低见牛羊，远避漠北的匈奴单于依然沉浸在为报复浑邪王部族叛逃而侵扰汉朝边境的小胜中。匈奴单于全然没有想到，一场空前的战争即将在漠北深处的草原打响。

在武帝的远征布局中，首要是安排统帅的人选。曾经在与匈奴的战争中立下赫赫战功的卫青与霍去病，自然成了统帅的不二人选。武帝让两人各带五万骑兵出征，此外，还安排了几十万步兵跟随做保障后勤。

此时，汉朝的铁器锻造工艺已经成熟。为了这次出征，武帝把汉军的兵器全部换成了铁制品，这种铁质的兵刃、箭镞，穿透力和杀伤力都比铜质的更强，与此前汉军使用的青铜武器不可同日而语。此次出征，武帝倾尽全国之力要与匈奴一决胜负，且志在必胜。

就在卫青大军准备出征的时候，有一个起初并未被算入出征名单中的将领屡次请求参战，这个将领就是被匈奴人称作"飞将军"的郎中令李广。

李广十五岁参军，时年已经六十多岁了。李广的大半辈子都在与匈奴作战中度过，"飞将军"的名号在匈奴声名远播。在与匈奴人的对战中，无数次血溅沙场，无数次死里逃生，李广都熬了过来。只是不知道是运气差还是其他什么原因，李广虽然骁勇善战、体恤士兵，可是他却在与匈奴的正面交锋中，从未得到过一次大的胜利，甚至屡有败绩。他的许多部下都因为军功得以封侯，而李广却始终未能得偿所愿。此次与匈奴的决战，有可能是李广一生中凭战功封侯的最后一次机会，他怎么可能放过呢？

武帝本来以李广年老为由，拒绝了李广出征匈奴的请求。可是李广依然数次请求，最终，武帝拗不过他，就令他为前将军，与左将军公孙敖、右将军赵食其、后将军曹襄一起，听从大将军卫青的统一指挥。

卫青入朝辞行的时候，武帝私下嘱咐卫青，说李广年老体衰，而且运气不好，这次出征在与匈奴的对阵中，不要让李广打前锋。卫青知道，其实武帝最担心的是李广的运气会拖累全军，破坏了他这次精心谋划的决战。

卫青心中所想的其实也和武帝一样。在他这个统帅兵马的大将军看来，李广虽然号称"飞将军"，但是性格冲动，容易冒进。从前在与匈奴作战中处于守势，小打小闹的时候，表现尚可，可是在与匈奴大规模作战的时候，李广的表现从来就不佳，甚至曾经因为迷路而误了战机，使战局陷入被动，更有过全军覆没的败绩。卫青也担心让李广打前锋容易吃败仗，一旦首战失利就会挫了全军的锐气。卫青见武帝的看法和自己的一样，便拿定了主意不让李广作为先锋。

武帝派出的另一路大军由霍去病率领。霍去病手下的士兵都是悉心挑选的猛士，而且还配有许多匈奴的降将降卒，以作向导。霍去病知道舅舅卫青对李广不太放心，就将李广的儿子李敢以校尉身份召入麾下，随他出征。

出征前，霍去病专程来到了弟弟霍光的住处。霍去病一进房，便将霍光拉到一旁说："此次陛下命我出征匈奴，将有一场大战。不知弟弟你可有什么想法？"

霍光说道："哥哥出征，定会击溃匈奴，扬我大汉国威，做弟弟的非常羡慕，只可惜我没有机会随哥哥一起去。"

霍去病说道："弟弟从前就和我说过想为国效力，此次出征匈奴，正是一次好机会。不仅可以报效国家，更有机会凭战功封侯。我准备启奏陛下带你随行，你觉得怎么样？"

霍光面露喜色，片刻后却又黯然道："可是我不熟弓马，跟着你恐拖你的后腿啊。"

霍去病说："弟弟只要跟在我身边即可，不用担心。我麾下数万精兵，都是能征善战之辈。这一战，定然能够一举击溃匈奴，完成陛下的心愿。"

来到皇宫这么久，终于能出征匈奴，而且是跟随在哥哥霍去病身边，霍光心潮澎湃，当即答应。


匈奴那边也听到了风声。得知汉朝派出几十万大军北征，摆出了决战的态势，匈奴的伊稚斜单于惊恐不已。这时，一员匈奴裔的汉朝降将赵信给匈奴单于出了个主意。赵信认为，汉军远道而来，长途跋涉，必然会疲惫不堪，宜暂避其锋芒，寻机决战。伊稚斜单于采纳了赵信的意见，决定把军队主力撤至大漠以北地区，以逸待劳，寻机将汉军一举歼灭。

匈奴单于自恃有大漠作为天险，认为汉军无法在大漠深处与熟悉大漠的匈奴军队作战并取胜。因而，单于采取了以逸待劳的对策，在大漠深处严阵以待。

卫青率军出塞，不久便抓到了匈奴俘虏，经过审问得知匈奴单于所在的位置。于是，卫青决定自带精兵突入沙漠深处追击单于。他命令李广与右将军赵食其合并一处，从东路出击，迂回攻击匈奴军侧背部分。

李广听到命令后，请求道："我的职务是前将军，本应该作为先锋开路，大将军却命令我由东路迂回。我长期与匈奴作战，好不容易有了这次与匈奴决战的机会，我只愿意作为先锋，与单于死战。"卫青见李广十分顽固，丝毫不能领悟武帝和自己的考量，心中也是万分懊恼。

李广没有想到武帝和卫青已经达成了一致，不用自己任前锋。见卫青面有不快，他心中猜疑的是卫青担心自己抢了公孙敖的功劳而有意为之，心中也是气愤不已。李广大声说道："我知道大将军不让我做前锋，是因为已经安排了公孙敖为前锋。要是做这样的安排，我李广坚决不从。"

李广知道公孙敖对卫青有过大恩。当年卫青还是个奴隶的时候，被陈阿娇皇后冤枉，以死罪抓了起来，差点丧命，是出身名门的公孙敖领着一帮哥们把卫青救了出来。后来公孙敖因为率军与匈奴打仗时迷路失约，被削去了爵位。此次卫青任用公孙敖为中将军，用作前锋，取代了李广前将军的位置。李广心想，卫青做这样的安排是私心在作祟，想让公孙敖获得战功。

卫青心意已决，无论是于公还是于私，他都难以接受李广要打前锋的要求。卫青让手下的长史写好正式文书，发到了李广的幕府①，并且让人捎话："勿多言，按照文书上的办。"

李广拆了文书，见卫青没有改变部署，心中虽然愤怒不已，却也只得遵令。怨愤的李广都没有向主帅告辞就离开了卫青，带领自己的军队与右将军赵食其合兵往东路去了。

卫青也没时间理会李广的不敬。此时他要考虑的，是与单于主力决战的问题。

卫青率领大军出塞一千余里，跋涉过了大沙漠，终于找到了伊稚斜单于的主力部队。而这时，负责侧翼包抄的李广和赵食其的部队却没有按照预定的时间赶到指定位置，不见了踪影。

卫青见匈奴军已经列好阵势，知道他们早有准备，便下令用武刚车②环绕为营，提防匈奴骑兵的弓箭，扎住阵脚。卫青料定匈奴单于虽然已经有了准备，但是汉军这么快就到达眼前，应该准备不足。兵贵神速，卫青决定不等包抄部队到达，先用五千骑兵向匈奴军阵发起冲击，其余的兵马随时准备包抄合围。

①幕府：古代将帅出征，所设最高指挥机关以帐幕搭设而成，故称将帅之府署为"幕府"。
②武刚车：一种四周及车顶以厚革皮覆盖用于防护的战车。

对于卫青率领的这支汉军的战斗力，伊稚斜单于果然估计不足。他以为汉军远道而来，必然人困马乏，需要先休整一番。伊稚斜单于本打算待汉军休整稍微松懈时，再发起突然袭击，汉军将不堪一击。却没有想到汉军竟然会在立足未稳的情况下，就迅速投入战斗，主动发起攻击。

伊稚斜单于见汉军甫一照面就迅猛出击，仓促之间忙令万骑出动应战。虽然匈奴单于占了熟悉草原之地利，但卫青的汉军均为久征沙场之辈，训练有素，能征惯战，一上阵就搏命厮杀，双方厮杀得惊天动地，血流成河。

匈奴单于以万人对卫青的五千精兵，竟丝毫占不到上风。激战到日落时分，突然，一阵大风刮起，沙砾扑面，两军互不相认。卫青见状，马上指挥后续大军从左右两翼穿插包抄，将混战中的军阵团团围住。风沙过去，匈奴军发现自身已被汉军包围，里外夹攻，顿时陷入混乱之中。伊稚斜单于见汉军人数众多，且兵强马肥，而己方军阵已乱，必败无疑。于是率领数百精兵，从西北方向突围逃走。剩下的匈奴军士们发现单于逃了，失去了继续作战的勇气，很快就全军溃散，投降者不计其数。

在清扫战场时，卫青找不到匈奴单于。抓到几个单于的亲信审问，才知道伊稚斜单于跑了。卫青于是立刻派轻骑兵连夜前去追赶，到天明，追击已数百里路，却依然不见伊稚斜单于的踪影。

经此一战，卫青这一路消灭了匈奴单于的主力部队士卒一万九千余人，烧毁了匈奴军队的许多粮草、辎重，算是打了场大胜仗。

卫青率军班师由漠北回朝的路上，一直到了漠南才遇到走错了路的李广和赵食其的部队。卫青很是生气，认为两人贻误了战机。要是两人率军按期到达指定地点，配合卫青大军完成大包抄，那匈奴伊稚斜单于就插翅难逃了。

卫青强压怒气，派长史到李广的大帐，询问李广他们到底是怎么回事，回去好向武帝汇报情况。李广本来就不想走东路，没想到这一次偏偏又重蹈故辙，在沙漠中迷了路，耽误了时间，又一次失了约。关键时刻，李广的运气竟然又是如此的不好，也难怪武帝和卫青都不让他打前锋。

李广见卫青派长史前来责问，心中认定这次不让自己打前锋的安排是卫青有意刁难，自己迷路失约从根本上讲都是卫青一手造成的，因而心中的不满更甚。面对长史的责问，李广一言不发。

长史见李广不说话，只好让李广的手下去卫青那儿接受询问。李广见状，愤然说道："迷路失约这事和其他人无关，我承担责任便是。"说完，便带着手下将官前往卫青的军帐。

到了卫青营帐里，李广还没等卫青开口问自己，便转身对手下将官说道："我李广从少年参军，至今与匈奴作战七十余次，如今有幸随大将军出征同单于军队交战。大将军不让我任前锋却让我走东路迂回进军，而我又偏偏迷了路，以至于今日要领受大将军的责问，这难道是天意吗？我李广如今已六十有余了，此番回朝，怎么能再对那些刀笔吏乞怜求生！"说完，李广突然拔出佩刀，自刎而死。

卫青没想到李广会如此激愤，竟采取自刎这种极端的方式予以回击。而李广自刎的动作太快，卫青抢救不及，心里也是悲痛无比。只好将他的尸首装棺随军而返。出征的将士知晓李广自刎之后，也无不痛哭流涕。

卫青这一路虽然打了个大胜仗，却出了李广自刎这件大事，他的心里十分不快，胜利的喜悦被冲刷得干干净净。


而霍去病那一路，则打得顺风顺水。

霍光随着霍去病的大军，一路穿越大漠，来到漠北。这是霍光初次随军出征。他虽然会骑马，却并不娴熟，对军营中的号令也不甚了解。一路上，霍光见大军行进的队列井然有序，似是操练过无数次，不时有探子骑兵前来向主帅霍去病报告周围动向。到了休息时，号令一下，营帐立时展开。士兵用牛马车结成壁垒，以作为防御屏障，防备敌军偷袭。一路上，靠着归降的匈奴人的指引，霍去病的军队经过的都是水草较为丰美的地方，人马都保持了很好的状态。

此时已经进军近一个月了，却依然未遇见什么匈奴军队。霍光心中有些疑虑，就问霍去病道："进军如此深入，却未见到匈奴军队，难道这次出征，就要无功而返了？"

霍去病见弟弟有些疑虑，就对他说道："弟弟不要多虑。我料定匈奴单于以为我们远道而来，于是陈兵于漠北，想待我们人困马乏的时候，以逸待劳，击垮我们。匈奴大军必然就在前方沙漠深处等着我们。"说到这，霍去病嘴角露出冷笑，"这一回，我定要让匈奴人知道汉家军队的厉害。"

没过两天，探子果然来报，说发现了匈奴大军的营帐，就在前方不远处。霍去病听到报告，决定趁匈奴军还没有完全准备好的时候，与匈奴军打一场出其不意的遭遇战。他命令全军按照预定部署展开，下达了突击的号令："我军重骑兵突击，轻骑兵随后跟进，步兵跟随保障。这次出击，全军有进无退，务必决战决胜！"

霍去病号令一出，军营中顿时有序地忙碌起来。备马的备马，装备武器的装备武器。沉静的草原笼罩上了大战在即的紧张气氛。各营各寨战马攒动，重骑兵身披铁铠，或手握长戟，或身背环首刀；轻骑兵则穿着皮甲，手持弓弩。大军如上弦之箭，只待主帅长刀一挥，即刻闪电射出。

草原是匈奴人天然的战场，在草原上交战，匈奴军占据了地利之便，汉军一般占不到便宜。而且匈奴人擅骑射，若是远远与之对射，汉军多半不是对手。但是，这一次霍去病已经找到了对付匈奴人的办法，他早已经做好了谋划，只要一发现匈奴军队，马上就用重骑兵发起突击，以快制慢，不动则已，动则以雷霆万钧之势，务求在首次突击中一举将之击溃。这也是霍去病多年以来总结出的专门针对匈奴的"闪电"战法。

这支匈奴军显然也发现了汉军的行动，已经在严阵以待了。但是让匈奴人没有想到的是，劳师远袭的汉军进攻会来得这么快，这么猛！

霍去病望着整装待发的兵将，自己也披上了铠甲，跃上战马准备冲锋厮杀。霍光有些担心，正想上前劝阻，却被霍去病挥手阻止。霍去病说道："此次出征，是为消灭匈奴而来，是一场恶战，主帅不身先士卒，手下将士怎会个个争先？这种冲锋陷阵的机会，对于每一个将士而言都是从军的荣光。要是不能亲上战场，岂不是遗憾无穷！"

见兄长豪情万丈，霍光也燃起了万丈豪情。霍光激动地朗声说道："那我也与兄长同去吧！"

霍去病看了看霍光，朗声说道："好！男儿就该在战场上建功立业。"随后，霍去病让手下把武帝赐给自己的软甲为霍光披上，自己则披上了硬甲。只见霍去病长刀一挥，重骑兵的攻击便如迅雷一样开始了。沉沉的马蹄声骤然响起，万马奔腾，瞬间，整个草原都战栗起来。

霍去病带领着重骑兵队伍疾若闪电地行进了数十里，很快就可以远远地见着匈奴军的营帐了。匈奴的兵士们已经一排排列开阵势，张弓如满月，只待汉军冲到阵前，用飞蝗一般的箭雨让汉军有来无回。

见匈奴军已经严阵以待，霍去病却丝毫没有犹豫，只见他大喊一声："弟兄们，跟我冲啊！"随即一马当先，继续冲在了最前面。轻骑兵则按照预定部署分作两翼，开始包抄。一时间，草原如同山崩地裂一般，马蹄声惊天动地，喊杀声响彻云霄。

当冲锋的汉军重骑兵离匈奴军阵不足百米，已经能看到匈奴士兵的脸时，匈奴军的漫天羽箭呼啸而出，如同雨点一般，落入汉军阵中。却只见这些穿有铁铠甲的汉军重骑兵，全然不顾密集而至的箭雨，继续如铜墙铁壁一样往前推进。不时有中了箭的马匹发出痛苦的嘶鸣，连骑带人轰然倒下；不时有兵将被箭矢射中，鲜血喷涌而出。但汉军进攻阵型却始终保持不乱，推进的速度竟不见丝毫的滞缓。还没待匈奴军射出第二波箭雨，汉军的重骑兵便已经突入匈奴的军阵中了。

为什么匈奴军的箭雨没能阻挡住汉军的进攻呢？问题就出在双方的武器质量差别上。武帝为了此战，已将汉军的武器全部更换成了铁质兵器，比匈奴军使用的青铜武器要坚硬锐利得多。而此时匈奴军弓箭的箭头多为青铜，部分甚至为骨制。匈奴军射出的箭矢难以击穿汉军重骑兵的铁甲。因此，几乎是瞬间，持着长戟、提着环首刀的汉军重骑兵前锋就突入了匈奴军阵中。而霍去病仍是一马当先，手舞长刀，杀敌如砍菜切瓜。霍去病身后的将士们也是人人奋勇，个个争先，万人齐声呐喊，气势如虹。

汉军重骑兵的长戟长达二三米，而环首刀也有一米余，都为铁制锐器。匈奴士兵的刀剑多为青铜，不如铁质兵器锐利，加上又比较短小，近战很是不利。不多时，匈奴前锋部队的阵形就被冲散分割，变得七零八落。

此时，汉军的两翼轻骑也已经完成包抄从侧面掩杀过来。轻骑兵多使用手张弩，威力比匈奴所用弓箭更强，射程也更远。匈奴骑射手还未能发矢，就已经纷纷被射倒。匈奴军的前锋经此冲击，瞬间溃不成军，四处逃散。许多匈奴士兵见状不妙，干脆下马投降。

见前锋队伍和汉军一经接战，很快就崩溃，后面的匈奴军队伍便开始后撤。霍去病见敌军撤退颇有章法，知道这支匈奴军队并非乌合之众，考虑到己方方才的突击消耗颇大，人马需要休整，便立刻号令后队改前队，重整队形。前队就地休整，后队继续追击。

在刚才的冲锋中，霍去病将五万骑兵分为了两部分。在自己带领着这一部分冲锋时，下一部分已经做好了冲锋准备，随时可以进发了。


霍去病下马，见霍光一直跟在自己身边，心里一阵欣慰，关切地问道："弟弟可还好？"

霍光第一次上战场，按照霍去病的叮嘱，冲锋时一直跟在兄长后面。他见兄长冲锋陷阵如入无人之境，心中是既惊又喜。虽然大军已经停下来休整，霍光的一颗心却依然在怦怦乱跳。见兄长过来，霍光强装平静，感慨道："在兄长面前，这些匈奴人真是不堪一击啊。"

霍去病见霍光跟随自己经历此番冲杀，不仅没有丝毫怯意，居然还能够说出感慨的话来，不禁赞道："光弟比我第一次上战场可强多了。我当时跟随在舅舅身边，可是吓得连话都说不出来。"说完哈哈大笑。

霍去病让副将李敢等带领另外一半骑兵再次突击，对后退的匈奴大军展开第二轮攻击。李敢纵马来到霍去病身前。

霍去病神情凝重地对李敢说道："我知道你父李广将军素来英勇善战，此次我特招你来我麾下，便是希望你能承继父业，立下大功，但愿你要不让我失望。"

李敢听后十分感动，说道："敢必不辜负将军厚望。"说完，引着身边的数十名骑兵，率领大军朝着匈奴军溃败的方向呼啸而去。

这时，有校官押着一员匈奴降卒过来，说："这匈奴人交代，此次与我们接战的为匈奴左贤王部。单于并不在此处。"

霍去病此时并不知道舅舅卫青已与匈奴单于本部交手，叹息了一声，说道："可惜并非单于所部。"

说完，霍去病带领整顿完的兵马，将受伤、牺牲士卒留给接应的后续步兵，将缴获的补给物资捎上，继续紧追左贤王部。

这一路追击，霍去病如同鬼魅一般，紧跟在匈奴军后面，将左贤王部紧紧咬住。左贤王不敢和霍去病正面交锋，只有率队奔逃，极力甩脱汉军的追击。无奈霍去病将骑兵分为两队，分批轮番突击，左贤王部被追赶得人困马乏，直往大漠深处逃去。

霍去病的这一路大军，沿路使用就地缴获的匈奴营地的给养，紧追左贤王部直插匈奴腹地，最终打到了狼居胥山脚下。左贤王部此时已经是溃不成军，他的帅旗也被李敢夺下，手下屯头王、韩王等三王被俘，将军、相国、当户八十多人也一起被俘，折损兵将七万多人。霍去病这次与匈奴主力左贤王部决战，再一次大获全胜。

凯旋回朝后，霍去病被武帝加封五千八百户。李敢也被封为关内侯，食邑两百户。卫青虽然也获大胜，但由于出了李广自刎身亡这件事，功罪相抵，既不降罪也不封功。卫青一贯低调，倒也不去计较。


但是，封了侯的李敢，心里却愤愤不平。李敢心想，我父为国征战几十年，就落得这个下场！一定是卫青这个老匹夫冤枉了我父亲，导致他如此偏激。不行，我一定要讨个公道。

这天，李敢喝得酩酊大醉，来到卫青的大将军府。门前卫士见是新封侯的李敢，不敢阻拦，便让他进去。卫青见李敢来了，客气地让坐，并让下人端上酒菜伺候。

自李广死后，卫青心里一直很不安。虽然说李广之死与自己没有直接关系，但毕竟是死在了自己的军营大帐里。李广自刎后，卫青就一直想找个机会对李敢解释一番。这时，见李敢上门来了，卫青心里一动，心想正好可以解开这个心结。

但卫青立即发现来者不善。只见李敢两眼通红，双目发直，端起酒仰头喝尽，却一口喷在卫青脸上。随即开口大骂："呸！这是什么酒？里面有毒！"

卫青见李敢是来找碴儿的，也不以为意。他让身边的随从退下，亲自给李敢斟满酒，自己也斟满一爵，一口喝干，随即真诚地对李敢说："令尊之死，老夫非常难过。"

刚说完，卫青就感到脸上一阵剧痛，原来是李敢把斟酒的青铜爵狠命砸到了他的脸上。鲜血立即涌了出来，卫青倒在了地上。

发狂的李敢，抬脚就向卫青踹去。就在这脚即将踹上卫青胸口的时候，一双有力的铁臂将他牢牢箍住。李敢一回头，酒吓醒了一大半，只见满脸怒容的霍去病，正愤怒地瞪着他。

原来，卫青的下人见李敢上门来，知道准没好事，便火速去找霍去病。霍去病急忙赶来刚好看到了李敢猛踹卫青这一幕，不禁大怒。只见他一把将李敢抱住摔倒在地，大喝道："我待你不薄，你竟敢伤我舅舅，我宰了你！"霍去病热血上涌，"嗖"的一声拔出长剑，就要砍下。

这时候，只听到卫青微弱但坚定的声音："去病，算了。

他年轻，不明事理，现又喝醉了酒，让他走吧。"

霍去病赶紧扶起卫青，要去叫御医来包扎伤口，卫青制止了他，让霍去病打开他的行军箱，从中取出刀伤药，敷在伤口上，并用备好的长布条，把伤口包扎好。原来，卫青久经征战，刀伤药也是随身准备好的。

见卫青无大碍，霍去病的情绪可算平静了一些。而且卫青又发了话，霍去病对李敢便也没有再深究不放，只是狠狠训斥了李敢一番，警告他以后再也不要干这种蠢事。李敢听罢，悻悻而去。

李敢走后，卫青交代霍去病对此事严守秘密，到此为止，不要去找李敢的麻烦，不得对外张扬。霍去病点头答应。但是，卫青的儿子卫伉见父亲脸上有伤，因而知道了李敢伤父这件事，对李敢恨得牙根发痒。

不久后的一天，武帝到甘泉宫狩猎，霍去病、李敢等将领随行围猎。

狩猎开始后，军士从四周开始驱赶鹿群，霍去病见一头飞奔的雄鹿从眼前闪过，立即追去，李敢也紧随其上。两人一阵急追，不知不觉脱离了大队。霍去病见雄鹿已在自己弓箭射程范围内，便弯弓搭箭，瞄准雄鹿，正准备射出，却听到不远处有人一声惨叫。霍去病急忙催骑奔了过去，却看见李敢倒在地上，后心中箭。这一箭穿透后心，箭尖从前胸出来。霍去病拔出箭来，连忙取刀伤药给李敢敷上，只见李敢满身是血，已经说不出话来。

这时，霍去病感到前面树后的草丛一动，他大喝一声："是谁？躲着不出来我一箭射死你。"

只听见一个战战兢兢的声音传出："大哥，是我。"

霍去病一见，呆立着不作声。树后之人不是别人，正是自己的表弟，卫青的儿子卫伉。霍去病没有想到，卫伉竟会干出射杀李敢这种事，可真是胆大包天。就在霍去病这么愣神一呆的瞬间，卫伉一闪身，消失在树丛之中。

正在霍去病抱起李敢无所适从、心神大乱的时候，一阵马蹄声由远而近，一个雄浑沉稳的声音响起："去病，你把李敢杀了？"

霍去病一抬头，原来是武帝，他正目光如炬地瞪着自己。

霍去病这一惊非同小可，当真是魂飞魄散。但他立刻冷静下来，霍去病心里明白，卫伉射杀李敢这事，只有自己知道，如果将实情告诉武帝，武帝必然十分震怒，卫伉必死无疑不说，舅舅一家也恐将不保。而如果自己能揽下此事，武帝必定以为是自己射杀雄鹿时误杀了李敢，看来这件事只有自己承担下来了。

面对武帝的询问，霍去病用无神的双眼惶恐地看着武帝，无力地点了点头。

这时候，武帝的卫队也都来到，簇拥在武帝身旁。武帝见霍去病怀抱李敢呆若木鸡的样子，判断是霍去病在射杀雄鹿时误杀了李敢。武帝不想惩罚霍去病这位爱将，于是就在马上回身对大家说："李敢追捕雄鹿，不料从马上摔倒在鹿角上，不幸身亡。他是为我效忠而死。去病，你要好好地厚葬他。"说完，调转马头，留下一身是血、怀抱李敢的霍去病，扬长而去。

日子在平静中一晃就是两年。

数年历练，霍光已经变得更加成熟了。

公元前117年的年初，霍光办完宫中差事，计划和兄长小聚一番。来到霍去病的府上时，霍光被告知兄长正在军营蹴鞠比赛。霍光知道兄长爱好蹴鞠，常常与手下兵士将官共同嬉戏，不分贵贱。长安城以及全国各地，蹴鞠也十分流行，从长安城内的权贵，到穷乡僻壤的贫民，都有玩蹴鞠的人。

霍光曾经问过霍去病："为何军营中也常常以蹴鞠作为游戏方式？"

霍去病答道："蹴鞠这种游戏方式，可以用来操练士兵，不仅可以锻炼他们的身体，更可以培养他们的默契。"虽说如此，霍光终究还是对蹴鞠不感兴趣。

霍光在屋内等候了一会儿，只听到外面车马声响起，不一会儿，霍去病进了屋。见到霍光，霍去病大喜过望，说道："我竟不知道你来见我，真应该早些回来。"两兄弟寒暄了几句，霍去病便引弟弟霍光坐在床榻上，斟上了酒。

霍光沉思了片刻，问道："我最近几日外出，听到长安城中有一首歌谣在传唱，说是什么'生男无喜，生女无忧，独不见卫子夫霸天下'。我担心是有人故意散播这种话，败坏哥哥和大将军的名声，还是得多加注意为好。"

霍去病却不以为意："我听说这歌谣也有段时间了，说卫家独霸天下，不过是有人在嫉妒舅舅和我的战功，故意编造这些谣言出来，恶意中伤我与舅舅罢了。舅舅和我的品行你是知道的，一心只忠于汉室江山和武帝，别无任何私心。对这些歌谣传言若是太在意，反倒显得心中有私。我和舅舅为国效力，远征匈奴，立下了大功，皇上也是知道的。以皇上的圣明，怎么会被几个摆弄言辞的小人蒙蔽住呢？何况我们每日要处理大量的军机大事，又哪有时间去和那些个编造歌谣的刁钻小人斗呢？"

霍光听了哥哥的话，心中的不安并未消去。他接着说道："有几个这样的小人自然无足轻重，但要是这样的人多了，并围绕在皇帝身边，说一些似是而非的话，时间久了，说不准皇帝就会信以为真啊。虽然目前这样的人势力不大，但是其用心却十分恶毒，不得不防啊。"

霍去病听了，愣了一下，说道："那弟弟你是怎么看待这件事的呢？"

霍光答言道："我认为，现在之所以有人中伤你们，就是因为如今太子为卫皇后所生，而皇后与大将军为姐弟。

哥哥和大将军主持政、军事务，颇得人心，就算有奸恶之人想算计，也惧怕哥哥和大将军的威名，不敢妄为。但是，陛下尚有其他几个儿子，目前他们都在长安。他们虽然都还年幼，却也难保没有人会有非分之想。朝廷中也有一些奸恶之人在观望，若是兄长和将军失势，那皇后的地位难免就不稳定了，太子的位置也会因此变得不牢固。一旦出现这种形势，要是有大臣暗地里支持陛下的其他几个儿子当太子，而且赌赢了，那将来他们岂不是也能像哥哥和大将军一样大权在握？"

听了霍光的分析，霍去病心中思绪翻涌。他将酒杯缓缓放下，沉吟着说道："那依照弟弟的意思，当怎样应对呢？"

霍光回答到："若是陛下其他的几个儿子封了王，那就必然要'就国'，而不能留在长安。如果将封国的名分定下来，那么想推翻太子另立他人的那些人的念想自然就断了。这样不仅可以确保太子的地位更加稳固，也可以让社稷更加安定。"霍去病思考良久，觉得霍光说的很有道理。

这年三月，霍去病给武帝上了一道疏，说道：

"大司马臣霍去病冒死拜上疏皇帝陛下：承蒙陛下错爱，使臣能在军中供职。本应专心思考边防事务，即使战死荒野也无法报答陛下，怎敢考虑其他的事来打扰陛下。

臣今日这样做，实在是因为看到陛下为天下事忧劳，因哀怜百姓忘了自己，减少了食膳音乐，裁减了郎员。皇子们赖天保佑，均长大成人，已能行趋拜之礼，但至今未封号位设师傅官。陛下谦恭礼让，不怜悯骨肉之情，群臣私下都希望早日给皇子们予以封号，但不敢越职进奏。我不胜犬马之心，冒死建言，希望陛下命有司，趁盛夏吉日早定皇子之位。望陛下鉴察。霍去病冒死再拜进奏皇帝陛下。"

霍去病的奏折由此时身为御史兼尚书令的霍光交到了未央宫武帝的手里。

武帝见了奏折，心中大概明白了霍去病的用意。他本来就认定嫡长子刘据是自己的接班人，霍去病的奏章倒也正合武帝的心意。于是武帝将霍去病的奏折给朝廷中的其他大臣阅览。最后，武帝立二皇子刘闳为齐王，三皇子刘旦为燕王，四皇子刘胥为广陵王。

武帝心里明白，霍去病之所以上这封奏章，表面上看是为几位皇子请求封地，实质上却是在维护太子这一系，后面有卫青、卫皇后和太子。让皇子们离开长安就国，就减少了他们对太子位的觊觎之心，有利于巩固太子地位，无论是依礼制还是稳定国家的需要，也都应该这样做。

武帝又考虑，自古被封为诸侯王的皇子，"奉承天子""尊宗庙重社稷"的少，而扰乱朝纲、谋反危国的多。于是，武帝为即将就国的皇子们分别作策文，用以告诫、激励他们。

武帝告诫齐王刘闳，人要爱好善德，才能昭显光明。若不图道义，则会使人懈怠。竭尽你的心力，真心实意地执持中正之道，就能永保天禄。如有邪曲不善之念，就会伤害你的国家，伤害你自身。

武帝告诫封在燕赵之地的燕王刘旦，说燕国的土地贫瘠，北近匈奴，这一带的人勇敢但缺少谋略，因此要竭尽你的心力，不与人结怨，不要做败德之事，不要废弃武备。不习礼义之士，不得召之身边使用。

武帝告诫被封在吴越之地的广陵王刘胥，说那里的人"精明而轻浮"，务必要做到"不童蒙无知，不贪图安逸，不接近坏人，一切按照法则行事。不好逸乐驰骋游猎，不过度安乐而接近小人"，绝不能背弃礼义。

武帝的三位皇子被册封后，都到封地上任就国去了。


刘闳上任不久，即年少夭折。刘闳死后，封国被取消。武帝赐刘闳谥号"怀王"，怜惜之意尽在一个"怀"字。

刘旦和刘胥是亲兄弟。他们就国后，不仅没有如武帝所期望的那样尊崇礼法，反而因没有分封到更为富庶之地而愤愤不平。刘旦、刘胥的众多门客也随他们离开京城，来到穷僻之地，不免也是一肚子牢骚，忍不住要拨弄是非。在门客们的鼓噪下，刘旦和刘胥也认为让他们离开繁华的京城来到偏僻之地的原由都在霍去病和卫青，这个账必须得记上，有朝一日得找他们好好算算账。

一年后，即元狩六年。他们终于等到了机会——李蔡当上了丞相。

李蔡是谁呢？他就是在卫青大帐中自刎身亡的李广的亲弟弟。当上了丞相的李蔡这时候大权在握，他对哥哥李广、侄子李敢的死一直耿耿于怀。特别是李敢，勇夺敌军帅旗，立下赫赫战功，却死得不明不白。什么撞在鹿角上身亡，有这种可能吗？他在前线杀敌千百，毫发未损，打猎却会撞到鹿角上？绝不可能！

刘旦和刘胥这帮对霍去病、卫青心怀不满的王子和门客们，串通李蔡，对李敢之死进行秘密调查。这一查，还真给他们查出了道道。原来射杀李敢的有可能并不是霍去病，而很可能是卫青的宝贝儿子卫伉。这个结果远远超出了他们的期望。因为，当时卫家可以说是权倾朝野，最重要的是，卫子夫的儿子刘据，已经被确立为皇位接班人。如果能坐实是卫伉射杀了李敢，那霍去病就犯有欺君之罪，将全族被夷。如果再延伸追查幕后主使，进而将卫青和卫皇后扳倒，武帝一怒之下，把太子刘据给废了也是有可能的。二皇子刘闳已逝，到那时候，刘旦或刘胥接太子位不就有希望了吗？

刘旦和刘胥在暗地里调查卫伉的消息很快就传到了霍光的耳里。霍光自小在民间长大，对民间的议论和传闻很是在意。而且，他还培养了自己的亲信耳目，查访民间说法，以此与自己在朝中的听闻、奏章相对照。

霍光感到此事事关重大，立即找到霍去病，把这个消息告诉了他。霍去病一听，大吃一惊。霍去病没有想到，自己当初的一番苦心，却引来了这么一个结果。霍去病心想，武帝如果知道自己是有意祖护卫伉，定会震怒异常。武帝肯定会把自己找去问话，到了那个时候，可如何是好？如果照实说，舅舅一家必定不保。如果不照实说，又怎能搪塞得过去？欺君之罪可是要灭族的啊！到时，不仅自己不保，恐也将连累到舅舅全家。

思虑良久，霍去病对霍光说道："光弟，今后不管发生什么事情，你都要对武帝忠心耿耿。武帝和舅舅都像我的再生父亲一样，是他们的悉心栽培，我霍去病才有今天哪。"说完，霍去病沉默起来，似在盘算一件大事，不再言语。

霍光感觉，今天哥哥的情绪有点异常，但一时也想不出什么好办法来劝导。过了一会儿，霍去病却似乎是想通了什么，轻松地对霍光说："光弟，我这辈子做的最开心的一件事，就是把你带进了长安，为陛下效力。"说完，哈哈哈地干笑了几声，眼角竟泛出了泪光。

这几声笑，让霍光感到一丝苦味，一丝寒冷。

第二天，突然传来了霍去病暴毙身亡的消息。如同晴天霹雳，霍光却一下子明白了："昨天哥哥霍去病异于平常的神态和对自己所说的话，原来是已经下了赴死的决心了。没有想到，哥哥会选择以这种方式来为他舅舅一家谢罪，这是在以命消灾啊。霍去病死了，李敢之死就无人对证了。"想到这里，霍光忍不住放声痛哭起来。

武帝很快也得知了霍去病的死讯。他感到犹如断了一只臂膀一样，很是悲恸。第二天清晨，东方破晓时，武帝唤来侍臣，让他们准备车马，他决定亲自去霍去病府上吊唁。

中午时分，武帝的车辇来到了霍去病家中。此时，霍去病的将军府中已经搭起了灵堂，灵堂中已经设了殓床，并铺了草席，放上了被褥，正准备为霍去病入殓。

武帝下了车，竟觉得自己的步履有点蹒跚。霍去病的突然离世，使他心里空荡荡的。在文武群臣中，武帝最欣赏的将领就是霍去病了。武帝坚定地认为，霍去病是自己最值得信赖的人。这一阵子，已经有人在说李敢之死，是霍去病代人受过，有欺君之嫌。武帝仔细回想那天狩猎时的场景，对霍去病误杀李敢一事也心存疑虑。不过，那天他是亲眼见到霍去病面对自己的问话点头承认了的，而霍去病是不可能会欺骗他的。这几天武帝正想把霍去病找来问话，却不成想霍去病竟然会暴毙而亡。

武帝隐隐觉得霍去病的死与李敢之死有所关联。但是，如果真的像传言那样霍去病是代人受过，最后循着传言必定会追究到卫青和皇后卫子夫身上，那岂不是要翻起滔天巨浪？其实，武帝的心里如明镜一般。他感到这股传言来得有些蹊跷，自己刚封完几个皇子为诸侯王，就有霍去病代人受过的传言出现。表面上看，矛头指向是大司马大将军卫青和皇后卫子夫，可实际上，目标指向应该是太子刘据。还不都是盯着将来的皇位？自己还在位，太子是自己选的接班之人，早已明确了，怎么这些人就不能消停一下呢？人死不能复生，这件事就让它随霍去病而去吧。

武帝定了定神，缓步走到霍去病的母亲卫少儿等人面前，一一问候。他心中悲切之感愈来愈沉重，这些年霍去病伴随自己的一幕幕不停地在脑中闪现，武帝深深地为霍去病英年早逝而悲戚。至吊唁结束返回宫中时，武帝还沉浸在悲恸之中，精神恍恍惚惚的，仿佛瞬间苍老了许多。

武帝诏令将霍去病下葬于为自己修建的皇陵——茂陵附近，他要把这名爱将永远留在身边，将来在自己百年之后，也让霍去病一直陪伴着自己。

霍去病出殡的日子，武帝特地调来了边境五郡的几万士兵，均穿黑色铁甲以示庄重。数万士兵排列成阵，从长安城一路延伸到茂陵，护送霍去病的灵柩去往墓地。为纪念霍去病的功勋，武帝还将霍去病墓的巨大封土修成了河西祁连山的模样，以巨石雕成石人、石马、石兽，雄立在霍去病墓前，以彰其马踏匈奴的赫赫战功。武帝又封霍去病为景桓侯，取义勇武与开疆拓土，以表彰他克敌服远、英勇作战、扩充疆土的不世功勋。

伴随着霍去病的死，加上漠北之战朝廷消耗巨大，汉朝暂时没了远征匈奴的打算，边境也因此平静了好几年。直到多年之后，武帝才又出兵平定南越，开拓西南，征服朝鲜，将大汉的势力延伸到了西域。

战神霍去病死后，他的弟弟霍光的命运会发生怎样的变化呢？欲知详情，请看下一章：如履薄冰——天子近臣霍光。

# 第三章

## 如履薄冰——天子近臣霍光

霍去病死后，武帝让霍去病的儿子霍嬗接替了霍去病的冠军侯爵位，霍嬗还被武帝封为了侍中，后又被封为奉车都尉，天天带在自己身边。霍嬗像极了霍去病小时候的样子，因此颇受武帝疼爱。武帝希望霍嬗长大以后也成为像霍去病一样战无不胜的将军，继续霍去病的功业，因而对霍嬗很是看重，甚至比对自己的皇子皇孙们还要亲近。

　　公元前110年，十岁的霍嬗随武帝登泰山封禅。没想到，霍嬗因此受了风寒。因年纪小，加上旅途劳累，这场风寒竟然让霍嬗一病不起，不久便离开了人世。因为当时的霍嬗只有十岁，没有子嗣，于是霍嬗死后，冠军侯国也就此被废除。

　　霍嬗死后，武帝十分悲伤且自责，作了《思奉车子侯①歌》，以示哀悼：

---

①子侯：霍嬗，字子侯。

嘉幽兰兮延秀，蓴妖淫兮中溏。

华斐斐兮丽景，风徘徊兮流芳。

皇天兮无慧，至人逝兮仙乡。

天路远兮无期，不觉涕下兮沾裳。

　　霍去病和霍嬗父子俩的先后离世，让武帝的思念很是深重。有一天，睡梦中的武帝蒙蒙眬眬间仿佛又看见了霍去病英武的面庞，那个战神一般的爱将正挥舞着长刀，率领着大军追逐匈奴。武帝在睡梦中手舞足蹈，呼唤着霍去病的名字，仿佛在为这位战神鼓劲加油，又似在分享霍去病胜利的喜悦。俄顷，武帝似乎又在享受小霍嬗在自己身边的绕膝之乐，喃喃自语中，又在呼唤子侯的名字，满是欢快和欣喜。

　　霍光侍立在武帝帐旁，见武帝在梦中都在呼唤兄长霍去病和侄儿霍嬗的名字，心里头涌过一阵热流，不禁泪流满面。从梦中醒来的武帝，眼里泛着泪光。他见到霍光正侍立在自己的床前，泪流满脸，对自己一脸的关切，心里头禁不住一声长叹："幸好还有霍光在！"看见了霍光，武帝感觉好像霍去病并没有离去一样。

　　从此，武帝把霍光当成了霍去病的替身，越发信任有加，让他担任了奉车都尉与光禄大夫的要职。霍光每日如影随形般地侍奉在武帝左右，竟成了武帝身边最为信赖的近臣。

霍光不忘兄长霍去病的教诲，以百分之百的忠诚和敬业回报武帝，从未有过任何的过失。这是后话，暂且不提。

过了许久，武帝才从霍去病和霍嬗之死的悲痛中走出来。

这一天，风和日丽，武帝携着一群后宫嫔妃在宫中摆宴游乐。酷爱宝马的武帝忽然来了兴致，令人牵来宫中饲养的马匹让后宫嫔妃们观赏。于是，数十名马夫按照吩咐，牵着马匹，从宴会前走过，以观马助游兴。这些马夫的眼神都忍不住往武帝身边那些衣着华贵的美人身上飘。武帝见状，心中不快，正欲发作。

就在此时，却见到一位身材魁梧、面孔严峻的青年牵着饲养的宝马目不斜视地注视前方，视武帝身边的那些美人如空气。那青年不似纯正的中原人模样，不但人长得俊美精神，而且牵着的马也格外膘肥体壮，根根须毛闪闪发亮，一看就比其他人牵着的马精神得多。人与马相得益彰，格外醒目扎眼。显然，这个青年的养马水平相较他人要高出一筹。

爱马的武帝好奇地问左右道："这位马夫是谁啊？看起来不一般哪。"

霍光此时正在武帝身旁侍奉。他观望那位马夫，觉得容貌有些熟悉。突然，他想起了自己被兄长霍去病带进长安的时候，遇见过随浑邪王投降的休屠王子。当时的休屠王子年方十四岁，到长安后随母亲住在宫中，便一直安置在宫中养马。霍光认出了此人正是休屠王子贺赖。没想到，转眼之间，休屠王子贺赖竟长成英俊的青年了。

霍光小步走到武帝身边说道："这位马夫是从前骠骑将军受降匈奴时带回来的俘虏，是休屠王的大王子贺赖。他的母亲阏氏是我朝宫女，曾经同公主一起送往匈奴和亲，后来成为了休屠王的妻子。"

武帝听了霍光的奏报，说道："将那位马夫召来，朕有事要问他。"霍光赶忙过去，把贺赖领了过来。

只见贺赖步伐稳健、镇定自若地走上前来对武帝行了拜揖之礼，然后立在了武帝的近处。武帝在近处仔细一看，感觉他比远处看起来更加赏心悦目、英俊魁梧、气度不凡，于是更添好感。武帝向贺赖问了几个养马的问题，贺赖回答得条理清晰，简单明了，不见丝毫的慌乱，很合武帝的意。

武帝没想到宫中竟有如此擅长养马之人。当武帝得知了他是休屠王的王子之后，见他举止有序，谈吐有度，武帝心里十分欣赏，便问道："你养马的知识，从何而来？为何你能养出这么好的马？"

贺赖回答说："我自小便在部落中养马。进宫后，母亲教导我无论做任何事都要认真细心。在宫中养马，我始终牢记母亲大人的教导，丝毫不敢懈怠。"

武帝听了休屠王子这一番话，又想到霍光方才说休屠王的阏氏为汉朝宫女一事，心中一动，霎时起了爱才怜才之心，当即下诏，任命贺赖为马监。武帝又想起了霍去病出征匈奴曾经缴获了休屠王的祭天金人，便又赐贺赖姓金，名日磾。从此，贺赖就叫金日磾。

金日磾本是作为战俘被发配到宫中养马的一名官奴，因为马养得好而被武帝发现并欣赏，被武帝提拔为马监，成为了宫中养马的统领，地位与过去相比大不一样了。虽然有了官位，金日磾却依然很守礼节，在马监的官位上，依然兢兢业业，养马做事一丝不苟，宫中的马群养得比过去更精神了。这让霍光不由得肃然起敬。

然而，在汉朝的许多皇亲贵戚看来，一个匈奴的俘虏，而且还是出尔反尔的休屠王的后代，突然被武帝封了官，而且赐予名姓，恩宠异于常人，这大大超出了他们的想象。于是，朝廷内外开始有人在私下议论说："陛下得到了一个匈奴的奴隶，反倒给他封官加爵，如此看重他。相比较之下，我们这些大汉的臣子就逊色多了。陛下真是偏心。"

武帝听说了这些传言后，却丝毫不以为意。他通过一段时间的观察了解，了解到金日磾果真做事认真仔细，对自己忠心不二，反倒对金日磾更加厚待。很快，金日磾就从马监变成了侍中、驸马都尉、光禄大夫。

金日磾的驸马都尉掌管皇帝出行时候的副车，而霍光的奉车都尉则是掌管皇帝出行所乘的舆车。两人成为了一对负责皇帝出行安全的搭档，共同侍奉在武帝左右，仿如武帝的左膀右臂。时日一久，见武帝对金日磾的宠爱日甚一日,那些有关金日磾的流言蜚语也就不了了之了。

西汉创建初期,丞相的权力很大。而武帝为加强自己的皇权,决定削弱相权,于是有意让自己身边的近臣参与到重大政事的讨论中,形成与丞相所代表的外廷相对应的内廷。霍光与金日磾作为武帝身边的近臣,因此也常常参与到政事的讨论中,并作为皇帝的使者去处理一些事务。霍光和金日磾作为武帝身边的两个最亲近的大臣,在朝廷中的地位日益显赫。


战神霍去病逝去后,当朝大司马大将军卫青的雄心壮志也仿佛凋零了。在霍去病死后的十一年中,武帝虽然出兵扫荡了汉朝的东南和西南,向东北攻伐了朝鲜,但是作为大将军的卫青却再也没有出征过,也没有再立下新的功绩。公元前106年,在霍去病逝世十一年后,卫青也因病逝去。

霍光与金日磾陪着武帝参加了卫青的葬礼。卫青的离世,再次让武帝深感悲恸,这一次,武帝也调集了军队护送卫青的灵柩下葬。作为武帝最宠信的大臣之一,卫青的墓被放在了茂陵的东北方,与霍去病的墓一样,永远地陪护在武帝将来的陵墓旁。霍去病和卫青,作为武帝一朝最耀眼的两颗将星,被武帝安排永远地拱卫在了自己陵墓的左右。

卫青出殡的时候,像当年霍去病出殡一样,沿途安排数万武士列阵相送,随灵柩车后护送的则是上千名身着黑色盔甲的骑兵。从未央宫远远望去，送葬的军民仿如一条玄龙，在山路上蜿蜒。这一天，天空中黑云低垂，不时洒下星星点点的细雨，仿佛是对这位叱咤风云、驰骋疆场的大将军表示不舍，也仿佛在昭示一代风云人物就此逝去。

　　已经在武帝身边侍奉了十几年的霍光，望着渐行渐远的送葬队伍，见武帝将目光投向远方，沉默不语，似在回忆那些随卫青逝去的风烟滚滚的岁月。霍光也一言不发，将目光投向了远处的苍穹，小心地陪护着武帝。一种时光蹉跎、岁月沧桑的感觉紧紧拽住了霍光的心绪。卫青的逝去，标志着代表一个时代的将星的谢幕。李广自杀了，曾经封狼居胥、开疆拓土的霍去病走了，而现在因为战功而加封为大将军的卫青也走了。正是因为有了这些堪称伟大的将星，霍光感到自己入宫这十几年来跟随武帝的生活过得格外精彩。现在，他们纷纷走了，帝国会因此而翻起新的波澜吗？

　　霍光收回目光，望向武帝。武帝看上去仿佛又苍老了许多。只见武帝面色肃穆，不知道在思考着什么，只是将目光投向远方，若有所思。此时，那些送葬的队列即将消失在山林后，仿佛象征着那由卫青与霍去病开创的时代行将结束。


　　公元前105年，在卫青逝后的第二年，一位新的贵戚登上了将军之位，成为军事、政治的新星。他的名字，叫作李广利。

李广利是武帝最宠爱的李夫人的哥哥。这位李夫人，有倾国倾城之色，当年在尚不为人所知的时候，因为身为宫廷乐师的哥哥李延年为她作的一曲《北方有佳人》而被武帝知道，随后入宫，备受武帝宠幸。可惜红颜薄命，李夫人在生下武帝的第五个儿子刘髆后，因身体虚弱，患了重病，最终香消玉殒。

李夫人在卧病不起时，将三个哥哥李广利、李延年以及李季，还有自己幼小的孩子刘髆托付给了武帝，请求武帝看在平日恩爱的情分上，给予特别的善待。武帝因为宠爱和思念李夫人，在李夫人死后，不仅以皇后之礼葬之，而且还交代将来要把李夫人墓迁葬至茂陵，作为自己的陪葬墓。李夫人因此竟成了武帝茂陵陪葬的唯一一位女人，享受了不是皇后胜似皇后的待遇，极尽哀荣。

李夫人去世后，武帝将李夫人的儿子刘髆封在了孔孟之乡的齐鲁富庶之地为昌邑王，把李夫人的哥哥李延年封为协律都尉，掌管天下乐舞，对李夫人的另两个哥哥也各有封赏。其中，对精通弓马的李广利尤为看重。

一日，武帝对左右说道："我见李广利这人，弓马娴熟，说不定有一天，他可以成为朕的左膀右臂啊。"

霍光素知李广利其人擅长夸夸其谈，而能力却十分平庸。但霍光听了武帝的话却黯然不语。他知道武帝说这番话时，心中其实主意已定，打算要起用李广利了。就算霍光再说什么，也只不过是触怒武帝，并不会有什么改变。

霍光猜度着武帝的心思："皇帝起用李广利，既是为了对得起李夫人去世前之嘱托，也是为了培养自己的人，弥补霍去病和卫青去世后的空缺，真是一举多得啊。"霍光意识到武帝的想法，见武帝也没有打算询问自己的意见，便闭口不言。

霍光心里清楚，武帝肯定知道李广利并不具备像卫青、霍去病那样的雄才大略，但他仍然决定起用李广利，当然不光是为了李夫人对自己的一句嘱托，而是武帝需要有这么个人来平衡朝中各方势力。现在边患不多，对外用兵的压力并不大，只要给李广利一个合适的机会，李广利即使不能建立起与卫青、霍去病同等的功绩，也不至于辜负自己的瞩望。

武帝在做出准备启用李广利的决定后，便将目光投向了北方的西域方向。他想起了西域大宛国的汗血宝马，这种马品质优良，堪称天马。武帝对汗血宝马早就动了念头，这次他要给李广利一个机会，让李广利在沙场建功，为自己抢得大宛的汗血宝马。

自从上次漠北之战后，汉朝国内马匹数量锐减，而且品种素来不是很好。随着匈奴势力的北撤，汉朝的实力进一步深入西域。在西域的大宛国，有一种汗血宝马，传说能日行千里，不仅速度快，力量强，而且耐力好，实在是马中绝品。

武帝最喜欢宝马，当他听说西域大宛国有汗血宝马时，一下子激起了得而御之的强烈兴趣。于是，武帝派使者带着黄金二十万两及一匹黄金铸成的金马去大宛国，要求换取汗血宝马。

使者们从玉门出关，一路上风餐露宿，日晒雨淋，艰辛跋涉，好不容易才到达大宛，见着了大宛国国王毋寡。大宛国王毋寡过去一直是对身边强大的匈奴臣服，而对远在几千里之外的大汉朝没有打过什么交道。毋寡见汉朝使臣要求以金交换汗血宝马，心里头很不乐意，就对使臣傲慢地说："你那些金子与金马有什么了不起，我国多得是。汗血宝马是我大宛国的国宝，岂能用于交换，你们休要妄想。"

使者看到自己遭受这种无礼的对待，非常气愤，也对国王出言不逊，并砸破金马，以示轻蔑，愤而离去返朝复命。大宛王见汉使无礼，又认为汉朝远在东方，不会派大军远袭大宛，便命东部属邑的郁成王拦住汉朝使团，杀死使节，夺走了金银财宝。

使臣被杀的消息传到长安，武帝大怒。小小的大宛国自不量力，竟敢羞辱抗拒大汉，必须予以惩罚。武帝心想，正好可以借征伐大宛国的机会，起用李广利，如果李广利能够借此立功，就正好可以重用了。于是，武帝命李广利为将军，率兵远征大宛。此次远征，目标主要是夺取大宛国贰师城的汗血宝马。武帝诏令李广利为贰师将军，象征意味十分强烈，表示志在必得，必须攻下贰师城，牵回宝马。

太初元年（公元前 104 年），武帝命李广利率领骑兵六千，步卒数万，远征大宛。在武帝看来，在大汉天威面前，小小的大宛国压根就不堪一击，只要汉军一到，大宛必定会缴械投降。武帝一心想凭着大汉的天威取胜，因而派出的军队并不多。而李广利也是第一次带兵打仗，对远征大宛城可能遇到的困难更是估计不足，他以为只要大军一到，沿途必定所向披靡。李广利一心只想着速战速胜，因而所带的粮草补给等军用物资也很不充足。

汉军出了玉门关，进入西域地区，沿路所经的一些小国都是大宛国的盟友，见汉军到来，都紧闭城门，不给汉军食物。汉军由于粮草准备不足，没有后勤补给，只能靠沿途攻打城池来保障。攻下了，就能取得粮草，供士卒马匹食用；攻不下，也只有停留几日，继续前进。一路上，汉军战死的、饿死的兵士很多，等到达大宛的郁成城时，士卒仅剩下数千人，而且都饥饿之极，疲惫不堪。李广利指挥军队攻打郁成城。他虽然略懂弓马，但军事上却是个外行，只会一味调遣士卒强攻猛打，而对方防守严密，结果李广利部伤亡非常大。李广利苦苦思索，郁成城尚且攻不下来，又怎么能攻破大宛的王都呢？李广利眼看能战斗的士卒越来越少，苦于既无兵员的补充，又无粮草的接济，只得撤军。

于是李广利率所部回到敦煌休整。李广利此次出征，往来两年多时间，浩浩荡荡出发，垂头丧气归来，所剩士卒才及出发时的十之一二，损失极为惨重。李广利驻军敦煌，向武帝上书说："道路遥远，缺乏粮草，士卒不忧虑战斗而忧虑饥饿。所剩士卒不多，难以攻下大宛的王都。请求暂且修整，待补充兵力后再去攻打。"

武帝接到李广利所上之书，极为恼怒，派使者把守在玉门关，传令道："军队有敢入关的，斩首。"李广利知道武帝震怒以后，非常恐惧，不敢入玉门关，只得驻扎在敦煌。

第一次远征大宛，就这样因轻率出师及指挥不力而惨败告终。

太初三年（公元前102年），武帝再次命李广利率军远征大宛。

武帝召集群臣，询问这次远征的计策。众大臣皆闭口不语，心里头却都对武帝任李广利为将很不以为然。霍光见群臣不语，便出列向武帝跪拜后，沉声说道："陛下，鉴于上次征战大宛的失败，这次宜做周密安排，多派有实战经验的将领去辅佐贰师将军，并多多增加生力军去接应，这样方能确保有胜算。"

武帝一听，觉得霍光说得有理，便说道："爱卿不愧是大将军去病的胞弟，有乃兄之雄才大略。日磾熟悉那边的情况，你去同他制定一个详细的征战计划给朕。"

武帝于是下诏命上官桀、赵弟、赵始、李哆等多名将领辅佐李广利，发精兵六万归李广利统领，再次出征大宛。

李广利这第二次出征，可谓是将强兵壮，浩浩荡荡，当真是威风凛凛，杀气腾腾。鉴于上次出征在郁成城遇到的挫折，这一次李广利率军特地绕过了郁成城，直奔大宛都城。李广利大军所至，沿途各个小国见汉军如此阵势，不敢再像过去那样拒汉军于城外，无不开城迎接，拿出粮食献给汉军。所以，李广利大军这次出征，很顺利地到达了大宛国的都城，除了在轮台国稍稍遇到抵抗外。

李广利按照武帝事先的交代，先断绝大宛城城内的水源，再围城攻打。攻打到四十余日后，大宛城的贵族们开始恐慌起来。他们暗中商议说："国王毋寡将宝马收藏，不给汉朝，又杀害汉朝的使者，因此得罪汉朝，招致汉军的攻打。假如我们杀掉国王，献出宝马，汉军一定会解围而去。不然城被攻破，臣民恐将不保。"于是，贵族们联合起来，杀掉了大宛国王毋寡。此时大宛的外城正好被汉军攻破。

城中的贵族更为惊恐，赶紧将毋寡的头割下，用木盒装着，献给汉军统帅李广利，并说："我们将所有的宝马都牵来，任你们挑选，并且供给你们军队酒食，只求你们不要再攻打我们的内城。"

李广利和部将商议，大宛城的内城十分坚固，粮食蓄存又很丰富，利于长期坚守，而汉军劳师远征，又战斗了四十余日，已经十分疲乏，同时大宛国的邻国康居，正对汉军虎视眈眈。既然首恶毋寡已经伏诛，大宛国又愿献出宝马，出师的目的就已经达到了，不如就此收军。于是李广利答应了大宛方面提出的要求。大宛的贵族们十分高兴，便将所有的宝马牵出来，让汉军自行选择，又送给汉军许多牛羊及葡萄美酒，慰劳汉军。汉军挑选了最好的宝马数十匹，中等以下的马三千余匹，立大宛国待汉人友好的昧蔡为大宛国王。两国订立盟约，相约结为友好国家。

这场战争终于以汉军的全胜而结束。


李广利回到京城长安，向武帝献上宝马以及许多从西域带来的珍奇宝贝。武帝龙颜大悦，在未央宫大宴群臣，庆贺远征大宛取得胜利。武帝同时封李广利为海西侯，食邑八千户，以表彰其收获天马的功勋。封赵弟为新畤侯，提拔上官桀为少府，赵始为光禄大夫，李哆为上党太守。

汉军两次攻伐大宛，总共经历四年才告结束。

这时候，正是李广利人生的顶峰。虽然在他出征大宛国的时候，出了他的兄弟李季"奸乱后宫"的大事，武帝下诏诛杀了李延年和李季兄弟宗族，然而李广利这一族却因收获天马之功而保留了下来，并被封了海西侯。

李广利的这次出征战绩根本无法与霍去病和卫青当年征战匈奴的战绩相比，但是武帝还是给了李广利重重的封赏。霍去病当年首战匈奴斩获两千余人，以一千六百户受封冠军侯；霍去病收降匈奴浑邪王部十万之众，武帝只加封一千七百户；霍去病在与匈奴最后一次决战中一举消灭匈奴主力左贤王部七万余人，武帝加封了五千八百户。而李广利花了四年时间，先后两次攻打大宛，前一次惨败，后一次胜利，仅带回一批汗血宝马，就以八千户获封海西侯，可见武帝对李广利不是一般的看重。

李广利征战大宛得胜回朝，此时距离上次汉军与匈奴的漠北之战已经过去了十七年。匈奴多少也恢复了一些元气，又与汉朝打了几仗。到了公元前101年，李广利班师回国的第二年，力主与汉朝交战的匈奴单于竟然一命呜呼了。新上任的单于遣使者来告诉武帝，愿意认输，并且还交还了前任单于扣押的使者等人。

武帝比较满意这任单于的诚意，于是派出中郎将苏武作为使者，出使匈奴。哪知道苏武因为无意中卷进了匈奴内部的叛乱，整个使团都被扣押在了匈奴那边。其他使臣均投降了匈奴，但是苏武却坚决不降。最后，苏武被匈奴单于流放到了贝加尔湖牧羊。

发生了苏武出使匈奴被扣押这种事情，匈奴和大汉帝国之间，自然是不可能再保持和平了。这时候，武帝决定趁着大宛之战的胜利，继续派李广利为将军，以得胜之师再次北伐匈奴。于是，公元前99年，李广利率领三万骑兵自任前锋，从酒泉出发，深入漠北进攻匈奴的主力右贤王部。

李广利亲自打前锋，自然是要有人保证后勤。于是，武帝命青年将领李陵护送辎重，保障后勤。

这个李陵，就是自刎身亡的名将飞将军李广的孙子、被卫伉射杀的李敢的侄子。


和许多出仕的官员一样，李陵也是在当上侍中以后，渐渐得到武帝赏识的。李陵勇力过人，而且声望很高。武帝见了李陵，觉得他很有李广年轻时的风范，于是封李陵为建章监，担任建章宫羽林军的统领。这个建章监职位，卫青也曾经担任过。

李陵和霍光年纪相仿。李陵担任建章监时，霍光为奉车都尉。两人一个掌管皇宫警卫，一个掌管皇帝出行车驾，都在皇宫中供职，服侍武帝。时间一久，接触频繁。李陵听说当年霍光曾经为自己的爷爷和叔叔说过不少好话，于是来往也比较密切。

李陵和霍光一样，也觉得李广利的军事才能平庸，不能担负国家重任。这一次，武帝让李陵给李广利负责后勤保障，李陵心里很是不服。有时候，李陵会向霍光私下抱怨："李广利能力平庸，却每次都能打前锋；我手下的兵士个个勇猛，操练有方，却不得不作为后勤运送辎重，真是不公平。"

霍光好言相劝："陛下对你也十分器重，为什么不再忍让一会儿呢？我相信你总会有出头之日的。"然而，在李陵心中，他十分不情愿作后勤。他所希冀的，是担任与匈奴正面对战的前锋，他要在战斗中洗刷李家曾经的屈辱，重建李家的荣光。

于是在公元前99年，武帝决定出兵攻打匈奴，让李陵为李广利运送辎重时，李陵请求觐见武帝。

见到武帝，李陵跪下叩头说道："臣李陵手下的五千士兵，都是荆楚的勇士、侠客，勇敢不怕死，能力搏猛虎，射箭百发百中。臣希望能率领一军，独当一面，到兰干山南边以牵制单于的兵力，以避免匈奴全力攻击贰师将军。"

武帝历经多少大风大浪，他一听就知道李陵的话真意是什么。虽然武帝平日里对李陵尚可，可李陵的这番话却让武帝涌起一股无名之火。武帝心里想：李陵的想法往小了说是想建功立业，往大了说，就是不服从自己的安排，甚至是在抗命。

于是，武帝有点生气地说："你是不愿意当贰师将军的属下吗？"

李陵沉默不语，似在默认武帝的话。

武帝见李陵连争辩也不争辩，心里更是恼怒。但是武帝又想在实战中试一试李陵的本事到底有多大，于是接着说道："我此次调军太多，可没有多少战马能提供给你。"

李陵听了武帝的话，心中明白武帝心中多少是愿意让他出征了，于是激动地说："没有马也没关系，我只需要有五千步兵，一样可以踏破匈奴王庭！"

武帝思考良久，他想到了李广那遗憾的自刎，想到了李敢悲怆的死，他也被李陵的勇气所感动。于是同意了李陵的这次出征，下诏命令强弩都尉路博德领兵在中途接应李陵的部队。

武帝心念转了几转，打下了算盘：既然李陵执意求战，那么就放手让他去做吧。李陵的区区五千步军，在与匈奴大军的战斗中恐怕难以建功立业。一旦和匈奴大军相遇，李陵的队伍打不过匈奴，只要安排好了接应的队伍，也就足够李陵全身而退了。武帝做这样的安排，其实还是很替李陵着想的，毕竟李陵还是他看好的年轻将领之一。

路博德这人，从辈分上讲是李陵的父辈，虽然军事才能不错，却自恃自己是将军中的老资格，他也不愿意为小自己一辈的李陵作接应。可既然是武帝的安排，路博德也不敢违抗皇帝的意思。但是，路博德却找了个推迟出兵的理由给武帝上奏说："现在刚入秋，正值匈奴马肥之时，不可与之开战。臣希望等到春天，与李陵各率酒泉、张掖五千骑兵分别攻打东西浚稽山，必将获胜。"

路博德的这封奏章完全无视了武帝要李陵和他马上出征的部署，有畏战之嫌。武帝一看路博德的奏章就非常生气。武帝甚至觉得这是李陵在出征前害怕了，从而恳求路博德为自己说话，想延迟出兵。武帝心中于是愤怒不已，他责怪李陵临战退缩，既已领受了皇命，岂能视同儿戏？

于是，武帝令路博德去了另外一路坚守以阻挡匈奴，叫来李陵当面训示道："必须即刻准备，九月发兵，不准停留。你可以从险要的庶房鄣出塞，到东浚稽山南面龙勒水一带，搜索匈奴，如果没有遇见，则可以沿着浞野侯赵破奴走过的路线去受降城[①]休整，将情况报告用快马送回来。还有，你与路博德说了些什么？为什么路博德要求延迟出兵？你要一并上书说清楚。"

这一下，李陵觉得自己再解释已毫无意义，就干脆不再对武帝解释。而他的此次出征，按照武帝规划的路线，竟成了一支孤军。

霍光一眼就看出了路博德是因为不愿成为李陵的接应后援而上书武帝要求延迟出兵的小伎俩。他劝导李陵说道："匈奴狡诈，你万万不可孤军深入。你为何不先向陛下解释清楚，路博德提出的推迟出征并非你的本意啊？"

李陵答道："我此次出征，是好不容易才争取到的机会。

---

①受降城：汉受降城为公孙敖所筑。前105年乌维单于死，其子儿单于继位，其年冬匈奴遇大雪，牲畜多饥寒死，时匈奴部众不安，左大都尉欲杀儿单于詹师庐以降汉朝，遣使厂求派兵接应。汉朝遣公孙敖在塞外筑受降城，驻兵以接应左大都尉。

要是如你所说，现在去和陛下说明情况，可陛下正是愤怒的时候，也不见得会相信我说的话。如果陛下因此不再信任我的话，以后怕是再也不会让我出征了。如果那样的话，我将如何去建功立业呢？待我打败匈奴再向陛下解释也不为迟。"霍光本想再劝说几句，李陵却不愿意再多说什么，在匆匆向霍光告辞后，就直接去了军营，整顿军备去了。

没多久，李陵率领五千人马出发。出发时对霍光甚至连正式的告别也没有。


李陵率领他的五千精于剑法和弓弩的步兵精锐，从居延出发，一路向北行进。走了三十天，到了浚稽山。李陵将所经过的山川地形绘制成图，派手下一位叫陈步乐的骑兵带着回朝禀报。

陈步乐被武帝召见后禀报说："李陵带兵有方，得到将士死力效命。"武帝听了以后非常高兴，任命陈步乐为郎官。

然而，就在李陵到达浚稽山的时候，他遇见了匈奴的兵马，而且还是匈奴单于部的一支主力，多达三万人的骑兵。

李陵知道遇见了匈奴大军后，立刻号令全军以武刚车作为壁垒，形成阵地。接着，他带领军队出了壁垒，与匈奴军对峙。与他的爷爷李广不同，李陵智勇双全，不但是一名勇将，而且精心练兵多年。在与匈奴大军的对阵中，李陵令前排士兵执着盾和长戟，后排士兵拿着弓弩，以静制动。

匈奴三万大军丝毫不把这区区五千人的汉军步兵放在眼里，直接用骑兵发起了冲锋。匈奴军本来以为靠着人数优势，能够一举将这支汉军歼灭，却没想到竟不能突破汉军的阵地。在汉军的强弓硬弩面前，冲锋的匈奴骑兵纷纷中箭落马，一天进攻下来，竟折损了数千人。

匈奴单于非常吃惊，又就近调集了数万人前来增援。这时，围攻李陵这支孤军的匈奴骑兵竟达八万余骑。

李陵知道自己不可能与匈奴军长久抗衡，于是做了撤退的决定。往哪里撤退？当然是往南，往汉朝其他部队撤退。李陵率领这几千人且战且退，一连十余日，都顶住了匈奴的进攻。李陵军中虽然没有骑兵，但是有马车。他下令，受伤三处以上的坐车，受伤两处的驾车，只受伤一次的继续持兵器战斗。李陵这支孤军继续往东南方向撤退，又走了四五天，来到一片大沼泽中，这里芦苇茂盛，杂草丛生。匈奴军在上风处纵火。李陵早有准备，令将士放火烧出一条隔离带，得以自救。

又坚持数日，李陵率军继续往南撤退，来到一座山脚下，却发现匈奴兵早已在这里等待。李陵的汉军于是不得不退入树林中各自为战。匈奴的骑兵不适应在树林中作战，又在这里折损了数千人。因此，匈奴单于决定撤退。在单于看来，这支汉军精兵，一路往南撤退，自己久攻之下依然不能消灭，且汉军军容整齐，并非溃败之军。莫非是诱兵之计？要把我们引入汉军的埋伏圈？想到这些，匈奴单于惊出一身冷汗。

然而，就在李陵再次挡住匈奴进攻，匈奴打算退兵的时候，李陵手下一个叫作管敢的军侯，却投降了匈奴。

为什么军侯管敢会投降匈奴呢？原来在与匈奴交战的初期，李陵发现有些士兵神情恍惚，出战不力。于是他晚上去巡查兵营，发现有女人的嬉笑声，掀开营帐一看，竟有士兵在与营妓寻欢。李陵大怒，一问，原来是一个叫管敢的军侯，把一些罪犯的女人，弄到军营里来当营妓，以此获利。李陵一怒之下把这些营妓全杀了，并把管敢痛打一顿，让他在战场上将功赎罪，否则到了长安，将与他算总账。

管敢见形势不妙，便趁乱逃出军营，投降了匈奴。

为了泄愤和立功，管敢对单于说，李陵军无后援，而且，箭快用尽了。

李陵军在匈奴数万人的进攻下，依然能够保持军阵，并且有效杀伤匈奴军队，主要靠的是箭。得知李陵所率汉军的真实情况后，匈奴单于又怒又喜。怒的是自己几万人多日猛攻竟然未能击溃这支孤军，喜的是这支军队已然是强弩之末，而且弓箭即将消耗殆尽。

另外，管敢还告诉匈奴，李陵与副将韩延年各率领了八百人排在阵式前列，分别以黄白二色作旗帜，只要击破这两部分，军阵就会溃散。

单于获得这些情报后非常高兴，再次集结了匈奴大军，一齐向李陵率领的汉军发起进攻。此时李陵的军队在山谷中，匈奴军在两边山崖上。匈奴军居高临下攻击汉军，箭如雨下，但汉军依然边打边撤，坚持南行。战况无比的惨烈，一日之内，李陵军中剩余的五十万支箭也消耗殆尽。见没有了箭矢，汉军干脆弃了马车前进。此时李陵军尚存三千余人，然而已经没有武器了。士卒们甚至要以车轮辐条和刀笔作为武器。

李陵想率军继续后退，从山谷中撤出去，却发现匈奴军已经堵死了他们前进的路。此时，这支孤军已经是深陷重重包围之中，箭尽粮绝。

这时有人劝说李陵不如干脆投降匈奴算了，以保全自己的性命。李陵却长叹一口气，说道："你不要再说了。仗打到这个分儿上，我若是不死，就不是男人了。"

李陵下令把军旗砍断，将财宝埋了。他知道此地离汉朝疆域不过百里，见军中只剩下一堆残兵，不禁感叹道："要是每个人再有数十只箭矢，就足以脱困了。可惜如今我们没有兵器再战了，到了天明，就只能束手就擒。不如现在我们分散突围，要是有能脱困的，或许还能逃回去向陛下报告。"

随后，李陵让手下将士每人拿了两升米、一块冰，约好一起突围，若是能跑到汉朝的边塞，就等待后面的战友一起回长安。到了晚上，李陵与韩延年一同上马，十多名壮士和他们一道冲出。匈奴见有人突围，便立即派遣了数千骑兵紧追不舍。最终，韩延年战死，李陵被俘。李陵的部下分散突围，逃回国内的仅四百余人。

　　李陵兵败的消息传到了长安。开始，武帝以为李陵兵败战死，心中十分惋惜。可是不久又传来李陵投降的消息，武帝顿时震怒。一位他曾经寄予厚望的将领，竟然投降了匈奴，这岂不是给自己，给汉朝的整个军队抹黑？盛怒之下，武帝以严词责问为李陵部报捷、刚被擢升为骑都尉属下典军校尉不久的陈步乐。陈步乐在羞愧及惶恐之下，自杀而亡。李陵的母亲和妻子则被捕下狱。

　　应该说，此时武帝虽然盛怒，但是还有一丝理智。他觉得李陵投降匈奴的消息并不一定可靠，也有可能是暂时投降。他召集群臣开会，就李陵投降匈奴一事进行讨论。只见群臣个个愤慨异常，争相怪罪李陵好大喜功、不善军事之类。武帝面前的大臣，仅有个别人比较冷静。

　　其中一位，就是担任了太史令的司马迁。司马迁平素对李陵很是友好，了解李陵绝不是会屈膝投降之辈。司马迁看着群臣对李陵落井下石，心里很是为李陵担忧。他打定了主意，一言不发。

　　武帝见司马迁沉默不语，不像其他大臣那样对李陵口诛笔伐，因此面色很是不悦。武帝对司马迁说道："太史令有什么看法，不妨说出来让大家听听。"

司马迁见避不过，于是说出了自己内心的想法。他为李陵辩解道："李陵对母亲有孝顺，与士卒有信义，对国家有忠诚。他这次出征只带了五千步兵，却被匈奴几万人围攻，并且杀敌一万多，虽然战败降敌，其功可以抵过。他转战千里，箭矢尽绝，战士们赤手空拳，顶着敌人的箭雨仍殊死搏斗奋勇杀敌。李陵能得到部下以死效命，就是古代名将也不过如此。我看李陵并非真心降敌，他一定是想暂时活下来找机会回到汉朝，再次报效国家的。"

武帝听了司马迁的话，并未释然，反倒勃然大怒。

武帝为什么听了司马迁为李陵辩解的话后会勃然大怒呢？原因就在于司马迁的话触碰到了武帝忌讳的事情。此前说到，李陵本来是率军为李广利运送辎重的，也就是说，李广利此次在另外一路也有出征。然而李广利此次出征，率军三万，虽然斩敌过万，但是期间竟被匈奴大军围困，险些无法逃脱，而且李广利的伤亡很大，士卒死亡过半。武帝听了司马迁称道李陵以五千被围困的步卒竟然都杀敌逾万的话，首先想到的不是司马迁为李陵说情，而是对比了李陵和李广利的战况和战果，明摆着李陵比李广利要打得好。武帝觉得司马迁这是借李陵的事情在批判李广利。批判李广利，就是拐着弯在批判自己用人不当。这是武帝万万不能容忍的。

武帝勃然大怒之下，把司马迁拘禁在牢中。

霍光本来也想为李陵说情，可是见到司马迁因为替李陵说情而被囚禁的遭遇，在暴怒的武帝面前，霍光不敢再言语。他寄希望于司马迁所说的能够成真。

过不多久，武帝的愤怒稍稍消减了一些。又过了一段时间，武帝细细想来，觉得当初路博德上奏请求延迟出兵一事还真是有蹊跷。武帝再一想，就是因为有了路博德的奏书，自己才改变了出兵的部署，导致李陵孤军深入无人接应，最终全军覆没。霍光也私下跟武帝说李陵即使投降匈奴也极有可能是诈降。武帝虽然不可能承认自己的错误，但是心中也隐隐有点后悔，于是派人慰问了李陵的数百残兵，给予慰劳赏赐。

公元前97年，汉朝与匈奴的战火又起。武帝决定再一次出兵攻打匈奴。这一次，派出了李广利率六万骑兵，七万步兵，从朔方出发；强弩都尉路博德领军万余，与李广利会合；游击将军韩说率步兵三万，从五原出发；因杆将军公孙敖率一万骑兵，三万步兵，从雁门出发。临行前，武帝听了霍光的话特地嘱咐公孙敖说："李陵战败投降，但是我认为他也许只是诈降。你此次出征，寻机打探他的消息。要是可以的话，伺机迎接李陵回国。"公孙敖领命而去。

然而此次出征，李广利又延续了他那平庸的战绩。汉军与匈奴交战十余天，没有占到什么便宜。公孙敖，就是以前那位在漠北之战中跟随卫青打前锋的那位将领，和匈奴左贤王部交战，也没有占到便宜。最后，汉军只有撤军回国。

然而，公孙敖部俘虏的匈奴士兵，却告诉他说，李陵已经归降匈奴，正在为匈奴操练兵马呢！

公孙敖闻讯大惊失色。此次出征匈奴没有战果之类的事情已经毫不重要了，关键是皇帝嘱咐要获知李陵的下落有了结果，而且这结果显然十分糟糕。班师回朝后，公孙敖赶紧向武帝禀报了匈奴俘虏所告知的李陵投降了匈奴并在为匈奴操练兵马这件事情。

这天，霍光刚进宫门，就听到武帝在大发雷霆。此时霍光在武帝身边已有二十多年，然而这也是他第一次见到皇帝如此生气。他从武帝愤怒的言语中听出，原来李陵竟然真的投降了匈奴，而且正为匈奴操练兵马。这简直是莫大的讽刺。在汉朝这边想迎接李陵回国时，他已经在匈奴那边有滋有味地过上了荣华富贵的生活。一时间，霍光也无法相信，那位忠勇的李陵，竟然真的投降了匈奴？

不管霍光信与不信，反正武帝确是信以为真了。他愤怒得无法自已。他愤怒的不仅是因为李陵的叛逃，更为自己当初错看了人而愤怒。在这种愤怒之下，武帝下了命令，为李陵辩解求情的司马迁被处以宫刑，而李陵的一家老小，全部被处死。

然而，真实情况却不是这样。

匈奴那边姓李的降将，还有一人，叫作李绪。这个李绪，很早以前作为汉朝的都尉驻扎在塞外，匈奴攻打过来时就投降了。这个李绪和匈奴的大阏氏关系暧昧，而那位大阏氏，就是当今匈奴单于的母亲。

不知道是匈奴有意混淆李绪和李陵，还是被俘虏的匈奴士兵口误。总之，传递给武帝的消息确确实实地把他们两个人搞混了，是李绪在为匈奴训练士兵。但是武帝的愤怒却是真的，李陵一家老小被杀也是真的。身在匈奴的李陵知道自己的家人被杀后，也就断了回国的念头，这下子他就真的投降了匈奴。

直到多年以后，汉朝和匈奴关系缓和。有汉朝使者来到匈奴见到了李陵，李陵愤恨地问道："我率领五千步兵与匈奴几万兵马对阵，因为没有支援而败阵，并无任何对不起汉家的地方，皇帝为何要杀我全家？"

使者答道："陛下听说你在为匈奴练兵。"

李陵痛恨不已，说道："那是李绪，与我无任何关系。"

因为此事，李陵痛恨李绪，之后趁机将他刺死。单于的母亲大阏氏因此想处死李陵，幸好单于爱惜李陵的才能，把他藏到北方。直到大阏氏死后，李陵才又回到单于身边。之后，李陵就做了单于的女婿，专心侍奉匈奴单于。

霍光也曾经一度以为李陵真的投降了匈奴，等到真相大白后，心中也是伤感不已。

　　由卫青与霍去病开创的汉朝扩张黄金时期已经在慢慢过去，而新的时代，却并非是一个那么人才辈出的时代。纵有那么些有希望继承卫青、霍去病事业的人，也被命运之手推向了无法想象的方向。此时，霍光尚只是一个看客。他跟随在武帝身边，静静地看大汉帝国的风起云涌。而这个时候的霍光尚不知道，自己会在十年之后走上主导这个国家政治的舞台，成为朝中一人之下万人之上的柱石之臣。

　　霍光是如何成为一人之下万人之上的柱石之臣的？请看下一章：宦海磨砺——武帝肱股霍光。

# 第四章
## 宦海磨砺——武帝肱股霍光

公元前 92 年四月，春寒料峭，长安城里仍未见一丝绿色。清晨的石板街上，悄无声息，罕有行人。

这时，橐橐的脚步声由远及近。只见一个中年男子，迈着稳实的步子，向皇宫快步走去。这男子四五十岁，身材虽然不算太高，大约七尺挂零，折成现今的尺码，也就一米七零左右。但是星目剑眉，格外威严有神。男子白净的四方脸上，密密的一圈络腮胡子，显得沉稳刚毅。那人正是霍光。

霍光来到长安已经三十年了，他已经从一个小小的郎官，晋升到了奉车都尉兼光禄大夫，并且在这个最能亲近武帝的位子上一干就是二十年。其间他兢兢业业，小心谨慎，不曾有任何过失。多少朝臣间你死我活的争斗，都没有动摇他的位置。霍光年复一年地目睹着朝堂的风风雨雨、跌宕起伏，他几乎不参与任何的派系争斗，牢记哥哥霍去病的教导，一心一意地伺候着武帝。几十年来，他每天都是早早地到宫里去，随时准备为武帝效力。

此时，他正迈着和往常一样的步履踏入皇宫。从正门到前殿门口，再踏入前殿，每一步踏在哪，一丝不差，几十年来都是这样，从未改变过。到现在，霍光怕是闭着眼睛也不会走错了。

今天，宫中气氛似乎有所不同。霍光一进宫门，就见侍臣们在窃窃私语。他们一见霍光，立即向他报告说皇宫昨晚来了刺客，企图刺杀皇上。这刺客对宫里的道路似乎十分熟悉，不知道什么时候闯入宫中，然后又突然消失得无影无踪了。

而目击者不是别人，正是武帝本人。

原来，昨天晚上武帝在建章宫中休息。这些天朝政繁忙，武帝很晚还在翻阅奏章。突然，他看见一个带着长剑的男子像大鸟一样从宫门外飘过。武帝大喝一声："谁？"那人影却消失在重重宫殿中。

武帝心中不由闪过一个念头：这定然是来刺杀我的刺客。于是，立刻令侍卫去追捕。可是众多的侍卫在宫中搜查了一夜，什么异常也没发现。

这个刺客是谁？又是怎么进来的？皇宫中戒备森严，可这个刺客来去自如，这是怎么回事呢？没人说得清。不少侍卫和大臣暗暗嘀咕："也许陛下老眼昏花，看错了吧？"

　　暴怒的武帝迁怒于门吏，认为门吏失职，因而斩了数人以示惩戒。

　　霍光闻知这些情况后，立即调来羽林军——建章营骑，在上林苑大肆搜捕。上林苑是武帝打猎的猎场，地形复杂，霍光觉得，没准儿刺客就躲在里面。

　　搜查完上林苑后，紧接着，霍光又下令关闭长安城门，挨家挨户地搜查。可是查了十多天，始终没有抓到一人半影。

　　见霍光鞍前马后地忙活，武帝的心总算是稍微安定了一些。

　　霍光找到金日磾，与他讲了自己心里的担心："说不定这个刺客有内应。很可能有人正策划着一起惊天的阴谋，一个企图颠覆武帝统治，甚至是颠覆整个大汉帝国的阴谋。"

　　想到此事关系重大，霍光不动声色，在组织羽林军大肆搜查的同时，暗地里又吩咐他的门客杜子陵对这件事情进行秘密调查。


　　杜子陵原来是个奴隶，霍光当年刚到长安时，在奴隶市场见这与自己年岁相当的孩子生得聪明伶俐，便让哥哥霍去病买回家中陪自己玩。霍光与杜子陵一同长大，成为了莫逆之交，就像亲兄弟一样。后来霍光得势，杜子陵便一直住在霍府，成为他的心腹和得力助手。

　　杜子陵领受了霍光的这个秘密任务后，在长安的酒肆、客栈泡了几天。他很快查出，一个叫朱安世的江湖大盗，最有可能是武帝所见到的"刺客"。

霍光把这个情况立即报告给武帝。武帝大为重视，下诏搜捕朱安世。此时，身为丞相的公孙贺，却意外地积极响应，上奏主动请缨缉捕朱安世。其实，公孙贺是为了救自己坐牢的儿子公孙敬声，为其赎罪，而主动请命缉捕朱安世的。他的儿子公孙敬声身为太仆，平素骄横跋扈、挥金如土惯了，竟然擅自挪用国库一千九百万钱，结果被人告发，不久前刚给抓进了大牢。

武帝见丞相公孙贺亲自出马，欣然同意。

于是公孙贺亲自部署，令人到处搜捕朱安世。最后还真的把朱安世从一个姘头家里给逮住了。

哪知，这朱安世可不是好惹的。朱安世见是当朝丞相公孙贺把自己投进了大牢，于是在狱中上疏，反告公孙贺，说他的儿子公孙敬声和阳石公主私通。更厉害的是，朱安世还举报公孙敬声和他母亲玩弄巫蛊，诅咒武帝。公孙敬声的母亲是谁呢？正是丞相公孙贺的夫人，当朝皇后卫子夫的姐姐卫成珺，公孙敬声实际上也是卫皇后的外甥。

武帝晚年开始信迷信。从宠信道士李少君，到后来的少翁，还有栾大，武帝痴迷于"神仙""神迹"之类的事情，想长生不老、封神成仙。武帝相信"神仙"能让自己长生不老，也相信"巫蛊"①会让人倒霉。武帝曾经的

---

①巫蛊：也就是用"巫术"诅咒他人。

皇后陈阿娇就是因为牵扯进了"巫蛊"而被废，还因此牵连了好几百人。到了武帝晚年，他越发忌惮有人用"巫蛊"诅咒自己，对"巫蛊"变得越来越像神经质般的多疑。每当自己身体有恙的时候，武帝就怀疑有人在弄蛊。正巧，这些天武帝又患了小恙。

听到这个举报，武帝勃然大怒。他怒的不是什么私通，而是有人玩弄巫蛊，诅咒自己。他下令立刻捉拿公孙贺。酷刑之下，公孙贺交出了一众名单，竟连累到了阳石公主，以及武帝和皇后卫子夫所生的另一个女儿诸邑公主，还有卫青的长子卫伉，导致他们全部被杀。这一下，皇后卫子夫的家族损失惨重，风光不再。

对"巫蛊"仍心生忌惮的武帝还不罢休，他派酷吏江充负责彻底追查这"颠覆江山社稷"的"巫蛊案"。江充趁机打击政敌，污蔑无辜者，期间被牵连致死的人多达十万。在兜了一个大圈子之后，江充终于把卫皇后与太子刘据拖下了水，在公元前91年酿成了历史上著名的"巫蛊之祸"，致使太子杀死江充，起兵"造反"，盛怒之下的武帝派兵镇压。父子相残，兵刃相见，最终导致太子刘据、皇后卫子夫先后自杀。卫氏家族因此彻底衰落。

在"巫蛊之祸"中，处于风暴中心的霍光，显示出近乎冷血的超常理智。他一贯谨慎，在霍去病生前和死后，霍光基本上不与卫家来往。但是，众所周知，他是霍去病同父异母的弟弟，虽与卫家没有直接血缘关系，但这么多年来，还是受到卫家的眷顾。在整个巫蛊事件中，霍光的心里对公孙贺，特别是卫皇后、太子刘据施巫蛊咒武帝一事始终是怀疑的。但他很清楚武帝的狂暴无常，想到当年司马迁为李陵说情而遭宫刑的惨况，出于明哲保身，他没有向武帝说出自己内心真实的想法。因此他也未受牵连，仍然得到武帝的信任。

卫家衰落后，朝堂又开始了新一轮的争宠。

公元前90年，海西侯李广利为了邀功，请求再次出征匈奴。这一次，霍光一改旁观的态度，极力劝说武帝不要派兵出征。霍光建言，因为多年征战，国力消耗过大，匈奴因北方近年的大寒潮，导致饥馑，南侵抢掠也属事出有因。霍光建议武帝还是赐予匈奴一些粮食接济，以议和为宜。

霍光反对李广利出征，还有一个原因就是他内心十分清楚，李广利的军事指挥才能十分有限，如果不是靠着他的妹妹李夫人在武帝那里的恩宠，李广利无论如何都是发不了迹、封不了侯的。但李广利在武帝面前信誓旦旦，说此次出征匈奴必将横扫匈奴出阴山，让他们不敢南下牧马，重现大将军霍去病当年的雄风。武帝被李广利说得心动，欣然恩准。

此时，朝廷替代公孙贺担任丞相的是武帝的侄子刘屈氂。李广利的女儿是刘屈氂的儿媳，两人是儿女亲家。此时李夫人已经去世多年，李广利虽然依然是将军，但是因为对匈奴的战绩不佳，已经不像以前那么受宠。

李广利分析巫蛊事件后朝中的形势，认为太子刘据自杀后，因为老二刘闳已经早亡，而武帝又不喜欢老三燕王刘旦、老四广陵王刘胥，这样就给武帝的第五个儿子、自己的外甥昌邑王刘髆提供了机会。

此前，燕王刘旦曾经因自荐立为太子而遭到武帝严厉的惩罚，被武帝削去了三个县的封邑。武帝在处置刘旦自请立为太子事件时发出感慨："生子当置于齐鲁之地，以感化其礼仪；置于燕赵之地，果生争权之心。"李广利心想，他妹妹李夫人所生的儿子昌邑王刘髆正是在齐鲁之地，从武帝的感慨来看，武帝对这个老五应该是非常欣赏的。如果自己的外甥刘髆能够被武帝立为太子，那自己就能重新得到皇帝的宠幸，将成为像霍去病、卫青那样显赫的外戚，地位将更尊贵，权势也更大。而此时李广利的亲家刘屈氂不仅身为丞相，而且还是武帝的侄儿，也颇得武帝的信任。

李广利为此在出征前特地来向亲家刘屈氂辞行。在饯行告别时，李广利将自己的分析说与刘屈氂听，对刘屈氂说："希望你在皇上面前建言，立昌邑王为太子。昌邑王如果能够被立为太子，将来做了皇帝，你的相位也就可长保无忧了。"在这个问题上，二人的利益完全一致，刘屈氂自然满口应承，答应寻找机会，向武帝建言。

然而，就在李广利率领七万大军从五原出发，向匈奴挺进的时候，大汉的朝廷又发生了一件事情。而这事，又和巫蛊有关。

自从太子刘据由于巫蛊之事被陷害而自杀后，宫廷中的宫人及大臣们相互之间如有嫌隙怨仇，就彼此以巫蛊进行密告，陷害对方。武帝自然不可能件件去查个明白，只是交给手下官员去严办。要知道，武帝连自己的儿子、皇后都不宽容，何况是他人呢？

有个叫作郭穰的官员，因为对丞相刘屈氂不满，而向武帝密告丞相刘屈氂的妻子因为刘屈氂曾多次遭皇上责备，因而对皇上不满，请巫师诅咒皇上早死，同时还密告刘屈氂与李广利共同向神祝祷，希望昌邑王刘髆将来当皇帝。

武帝一听，立即让霍光协同主管司法的廷尉调查李广利和刘屈氂是否曾经暗中联络活动。调查结果显示，李广利和刘屈氂虽然没有施巫蛊，但确实在暗中策划谋立刘髆当太子。冀求长生不老的武帝再次震怒，下令将刘屈氂处以腰斩，并用车装着尸体在街上游行示众。刘屈氂的妻儿也皆被斩首，而李广利的妻儿们则被逮捕囚禁。

正在指挥大军对匈奴作战的李广利听到家中妻儿因巫蛊被捕收监的消息，大惊失色，不知如何是好。有一个部下劝他投降匈奴。李广利心想若投降匈奴，妻儿老小必死无疑，不如立功赎罪，也许有一线希望。于是挥师北进，深入匈奴，直至郅居水。此时匈奴军队已离去。李广利又派负责主管军中监察的护军率领两万骑兵，渡过郅居水，继续向北挺进。汉军与匈奴左贤王的军队相遇，两军接战。汉军杀死匈奴左贤王部大将及众多的匈奴士兵。

军中的长史认为李广利想牺牲全军以求立功，必然会招致失败，便暗中策划，打算将李广利扣押起来，以阻止其冒险。李广利觉察到长史的策划，将他斩首，又担心军心不稳，发生骚乱，便率军由郅居水向南撤至燕然山。匈奴的单于知汉军往返行军近千里，很是疲惫，便亲自率领五万骑兵袭击汉军，汉军死伤众多，不得不后撤。

李广利原想冒进，立功赎罪，却遭惨败，心情更加沉重，又忧虑着家中老少的生命安全，全无心思组织对匈奴的进攻。他本来指挥才能就平庸，慌急之下更是失去了应有的警觉。匈奴趁汉军不备，夜里在汉军的退路上悄悄挖掘了许多壕沟，阻断了汉军的退路。而后，匈奴军于深夜对汉军发起突然袭击。汉军遭匈奴军袭击，见退路被截断，军心大乱，再加上疲劳不堪，完全失去了抵抗，遭到惨败，军士死伤无数。战败的李广利最后也只好投降了匈奴。

李广利的投降，意味着汉军七万男儿的牺牲全部打了水漂。李广利投降的消息传到长安后，武帝勃然大怒，再不容情，把被囚禁的李广利妻儿家人悉数诛杀。不久后，

135

李广利在匈奴也遭人陷害，被匈奴单于杀害。

于是，李氏一族就此终结。而昌邑王刘髆经过这番由舅舅李广利联手丞相刘屈氂谋立太子事件之后，竟然没有受到武帝的惩处，这是由于刘髆在武帝心中的位置比较特殊，他可是武帝最爱的李夫人所生。但刘髆失去了靠山舅舅李广利，认为自己不可能再被武帝所宠爱，更不可能被选立为太子，因而终日闷闷不乐。公元前88年，刘髆离开人世，竟然比他的父亲武帝刘彻还要早逝一年。刘髆逝后，武帝赐其谥号为昌邑哀王。

刘髆是如何死的，史料没有记载。但是结合当时太子之位争夺的情况，因为刘髆是太子之位的有力争夺者，而武帝又说过"生子当置于齐鲁之地"的话，不排除"枪打出头鸟"的可能，最有希望接班的，往往就成了被清除的最大目标。武帝赐刘髆为昌邑哀王，这一个"哀"字尽显武帝心中的悲凉和无奈。


刘髆去世后，武帝还剩下三个儿子，分别是燕王刘旦、广陵王刘胥和小儿子刘弗陵。

刘据的退场导致太子的位置出现真空，刘髆的退场则减少了太子位置的有力竞争者。此时武帝的六个儿子中，长子刘据、次子刘闳、五子刘髆皆已去世，而三子刘旦、四子刘胥又不为武帝所喜爱，完全没有被立为太子的可能。荣宠一时的卫氏家族与李氏家族都衰败了下去，最终却让另一个人得了利。这个人就是为武帝生下第六个儿子刘弗陵的女人钩弋夫人。

钩弋夫人是武帝晚年最后宠幸的夫人，和之前所有被武帝宠幸的女人一样，钩弋夫人也是高颜值。钩弋夫人不仅颜值高，而且她的表演水平也很高，是个很不错的"演员"。

武帝晚年喜好四处巡游求神访仙，寻求长生不老之术。据说武帝有一次北巡路过河间国的时候，随行的方士进言："此地有奇女子。"

在方士的鼓动下，武帝下诏派人寻找。之后在方士的指引下，竟然还真的找到了一个年轻漂亮的女子，姓赵。这赵姓女子颇有姿色，但更让人惊奇的是，据说此女自出生始就双拳紧握，从来没有人能掰开过。

武帝一听，立刻好奇心大起，想亲自试一下，看是否能掰开此女子的双手。没想到，别人办不到的事情，武帝竟然一下子就做到了。赵氏女子握起的双拳，竟被武帝轻而易举地掰开，而在这位女子的手心里，竟然还有一只小玉钩。武帝觉得此番遭遇犹如天降祥瑞，不禁欣喜若狂，将赵氏女子带回长安，并且封为夫人。因为此女出生即带玉钩在手心，所以被称为钩弋夫人。

有分析认为，赵氏女带玉钩出生，这根本就是一场精心编排的演出，目的就是把赵氏女子送给武帝。但无论真假，赵氏女子都得到了武帝的宠幸，并且在武帝六十二岁的那年，为他生了个儿子，取名为刘弗陵。这也是武帝最小的儿子。

据说钩弋夫人竟然是怀胎十四个月才生下了刘弗陵，这不禁让人想起了远古时期的尧帝。因为传说上古明君尧帝也是其母怀胎十四个月才生下来的。尧帝可是一代圣君哪，钩弋夫人怀胎十四个月生下刘弗陵，竟然与尧帝一样，冥冥之中不得不让武帝联想到自己的接班人应该就是这个和尧帝有着同样际遇的最小的儿子。在周围有心人和钩弋夫人的鼓动下，武帝还给钩弋夫人所居住的宫门取名为"尧母门"。尧帝可是神话中所赞颂的帝王，这尧母门的意思，岂不是在暗示，刘弗陵命中注定将成为尧帝一样的帝王吗？

俗话说，上有所好，下必甚焉。武帝的任何行为，都会被人揣摩再三，这个行为也不例外。在太子刘据因"巫蛊之祸"自杀身亡后，在太子一位的争夺中，随着其他几个皇子的纷纷出局，武帝这个最小的儿子刘弗陵成为了最有可能继承皇位的人选，甚至是唯一人选。

这一切，霍光看得清清楚楚。由于"巫蛊之祸"、太子之死、迷信方士等等，武帝晚年已经性情大变，几近疯癫。朝廷百官各打各的主意，燕王刘旦、广陵王刘胥始终对太子之位觊觎不已，蠢蠢欲动。而朝廷因为连年征战用兵已经国库空虚，百姓贫苦，帝国正处于风雨飘摇之中。霍光时刻警醒，自己既没有在战争中建功立业，又没有在朝廷担任至关重要的位置，只是几十年伴在武帝身边，负责他的行走起居。稍有不慎，就会遭来杀身之祸，甚至是灭族之灾。霍光始终牢记兄长霍去病的叮嘱，对武帝绝对忠诚。所以绝大多数的时间他只是在冷眼旁观，一切唯武帝马首是瞻，极力避免卷入宫廷争斗中。

在"巫蛊之祸"发生并持续发酵后，不仅是朝廷上，就是在民间，官吏和百姓中若是有什么矛盾、勾心斗角，都经常告发对方用巫蛊害人，一时间人人自危。可翻来覆去查了半天，这些告发大多都是假的，毫无根据。随着时间的推移，武帝心中也隐隐明白，这所谓的有人拿巫蛊陷害自己，也多半是假的。

太子自杀，对武帝而言，何尝不是心头之痛。武帝看到自己悉心培养的接班人和自己最信任的皇后卫子夫竟然会对自己施以巫蛊，并且起兵反抗自己，这让武帝感到十分震惊。而当镇压了叛乱，太子刘据和皇后卫子夫自杀身亡后，武帝终于冷静了下来，觉察出其中必有隐情，心中也颇为后悔。但他是天子，绝不能认错！作为皇帝，没有个台阶就轻易认错，威严何在？武帝在等一个机会，只要朝中有大臣开口陈情，他就准备顺水推舟，拨乱反正，为太子平反。

可是朝中大臣经过"巫蛊之祸"这事，亲眼见到公孙贺、刘屈氂等权势滔天的大臣都因为巫蛊而死，都认为巫蛊这事是触不得的红线，哪有人敢冒着掉脑袋的风险去谏言呢？世界上哪有那么傻的人？

没想到还真有这样的人。

公元前 90 年的一天，霍光晚朝后回到家里。

这两年发生的事情，一直在霍光心里难以排遣。

皇后卫子夫和太子刘据的自杀，意味着卫氏家族倾覆。当"巫蛊之祸"在长安城、在全国肆虐的时候，霍光依然还是当着他的奉车都尉，掌管着皇帝的车马出行安全，与掌管副车的驸马都尉金日磾一起每天陪同武帝出行，侍奉在左右。但霍光内心的纠结却难以言表。这些年来，霍光一直是如履薄冰、战战兢兢。经过这些大风波后，这时候的霍光和金日磾已经成为武帝身边最信任的人了。他们就在权力的核心附近，目睹了一场场权力争夺，却没有卷入其中，这也堪称是个奇迹。

这些年以来，目睹卫氏家族因巫蛊而倾覆，要说霍光没有情感波动，那是假的。自己在朝中这么些年，虽然没人对自己搬弄是非，多多少少也是托了兄长霍去病和卫家的福。可霍光对此却刻意地并不多说，甚至是不敢多言。在武帝身边的这些年，霍光目睹了太多的因言获罪，见证了太多因为一时的冲动而被下狱甚至处死的人。宫廷的磨砺告诉他，伴君如伴虎，武帝的选择必须就是自己的选择，无所谓对与错。对待武帝的决定，很多时候自己最好的选择莫过于保持沉默，而沉默往往是金。

　　近期霍光在武帝身边时，见武帝经常念叨太子往昔之事，霍光已然感觉到武帝心里已生悔意，但是霍光并不知道自己在这个时候应该怎么办。霍光捉摸不透武帝的真实想法，因此绝不敢和武帝提起太子和皇后之事，心里头也是干着急没办法。


　　这一天，霍光刚踏进家门，就有家人禀报说有一个人上门执意要见他。要见霍光的人是负责给高祖刘邦的陵寝守陵供奉的一个官员，叫作田千秋。

　　田千秋写了一份给武帝的奏疏，要请霍光呈上。在这封奏书里，田千秋有这么一段话：我梦见一位白发老翁，让我给陛下您传达一些话。他说，儿子擅自调用了父亲的军队，罪责理应不过是挨一顿鞭打。太子误杀了人，却以死相抵，这样的代价，是不是太严重了呢？

　　霍光心里一亮，这不正是武帝所需要的台阶吗？

　　第二天上朝时，武帝和近段时间在朝堂之上一样，仍是一脸阴沉，而满朝大臣见此则诚惶诚恐，谁都不敢吱声。这段时间武帝对太子之死的哀恸之情溢于言表，文武大臣们都不敢提太子之事，生怕触上霉头。

　　霍光见状，上前跪言道："陛下，奉守祖庙的田千秋，有奏疏呈上，请阅览。"

　　武帝见霍光说得如此郑重，接过奏章便立即展开阅览起来。只见武帝在阅览奏章的过程中，紧皱着的眉头逐渐舒展开来，待阅览完毕之后，武帝连日来哀恸的表情竟然一扫而空。

武帝当即下诏速召田千秋入宫。群臣都不知道田千秋在奏疏里对武帝说了什么话，竟然化开了武帝心头的结。只有霍光明白，田千秋揣摩透了武帝的心思，将武帝不便言明的懊悔，通过先人托梦的方式给纾解开了。很快，田千秋就被接入宫中。

武帝随即与田千秋进行了一番长谈。田千秋向武帝讲述了梦中的情景，武帝则叹息着说了一番话："我和太子之间的感情，旁人是很难说得清的。你却独具慧眼，委婉地点到了事情的本质。这一定是高庙里的祖先神灵让你来开导我啊。你应当成为我的辅佐之臣。"

随后，武帝将田千秋提拔为了大鸿胪，主管诸侯和少数民族事务，几个月之后，又提拔为丞相，替代被腰斩的刘屈氂。

给武帝化解了父子冤仇的田千秋既然升了官，那么就有人要倒霉了。因为武帝对太子的冤屈"醒悟"了，那些曾经陷害过太子的人也都理所应当地被武帝严惩了。罪魁祸首江充的家族被诛了九族。与江充一起构陷太子的宦官苏文则被烧死在横桥之上。甚至以前派兵围攻过太子的人，也都被武帝以各种方式处死了。

在太子刘据因被构陷而被迫造反的时候，武帝令当时的丞相刘屈氂领兵镇压，有一位叫马通的就在其中。马通在此役中冲锋陷阵，立下了大功，因此被封为重合侯，他的兄长马何罗也因此受惠做了侍中仆射，也算是武帝身边的近臣。然而仅仅过了一年多，武帝就开始清算那些曾经在刘据之死中出过力的官员，马何罗、马通心中自然是后悔不已。

但是天底下没有后悔药吃。很快，他们的这种后悔就转变为深深的恐惧。在他们看来，武帝的种种清算，意味着自己离死也不远了。于是，有人给他们出了这样一个主意——刺杀皇帝。

按说这刺杀皇帝，就算成了，自己也难逃死罪啊？为何马何罗和马通最后还要选择这么做呢？那一定是害怕恐惧到了极点，慌不择路，抑或是出主意的人有办法在皇帝死后罩着他们。总之，这哥俩加上他们的三弟马安成，就策划了一起刺杀武帝的行动。

马何罗的职位是侍中仆射，也是武帝身边的近臣。马何罗整日在皇帝的身边服侍，本来应该有的是机会，但他却迟迟没有动手。不是他不想，而是他不敢。之所以不敢，是因为他忌讳两个人。那两人就是霍光和金日磾。霍光精明深沉，而金日磾则武功高强。这两人和武帝几乎是寸步不离，马何罗根本就没有下手的机会。而且，做贼心虚的马何罗甚至还感觉到霍光似乎对自己很是在意，这更让马何罗心生惧意。

这一天，金日磾与霍光陪着武帝出行。回到宫里，霍光拉住金日磾说："这几日出入宫廷，我见那马何罗神情总是慌乱，时不时瞅向陛下，只怕是有什么阴谋不成？"

霍光沉吟了一会儿，又说道："陛下最近因为太子冤死一事，将以前攻击过太子的不少奸臣下了狱，那马何罗的弟弟马通也曾经领兵攻打过太子，马何罗的举动会不会与此有关？"

金日磾也说："我也觉得有些蹊跷。最近几日，我也感觉那马何罗有些不对劲。因而每日上下朝时，我都随着那马何罗，和他挨着走。可惜没机会查证他是否怀揣了兵器。"

霍光说："最近宫内明争暗斗甚多，也许确实有人背地里对陛下有所图谋。你我务必要小心在意，保证陛下的安全。"金日磾点头称是。

几天之后，武帝觉得身体不舒服，便决定去甘泉宫休养。金日磾和霍光也跟随前往。

这次，马何罗终于等着个机会，机不可失，时不再来，马何罗决定动手。

马何罗之所以决定动手，不是因为别的，而是因为金日磾随武帝到甘泉宫后竟然生了病，不能像以前那样时刻都陪护在皇帝身边了。马何罗觉得这个机会千载难逢，不能错过。于是，马何罗假传圣旨深夜出宫，让他的两个弟弟连夜发兵作为外应，等待在甘泉宫外，一旦自己行刺成功，就里应外合发兵起事。

马何罗怀揣利刃，又潜回甘泉宫，准备待霍光不在武帝身边的时候伺机刺杀武帝。哪知道，甘泉宫内守卫严密，一直到临近清晨，守卫的甲士稍微松懈时，马何罗才得以进到殿中。

这日晚间，金日磾一夜恶梦。快天亮时，金日磾突然从梦中惊醒，一身冷汗，心神十分不宁。金日磾不禁想到霍光对自己的嘱咐，心里一动：难道是自己和霍光的预感应验了？竟真的有人会对陛下不利？

于是，金日磾强忍着身体的不适立即起床来到甘泉宫大殿。这时候，他恰好见到偷偷摸摸进到大殿的马何罗。一见到马何罗鬼鬼祟祟的模样，金日磾心中一惊，于是厉声喝问道："马何罗，这么早你为何出现在这里？"

马何罗因金日磾突然一吼，吓了一大跳，顿时神情大变，慌乱不已，心想：难道我的谋算已经被他看破？可为何只有金日磾一人，而无其他侍卫？看他走路都有点踉跄，显然身体还没有恢复。马何罗判断金日磾只是偶然碰上，况且还只是一个带病之人，又没有其他帮手，不足为虑，便决定冒险一搏。

想到这，马何罗突然向武帝寝宫冲去。

金日磾见状，知道马何罗欲刺杀武帝已是毫无疑问，于是拼命追了过去。马何罗先一步闯进武帝的卧室，却在慌急之间撞上了房中的宝瑟，趔趄了一下脚步。而紧追在后的金日磾，就在马何罗趔趄之间，一个飞身扑了上去，紧紧抱住了马何罗，大声喊道："陛下小心！马何罗谋反。"

武帝此时还在睡梦中，突然被金日磾的喊叫声惊起，只见卧房内两个人纠缠在一起。金日磾是匈奴人，从小就习练摔跤，后到长安又学了武艺，身材高大魁梧，天生神力。虽然抱着病体，但在这番缠斗中还是占据了上风。只见金日磾扑住马何罗后，抓住他手握利刃的右手，狠命向地上撞去，使马何罗利刃脱手。然后金日磾一个转身站起，奋力一个大背包，一甩腰，将马何罗摔到了殿下的台阶上。

这时候，听到响动的霍光和众多侍卫也都纷纷赶到，护住武帝。侍卫们见摔倒在地的马何罗，一拥而上，将他生擒活捉。

武帝虽被惊醒，但看到金日磾和霍光都在，立刻放下心来。

武帝安定下来之后，便问道："谋反者可有同谋？"

霍光答道："已经探知，马何罗两个弟弟马通和马安成在宫外，带人作为接应。我已命建章卫队将他们包围起来，只等陛下一声令下，即可全部抓捕归案。"

武帝见霍光处事果决稳妥，龙颜大悦，立刻诏令霍光与上官桀带着建章羽林军前去捉拿叛贼。马通和马安成正在宫外疑惑，兄长进宫也有段时间了，为何还没有消息？正在踟蹰间，却只见两位都尉率领羽林军突然冲了出来，将他们团团包围，他们也只能束手就擒。

　　经历了这些事件之后，武帝开始全面反思自己在巫蛊事件中是不是也有过错，为什么会冤枉了太子。为了表达自己的懊悔之情，武帝特地命人修建了一座思子宫聊以寄思，又在太子自杀身亡的湖县修建了一座归来望思之台，表达自己的惋惜之情。武帝甚至由反思"巫蛊之祸"进而开始反思自己过去所执行的政策以及做的种种事情。

　　公元前89年，武帝痛定思痛，亲自撰写了"罪己诏"。在这篇诏书中，武帝全面反思了自己过去的所作所为，指出今后要努力发展生产，与民休息，调整国家政策，回到发展生产、轻徭薄赋的路线上来，在军事上也转为防御和休整。曾经因为武帝穷兵黩武、穷奢极侈、迷信方士、任用小人而动乱不已的大汉帝国，渐渐地又开始恢复安定。

　　马何罗的这次刺杀未遂，也让武帝看清楚了究竟谁可以信任。他还暗自思量，究竟应该由谁来继承皇位。假若将江山交给幼小的儿子刘弗陵，那么谁能保证这江山不会落于他人之手呢？经过了一番深思熟虑之后，武帝心里暗暗有了自己的打算。

　　时光荏苒，又过了一些时日，到了公元前88年的六月。"巫蛊之祸"带来的伤痛，随着一场大地震而渐渐被人淡忘。太子刘据死后，武帝也越显老态。尽管他的身体越来越差，却始终未有立新太子的想法表露出来。而群臣中也没有谁敢再向武帝提起这个让他最为伤心的话题。

武帝的第三个儿子燕王刘旦，在太子刘据死后曾经向武帝上书自请立为太子，结果被愤怒的汉武帝削掉了封国的三个县邑，还将呈送奏章的信使给杀了。此后，谁也不敢再上奏说立太子这事，唯恐惹出什么杀身之祸。虽然满朝文武大臣都有些不安，担心要是有一天皇帝突然驾崩，又没有立太子，那这个帝国不知会变成什么样子。但也无可奈何，能做的也只是各安其职，尽力保证帝国的运行而已。幸运的是，在武帝颁布"罪己诏"的这一两年，国家整体上还比较安定，社会也渐渐恢复了生机。

随着自己身体每况愈下，晚年的武帝终于下定决心——立最小的儿子刘弗陵为太子，以安天下及朝臣们的心。但是因为刘弗陵年龄尚幼，武帝思索再三，决定为未来的接班人找一个可靠的辅佐之人。他综观朝堂内的群臣，细细考量跟随在自己身边已久的这些大臣的身世、品格和能力，最终确定了辅佐太子的人选。

这一天，武帝令人把霍光召到尚书房。霍光只道是武帝又有什么事情要吩咐，连忙赶来。可到了以后，霍光却见偌大一个书房中，并无其他侍臣，只有武帝一人。

霍光小心谨慎地立在门口，低眉垂目，等待着武帝的吩咐。

武帝已经听到了霍光的脚步声停在了尚书房门口，就问道："子孟（霍光的字，表亲近）为何站在门口不进来？"

霍光左右打量了一下，并不见往常自己的同僚金日磾等人，见武帝召唤，霍光赶紧小心地迈过门槛，趋步前行，站在了武帝一旁。

只见武帝面前，悬挂着一副帛画，画的中央有一位孩童端坐着，戴着三山冠，他旁边的一位长者慈眉善目，弯着腰，举着华盖，仿佛在庇护着孩童。孩童的四周都是佩着绶带的诸侯、大臣，持着笏板，似在拜见。整幅画色彩祥和，人物勾画细致，衣饰、器物都极为富贵，尤其是中间那位孩童和长者，颇有帝王之气。

武帝在画前踱步了片刻，转头问道："此图，乃是我命宫中画师所作。子孟可知道，这幅画画的是什么？"

霍光抬头观望了这幅帛画片刻，随后诚惶诚恐地鞠躬，回答道："微臣并不知道，请陛下明示。"

武帝令门外的侍从退去。此时，书房内外附近只有武帝和霍光两人。武帝又来回踱了几步，背对着霍光说道："此图名为《周公辅成王朝诸侯图》，朕现将此图赏赐于你。子孟你可收去，好好保存，莫要辜负朕的一片苦心。"武帝说完，便走进了里间，不再说话。

霍光不敢跟进去，按照武帝的吩咐将帛画细细卷好，收入衣袍中，随后快步离开。

这幅《周公辅成王朝诸侯图》到底是什么意思呢？为什么武帝要将这幅画赐给霍光？这就要从周朝的建立初期说起了。

周公姬旦，是周文王姬昌的第四子，周武王姬发的弟弟。曾经辅佐了周武王灭商，威信和权力都盛极一时。姬旦因为封国在周，所以后世称他为周公。周公因为完善了礼乐制度，因此成为了孔子的偶像，备受孔子推崇。但周公在政治上更广为人知的，则是他的摄政和还政。

周武王灭商不久后驾崩，即位的是周武王的儿子周成王姬诵，年方十三岁。当时周朝建立不久，周公担心天下百姓和被灭国的商朝遗民听说周武王死了而背叛朝廷，于是摄政治理天下，把握了国家朝政大权，并且在摄政期间平定了叛乱，发展了生产，巩固了周朝的统治。周公摄政六年后，姬诵已经长大成人。于是周公教导姬诵应该如何为政，如何为王，准备还政于他。周公在摄政的第七年，姬诵二十岁的时候，将朝政彻底交还给了周成王姬诵。其后，周成王与其子周康王统治期间，社会安定、百姓和睦，被誉为"成康之治"，开创了周朝八百年的基业。

周公从道德和功绩上，都被誉为人臣的典范。因此，武帝将这幅图交给霍光，意思自然是不言自明了，那就是要霍光准备好行周公之事，辅佐武帝选定的接班人、年仅八岁的小儿子刘弗陵。

那晚，霍光回家后在帛画前仔细端详良久。武帝的意思，霍光立时便知晓。武帝将立谁为太子，这幅画里已经传递出了足够的信息——武帝要他准备好辅佐少年皇帝，那武帝自然是已经决定立最小的儿子刘弗陵为太子了。

霍光想，自己只是一个奉车都尉，放在满朝文武百官中，也只是一个不大不小的官。武帝让自己辅佐将来年幼的天子，而自己的资历尚浅，若是真到了那个时候，朝中大臣、刘氏诸王、外戚家族都不服自己，那该如何是好？

武帝在霍光的心目中是神一般的存在，不管从私从公，霍光都不敢违逆武帝的意思，他更不敢当面和武帝说自己不愿意干、干不了辅佐太子一事的话。霍光知道，这一次自己就算是硬着头皮也得上。他心里明白，自己若是真的坐上了辅政大臣的位置，前路必将充满无数荆棘。到时候要是一着不慎，恐怕就要掉脑袋、诛全族。一想到这，霍光对着武帝赐予的画，几乎是一夜无眠。

为什么武帝会选择霍光为未来接班人的辅政大臣呢？霍光能承担起这副重担吗？欲知详情，请看下一章：临危受命——托孤重臣霍光。

# 第五章
## 临危受命——托孤重臣霍光

公元前87年，一开年，关中平原就刮起了刀割一样的寒风。这风把漫山遍野的枯枝残叶收拾得干干净净，在山谷、巨树间盘旋叫嚣，鬼哭狼嚎了数十日。风刚停，天空就突降瓢泼大雨，夹杂着鹅蛋大的冰雹，乒乒乓乓，片刻间无数房瓦被冰雹敲得破破烂烂。长安城里满是瓦砾的地上，像裹上了一层厚厚的琉璃，油滑油滑的。一时间，行人怯步，万户萧索。

正月初一，七十岁高龄的武帝在甘泉宫接受诸侯王的朝拜。热气腾腾的火锅、浓浓的烈酒也难抵御户外的寒冷。原来满是奇花异草的甘泉宫，眼下却一片枯败，冰雹过后，眼到之处，没有一点色彩，满目苍凉。

这情景令武帝十分不爽。

霍光深知武帝的心意。盛宴之后，他低声对武帝说道："陛下，过几时移驾五柞宫吧，那里的五棵大柞树，还是绿油油的。"武帝心生欢喜，对霍光赞许道："好哇，就听爱卿的安排。"

二月，料峭的春寒久久不肯离去。武帝在甘泉宫实在住得乏味，便催促霍光早日移驾五柞宫。武帝心里很是不解，这甘泉宫离五柞宫也不远，霍光不是说不几日就移驾五柞宫的吗？怎么准备了这么长时间都没有弄好？各地的诸侯王离开也有些时日了，一贯办事利索的霍光，这次是怎么了？

事情还真不像武帝想得这么简单。原来，就在武帝同意移驾五柞宫的第二天，霍光便亲自与主管上林苑的少府到五柞宫实地勘察。霍光心想，武帝已经高龄了，今年天气特别不好，可不能有丝毫的闪失。

那天，霍光踏着硬硬的冰块来到五柞宫，一进宫门就大吃一惊，原来五棵翁郁的参天大柞树，此刻被重重的冰衣压趴在地，其中两棵主树干裂开了鲜亮的口子。霍光见状非常生气，对五柞宫的园匠们怒斥道："皇上对你们不薄，给你们的俸禄不少，让你们维护这个园子，你们怎么就这么不用心呀！"

他转头对陪他前来的少府和随从说："这五棵千年柞树，可是象征着我们大汉的气运哪，你们怎么也和园匠们一样不晓事！"

霍光见大家都很惶恐，顿了一顿，缓了一口气说道："陛下过几日就要移驾五柞宫了，现在这个样子怎么办？

大家拿个主意吧。"

惊出一身冷汗的少府和园匠头目商量了好一阵子，觉得只有立即把上林苑所有的园丁花匠一起召来，把树身树叶上的冰衣小心除去，再用大木打支架，把大树撑起来，树身受伤处用草绳扎上。霍光听了，觉得也只有如此了，让他们赶紧去办。

就这样，忙碌了近一个月，总算差强人意，五柞宫恢复了原来的样子。


这一天，武帝终于移驾五柞宫了。武帝见到五棵伞盖一样的大柞树，经历这场严重冰冻后，竟依然是绿荫遮天，郁郁葱葱，春意盎然，不禁龙颜大悦。武帝一扫多日来的阴郁，忍不住顶着寒风在五柞宫外的绿荫道上流连观赏，溜达了不短的时间。直到霍光多次催他回去休息，他才游兴未尽地回到宫里。

当晚武帝开始小咳，霍光得知，不敢大意，立即唤来太医。太医号脉后，对霍光说，是一点小风寒，吃两贴药祛祛寒就没事了。霍光这才放了心。

第二天早上，武帝照常起床。昨晚喝了一小碗汤药后，出了一身汗，今天感觉不错。午餐后，武帝照常小睡。午睡后，屋外起了风。武帝醒来时有些恍惚，他坐在床边，以为是秋天到了，耳听着"秋风阵阵"，想起了自己早年创作的一曲《秋风辞》。

这时，恰好霍光和金日磾前来探视。武帝见到两位肱股之臣，很是高兴，说道："朕刚才吟诗一首，你们看如何？朕听到屋外林中秋风阵阵，忽有所感，吟了首《秋风辞》。"

武帝说完，随口念了起来：

秋风起兮白云飞，
草木黄落兮雁南归。
…………
欢乐极兮哀情多，
少壮几时兮奈老何。

霍光和金日磾一听武帝竟然把春寒的季节当成了秋季来吟诵，不禁大惊失色。但他们很快便镇定下来。霍光对武帝说："陛下文韬武略，诗辞不同凡响，实乃我大汉之福啊。"

武帝好像依然沉浸在萧瑟秋风中。良久，却有两行浊泪顺着面颊缓缓淌了下来。武帝突然意识到目下正是春寒时节。他好像猛然惊醒了过来，忽然触动了胸口的神经，竟又剧烈地咳喘起来。

武帝稍稍平复下来后，缓缓对霍光说道："人总有老的一天，你们不必过于宽寡人的心。"

武帝仿佛感觉到自己在世的时光正在一点一点地逝去，即将老去的无奈紧紧地攥住了他的心，无尽的悲凉排山倒海般扑来，逼得他喘不过气来。

霍光从未见过武帝如此悲凉衰弱的样子，当即跪倒在地，满脸泪流哽咽道："陛下，您千万保重龙体啊，大汉不可须臾离开陛下啊！"

武帝握着霍光的手温言道："子孟难道还不明白朕赐你帛画的深意吗？朕将立小皇子为太子，而你将行周公之事。"

霍光叩头在地，说道："下臣德能有限，不如请金日磾大人。"

金日磾也赶忙跪下磕头言道："陛下圣明，还是请霍大人最合适。我是匈奴人，若真如霍大人所言，我大汉朝会被匈奴人看不起的。"

武帝瞧了金日磾一眼，将目光继续投向霍光，坚定地说道："日磾对朕忠心耿耿，也堪大用，只是他是匈奴人，还是由他来协助你为好。"

说完之后，武帝又道："让上官桀、桑弘羊也来朕这里。"

上官桀、桑弘羊两人来到后见霍光、金日磾跪倒在武帝床前，知道事关重大，也一起跪倒。

只听武帝说道："各位爱卿，寡人已年过七十，只怕来日不多。今立少子刘弗陵为太子，将来承继大业。太子年幼，各位要尽心辅佐。"

四人听武帝说出这番话来，都是泪流满面，一起叩头。

于是，武帝诏命霍光为大司马大将军，金日磾为车骑将军，上官桀为左将军，桑弘羊为御史大夫，共同辅佐太子，而霍光为太子首辅。

武帝说完这些话，像是耗尽了生命的最后能量，疲惫地躺下。四人不敢离开，立即叫来太医，武帝向太医摇摇手，闭眼睡去。这一睡，武帝竟再也没有醒来。

第二天，霍光等人宣布武帝在五柞宫驾崩。随后，刚被立为太子的刘弗陵被霍光等人辅佐登基，是为汉昭帝。时年八岁。

三月，武帝葬于茂陵。出殡之日，长安城内外一片哀恸。

过了好些时日，当人们渐渐从哀伤中走出来的时候，赫然发现大汉的朝堂之上，主宰着整个帝国命运的人，已经换了一班。

忙完武帝下葬的大事，霍光将其他三位托孤大臣以及丞相田千秋召集在一起，商议朝政大事。霍光既然是武帝钦点的大司马大将军，太子首辅，主持商议自然是责无旁贷，当仁不让。不过，霍光心中多少还是有些不安，但他表面上却是一副镇定自若的样子。

待金日磾、上官桀、桑弘羊和田千秋都到了，霍光清了清嗓子，沉声说道："先帝驾崩，陛下年幼。先帝在世时，令我等辅助陛下，我等定当竭尽全力，不忘先帝嘱托。"

金日磾、上官桀等人一齐拱手，表示定会听从大司马大将军霍光的安排。

金日磾、上官桀与霍光关系颇深，共事多年。上官桀之子上官安更是娶了霍光的女儿为妻，两家结为姻亲。桑弘羊掌管财务，和霍光此前也并无冲突。田千秋自知自身能力并不出众，当初是因为有霍光的引荐，才在武帝面前为刘据说上了话，因此才得到武帝赏识，当上了丞相，因而对霍光一直心怀感激。这个时候，金日磾、上官桀、桑弘羊、田千秋四人，与霍光均无嫌隙，纷纷向霍光表示定当各尽其责。

霍光忧虑眼下新帝继位，人心不稳，他感到维护内政稳定乃是当务之急。见几位辅政大臣纷纷表态服从自己的安排，霍光于是把心中的忧虑说了出来："先帝在的时候，四海之内没有不敬服的。如今陛下年幼，刚刚即位，局势唯恐会有震荡。希望各位各司其责，首先要安稳好内政和民心。"

随后，霍光又进行了职责分配：自己与金日磾、上官桀主持宫内事务，田千秋作为丞相主持朝中的政事，桑弘羊主管经济。

金日磾等三人没有表示出什么不同意见，却只见田千秋摇了摇头。田千秋虽为丞相，却很能洞明事理。武帝诏命霍光为首辅，如果不管朝中政事，还能算得上首辅吗？只见田千秋对霍光说道："朝中的政事，希望也还是由大司马大将军来主持为好。"

霍光表示不解，推辞说："当初我们一起接受了先帝的诏令，现在我希望您能督促我，使我不要辜负了先帝的这份重托。"

田千秋摆摆手："我才识疏浅，并不足以担当主持朝中政事这样的重任。先帝选择你为大司马大将军，自然是希望你主持大局。将军要是能够牢记先帝的遗愿与百姓苍生的期望，就是天之大幸了。希望将军为江山社稷着想，不要再推辞。"霍光踟蹰良久，终于点头默认。

霍光又说道："陛下刚刚即位，听闻最近各郡国中质疑者、不满者及散布谣言者甚多，我们要多加小心。若是有反叛的迹象，一定要加以警觉，果断处理。"

金日磾点头称是，接过霍光的话头说道："陛下刚刚继位，人心不稳，我们也都需要谨言慎行。我观朝中有些大臣脸色，颇有不满，须用心加以防备。"霍光也频频点头。


武帝驾崩，昭帝刘弗陵年幼，不能亲理朝政。霍光等五人以昭帝的名义，向各郡王诸侯国发布玺书（指皇帝的诏书），诏告天下：武帝驾崩，新皇即位。

那位曾经被武帝希望能够"不要做败德之事""不习礼义之士，不得召之身边使用"的武帝第三个儿子燕王刘旦，也收到了这份玺书。

刘旦曾经在太子刘据死后自请立为太子，后被愤怒的武帝狠狠地惩罚了一通，削去了三个县的封地。但是，刘旦心中一直愤恨不平，他心里所想的依然是那个皇帝位——自己的两个哥哥已经死了，武帝剩下的三个儿子里又属自己最为年长，按照规制这太子位就应该是自己的。哪知道，父皇竟会因自己请立太子而严厉地惩罚自己，真是岂有此理！

接到玺书后，燕王刘旦得知了武帝已经驾崩。然而，作为武帝的儿子，刘旦不仅没有按照礼仪立即面向都城的方向大哭以示悲痛，反倒是踱起了方步。将使者晾了一会儿，刘旦才故作不知地对使者说道："陛下驾崩，谁为太子啊？"

送达玺书的朝廷使者心里有些不悦，但还是恭恭敬敬地回答道："孝武皇帝临终前，已立少子为太子。先帝驾崩后，太子继位。"

刘旦听了，却明知故问道："少子是谁？是那个刘弗陵吗？"

接着，刘旦又以很不以为然的口吻说道："他怎么可能继位呢？他母亲因罪被父皇赐死，怎么可能立他为太子？这里面一定有隐情。"

使者素知燕王刘旦性格强悍十分难缠，今日见刘旦直呼皇帝的名讳，说出这些大逆不道的话，内心十分惊恐。但又恐自己有生命之忧，对刘旦的话不敢应答，立刻告退。

待使者走后，刘旦又重重地"哼"了一声。他拿着那封玺书，转向自己封国的大臣们，说道："这份玺书规格比以前小很多啊，长安肯定发生了变故，不然怎么会这样呢？"

刘旦手下的大臣们也纷纷附和。刘旦见手下大臣附和自己，声音于是更大了："刘据死了，太子之位本该是我的。这个刘弗陵是什么人？凭什么太子之位落到他的手里？一个乳臭未干的的小毛孩，凭什么当皇帝？"说完，刘旦将玺书狠狠地摔在了地上。

刘旦的心腹近臣寿西长上前说道："大王请息怒。正如大王所说，长安城中恐怕已经生出变故，说不定是有人打着先皇武帝的旗号在胁迫孝武皇帝的少子，朝堂的实际权力尽在那些人手中。"

刘旦问："那依照你的意思，该当如何处置呢？"

寿西长说道："我愿前往长安，为大王探听虚实。"

刘旦来回踱了几步，斟酌了一会儿，说道："这样也好。"

刘旦随后吩咐寿西长道："你与孙纵之、王孺一同前往长安，借问礼仪为名，打探朝中消息。若是打探出什么，早早向我禀告。"

寿西长、孙纵之、王孺都是刘旦身边的心腹近臣，跟随刘旦多年。三人都很受刘旦信任。

寿西长、孙纵之、王孺等人来到长安，以询问礼仪为名，试图接触朝中大臣。当时掌管京城安全的官员、执金吾郭广意与寿西长关系不错，三人来长安之后，郭广意特地宴请了他们。

酒席之间，寿西长等三人以燕王的名义向郭广意频频敬酒，刻意颂扬郭广意在长安城地位尊崇，是皇帝身边的红人，连燕王都十分地敬重。郭广意几大杯酒下肚后，听着恭维的话十分悦耳，话便渐渐多了起来。

见郭广意酒兴正酣，寿西长又称赞郭广意发达之后不忘故友，今日的宴请让自己万分感动，说着又敬了郭广意一大杯酒。郭广意听了寿西长恭维的话，心里头很是受用。郭广意端起双耳酒杯一饮而尽，朗声大笑，话语里尽是苟富贵勿相忘的豪气。

寿西长见状又和郭广意碰了一杯，把杯中之酒一饮而尽后，哈出一口长气，装作不经意地询问道："燕王很关心先孝武皇帝突然驾崩一事，先孝武皇帝可是得了什么病么？"

郭广意此时已经喝得有些醉意了，大着舌头对寿西长三人压低了声音神神秘秘地说道："传说孝武皇帝是受了风寒，一病不起的。这个话你们可不要外传哦！"

寿西长对一旁的孙纵之使了个眼色，于是孙纵之又接过话头说道："那是那是。将军不需提醒，我们理会得到。"

孙纵之又恭维寿西长说："先孝武皇帝驾崩时，将军一定在场。以将军的威望，当时必然是受了先孝武皇帝托付的咯？"

郭广意闻言大笑道："这怎么可能呢？当时我在五柞宫待命，突然听到吵吵嚷嚷的，大臣们一个个都哭着说孝武皇帝驾崩了，之后大将军就按照先孝武皇帝的遗诏立了太子为皇帝。此中来龙去脉，我也不是太清楚。就知道陛下如今只有八九岁，鄂邑长公主专门入宫去照顾皇帝。先帝下葬全是大将军主持的。"

寿西长点点头，又说道："也就是说，立太子为皇帝的，即是当今的大司马大将军霍光？"

郭广意答道："车骑将军与左将军也接受了先帝遗诏辅佐少主，听说御史大夫桑弘羊与丞相田千秋，也参与其中。"

说到这，郭广意似乎有些酒醒，惊觉自己说多了话，便不再多言。寿西长拿着酒壶，亲自过来给他倒酒，几杯酒下肚，郭广意便彻底醉了过去。

待到次日早晨，郭广意酒醒，回忆起昨晚说的话，觉察出其中大有情况。诸侯王的近臣询问自己先帝驾崩的细节这些事情，显然是受托而来，别有用心。自己身为朝廷官员，在这个敏感的时刻，酒席之间可能说了不该说的话，实在是酒后误事。郭广意考虑再三，终究还是不敢隐瞒，便立刻来到宫中向霍光报告。


寿西长、孙纵之、王孺得到这些信息后立刻返回燕国，向刘旦报告。

刘旦听了三人的报告，问道："既然鄂邑长公主进宫去照顾刘弗陵，那你们是否试着以我的名义去见她，询问情况？"

寿西长答道："我本想以大王名义送公主礼品，可公主不方便，也未曾见到。"

刘旦生气地站起身说："先孝武皇帝弃天下而去，我身为长子，理应承继大统。可竟然没留下这样的遗诏，而公主又见不到，朝廷中由一干外姓大臣把持朝政。简直荒唐透顶。"说完，刘旦重重地坐回床榻上，拳头擂得床榻啪啪作响。

霍光接到郭广意的报告，心中十分气急。他气郭广意酒醉之后口无遮拦，但更急刘氏宗亲蠢蠢欲动，尤其是武帝这个棘手的儿子刘旦明显有不服和谋逆之心。刘旦这么急着派人来打探朝中的消息，难保没有不轨的企图。

霍光立刻找金日磾商议。金日磾听霍光说完事情来龙去脉后，说道："燕王眼下是先孝武皇帝在世最年长的儿子。此人熟读经书，广纳门客，也算博学多才。先孝武皇帝在世时，燕王便有自请荐立太子的举动，说明其素有君临天下之志。现在新帝为孝武皇帝的幼子，完全出乎了燕王的预料。燕王没有接到帝位，这番派人进京来打探，恐有不测之野心。你我皆来自下层，无皇亲国戚之身份，得先帝无比恩宠信任，辅佐少主。先帝弃天下而去，朝中人心惶惶，而此时你我都还立足未稳。眼下我们只能逐个安抚，化危机为无形。不然，恐怕容易引起刘氏诸侯王的反叛。"

霍光点点头，接过话说道："我听郭广意的意思，燕王似乎想借陛下的身世做文章。"

金日磾说："陛下为赵夫人（钩弋夫人）的儿子，而赵夫人是被先帝赐死的。其中种种因果，外人揣测颇多。其中就有传言说，赵夫人与前太子刘据的巫蛊事情有关。我觉得，需要给予赵夫人一个正当的名分，好让世人不再妄加揣测。"

霍光略一沉思，觉得赵夫人虽说很有可能与"巫蛊之祸"和太子之死有关，但她毕竟已经死了，此时给予她一个尊贵的名分，对维护刘弗陵的地位有益无害。

于是，霍光以昭帝名义发布诏书，分别赏赐照顾昭帝的鄂邑长公主、燕王刘旦、广陵王刘胥和刘氏宗室内的所有皇亲。接着，霍光又追封赵夫人为皇太后，并为她修筑云陵。渐渐地，长安城内外，朝野上下，有关钩弋夫人涉太子巫蛊事的传言平息了下来，甚至还衍生出了许多有关于钩弋夫人的传说故事。

刘旦收到朝廷赏赐的大量钱财珠宝后，只是冷哼了一声。他心想："我本是当皇帝的命数，天下应该尽归我所有，这点财宝竟也想打发我？"刘旦觉得不能就此罢休，便又心生一计，决定再去探一探主持朝政的那些大臣的态度。

刘旦深知，要是没有个名分，反叛当朝皇帝无异于以卵击石。于是，他召来门客和心腹近臣，与宗室中的中山哀王刘昌的儿子刘长、齐孝王刘将闾的孙子刘泽等人结帮谋划，谎称曾经接受了先帝的诏令，可以掌管地方行政，修治武备，防备非常事变的发生。

于是，刘旦上书说："孝武皇帝实践圣人道义，孝敬祖先，疼爱骨肉，安宁万民，德行与天地等同，睿智与日月同辉，威武无比。远方蛮夷臣服，携宝物朝贡，新建都郡数十，开拓疆域成倍。吾承先帝美德，奉命为大汉国北部藩篱，深知职责重大，日夜小心谨慎，亲自掌管官府事务，铸造武器装备，整顿训练军队。现帝国处于非常时期，定当恪尽职守，随时准备为国惩奸除恶，保国安泰。"

刘旦上完书，又对手下近臣道："唉，从前吕后弄权，把孝惠帝之子刘弘立为皇帝，诸侯王们侍奉了八年。后来吕太后驾崩，大臣们诛灭了吕氏诸王，迎立了孝文帝，天下方知刘弘不是孝惠帝的亲生儿子。我怀疑刘弗陵他不是刘家的人啊！"刘旦说到动情处，竟掩面痛哭。

当年，吕氏家族被铲除后，因为刘弘是被吕后一手扶上皇位的，所以他并没有被归为刘氏正统之列。于是一干随着刘邦开国的老臣们故意说刘弘并非汉惠帝亲生子，由此废杀了刘弘及他的四个兄弟，选定了代王刘恒（即后来的汉文帝）作为新皇帝并迎入长安。虽然史上认为刘弘是刘氏宗室没有疑问，但当时由于统治集团的需要而生出了另外的说法。

刘旦现在说这席话，意思不言自明，就是故意质疑这个新皇帝的正室身份。

刘旦身边这帮近臣个个胡乱出着主意。有的说要立即声言当今皇帝并非先皇武帝之子，而是朝中奸臣计划好一起拥立的不知道是什么来路的人，并号召天下讨伐他们。有的则说，现在诸侯国不比汉初的诸侯国，军队太少，因此急需制造武器，扩建军队。

刘旦听了这些大臣的话，与刘泽等人谋划了一个文告，说在位的年少皇帝不是先孝武帝的儿子，并且派人到各郡国散发，以动摇民心。刘旦还统率车马，组织大规模打猎，以训练军队。同时，他还操练检阅军队，设置旌旗、鼓车、先驱骑兵，郎中侍从戴着貂尾为羽附有金蝉的冠冕，都用侍中称号。此时的刘旦，简直就是以皇帝自居。

一时间，燕国上下几乎进入了战备状态。

韩义是侍奉刘旦的郎中，他见到刘旦如此跋扈，担忧不已。他向刘旦谏言说："从前汉初七国之乱，刘濞权势比大王要大得多，而且帮手众多，可依然不能对抗长安。而大王的军力较长安十分之一都没有啊。"

刘旦手下大臣虽说大多都是谄媚之人，但也有一些大臣早已是担忧不已。见韩义进谏，也纷纷谏道："大王如今的行为，实在是危险之极。先帝当初希望大王不做败德之事，不习礼义之士不要召到身边，可大王如今的行为，实在辜负了先帝的希望啊！"

刘旦正在兴头上，哪里听得进去，更何况有人用父皇武帝的话来对他进行说教。刘旦勃然大怒，令人将韩义等十五名劝谏他的大臣统统处斩。之后，他手下的臣子，就再也没人敢违逆他的意思了。

在赏赐了刘氏宗亲、追封赵夫人为皇太后之后，霍光仍然不太放心。他思考着怎样才能迅速建立自己威德的形象，以服天下。

不久，宫中传出夜晚时常闹鬼的传言。有宫女说亲眼见到鬼怪出现。这天夜晚，宫中闹腾得格外厉害，有好些个宫女都说见了鬼，被惊吓得不轻。在朝廷中值班的大臣们一个个都惶恐不安，大臣、侍卫慌作一团。侍卫只得连夜报告霍光。

霍光立刻派人去宫内各处巡查，自己则带领众人来到保管皇帝印玺符节的尚符玺郎处。霍光说为了防止有人趁乱闹事夺取玉玺，要尚符玺郎将玉玺交由自己保管。哪知尚符玺郎竟然不买霍光的账，以霍光非公理由要玉玺为由，断然拒绝。霍光见尚符玺郎拒不听命，大怒，命令随从上去夺取。尚符玺郎也硬气，按着剑说："你可以砍下我的头，玉玺却绝对得不到！"霍光见他如此坚决，只能作罢，让侍卫退开，护卫在一旁。

第二天，霍光并未处罚这位尚符玺郎，反而下令把他的俸禄提升了两级。本来有不少大臣带着看好戏的心态，以为霍光会报复那位官员，却没有想到霍光竟会如此大度，大家于是都非常佩服，不得不对霍光刮目相看，霍光的威信也渐渐地树立起来。

金日磾知道这事后，对霍光说道："如今朝中仍然不稳，许多大臣怀有异心，将军务必谨慎，否则先帝的重托，陛下的安危，各种变数都难以预料。"

霍光叹息了一声，说道："翁叔（金日磾的字）说得有道理，如今局势未稳，不乏虎视眈眈的奸恶之人。你我均受先孝武皇帝厚恩，必将誓死效忠陛下。"

金日磾说道："所以，既要稳住朝中大臣与刘氏宗室，又不能让他们肆意妄为。"

果不其然，霍光和金日磾二人担心的事情很快就得到了印证。没隔几日，燕王刘旦的上书便到了。

霍光一看到燕王的奏折，虽然心里怒气冲天，却又不得不强装镇定。这燕王的上书，往小了说是不符合法度，往大了说是有谋逆之心。燕王敢公然挑衅朝廷的秩序和诸侯国的礼制，反叛之心已经昭然若揭了。

霍光当即召来郭广意，将燕王刘旦的奏书交给他看。郭广意读了奏书，心中惭愧，下拜说道："我犯下大错，希望大将军处罚，革去我的职务，以示惩戒。"

霍光点点头道："你一直兢兢业业，我本不想如此，可这也是无奈之举。你要是能理解，也免得我强行为之。"

随后，霍光发布命令，免去了郭广意的执金吾职务。

免去了郭广意的职务，昭告天下之后，霍光和其他几位辅政大臣又以昭帝的名义，给武帝如今仅存在世的子女刘旦、刘胥以及鄂邑长公主各加封了一万三千户食邑，以此来安抚这些皇家直系宗亲。

然而霍光的这些好意，不仅没有让刘旦得到满足，反而更助长了他的气焰。刘旦收到赏赐的诏书后，将诏书丢在一边，怒骂道："我本应该是皇帝，要这些赏赐干什么！"

左右大臣面面相觑，都不敢言语。只听到寿西长说道："大王的命数，却被小人所阻挠。"听到寿西长谄媚之语，其他大臣也是谀词潮涌，纷纷赞扬刘旦有"乃父雄风""帝王之能"。刘旦听得飘飘然，暗下决心，一定要将刘弗陵这个小皇帝拉下位，取而代之。

不久，各地就风传起当今皇帝不是先帝骨肉的谣言。这谣言很快传到京城，传到了霍光的耳朵里。

霍光听了非常焦急，立即跟金日磾商量说道："这谣言一定是燕王等人传出去的，燕王谋反之心已经明白无误了，恐怕他一声令下，燕国便会公开谋反，各地响应者也会不少，这可如何是好？"

金日磾此时已是重病在身，但依然心系帝国安危。他对霍光说道："你我都是孝武皇帝最信任的臣子，燕王毕竟是孝武皇帝存世的长子。我们若是先对他下手，只恐世人会有非议。只有等到他真的动手谋反，立刻将其击溃，这样不仅可以合理铲除祸患，更可以在朝廷内外立威。"

霍光听后，连连点头称是。说道："此计甚好。你务必养好身体，陛下和朝廷都很需要你啊！"

为应付不测，霍光调动军力，在燕国附近部署重兵，以防燕王谋反。

就在霍光紧锣密鼓地布置对刘旦的防备的时候，刘旦也头脑发热，急不可待地与刘长、刘泽等连日策划起兵事宜。

刘泽自告奋勇，决定亲自去齐国都城临淄，刺杀刺史隽不疑，以此立威，随后与刘旦一同起兵对抗长安。

当时齐国一带也有一位刘氏宗室的诸侯王，是淄川王刘建。他的儿子刘成景仰隽不疑的才识和贤良，在无意中得知了刘泽欲刺杀隽不疑的企图后，刘成当即把这个阴谋告诉了隽不疑。隽不疑当机立断，逮捕了刘泽，将他监禁起来，并且迅速向朝廷报告。

刘泽因为欲刺杀刺史隽不疑而被捕的消息传到了长安。霍光令大鸿胪即刻审问刘泽，于是将刘旦与刘长等人的篡逆阴谋全部查获。

此时，只要把刘旦谋反一事公之于世，便可将他绳之以法，铲除祸患。但是霍光并未立刻对刘旦下手。他依然在权衡：自己作为一个刚刚上任的大司马大将军，从前默默无闻的皇帝近臣，此时杀死先帝的儿子、当今皇帝的哥哥，是否合适？

最终，霍光选择了大事化小，小事化了。他给刘旦去信，写道：大王承蒙先帝的厚爱，封为诸侯王，为国家戍守北方。如今陛下继位不久，希望大王能秉承孝武皇帝的品格，为国分忧，尊宗庙、重社稷……

刘旦接到霍光的信后，也得知朝廷已经陈重兵于燕国边境，知道此时起兵无异于以卵击石。虽然刘旦很狂傲，但也不是不识时务。最终，刘旦选择了忍耐和沉默。而霍光也压下此案不予张扬，没有追究刘旦的罪行。

刘旦作为武帝的儿子、当今皇帝的兄长没被追究，但刘泽和刘长就没有这么幸运了。两人虽然也是刘氏宗亲，但和武帝的直系子女区别就大了。为杀一儆百，以儆效尤，霍光下令将他们处斩。同时昭告天下："刘泽、刘长大逆不道，散布有损当今天子的恶毒谣言，阴谋刺杀国家大臣，图谋不轨，斩首示众。"

而检举他们的刘成，则被封为缾侯；隽不疑则被提升为京兆尹，赐钱百万。

这一下，朝野内外，大臣、平民，特别是各地的刘氏宗室，都被霍光的举动所震慑。各地有反心或者不敬之心的刘氏宗室都收敛了许多。汉室社稷、昭帝皇位，以及霍光的地位都得到了巩固。

尽管此时的刘旦并未放弃争夺皇位之心，但先孝武帝离世、昭帝登基最为凶险的权位之争经过霍光的化解和处置总算暂时告了一个段落。而就在霍光以为终于可以稍微松一口气的时候，帝国的经济危机又扑面而来，对霍光提出了更为严峻的考验。

在接踵而至的危机面前，霍光将怎样渡过难关、巩固权位呢？请看下一章：百废可兴——铁腕首辅霍光。

# 第六章

## 百废可兴——铁腕首辅霍光

公元前86年，即汉昭帝元始元年，就在霍光挫败刘旦、刘泽以及益州二十四邑反叛图谋，朝廷的政权仍处于不安稳状态的同时，天气似乎也有些异常。

　　七月至十月，关中连降三个月大雨，坚固的渭桥被洪水冲得无影无踪。洪水过后的高温，致使播下的麦种刚冒绿芽就焦死了，预示着今年将颗粒无收。百姓只能靠"土馍"①度日。进入十二月，关中平原没有下雪，也没结冰。史官惊慌地向八岁的皇帝和大司马霍光禀报，大汉开创一百多年来，从没遇过这样的暖冬。

　　第二年开春，成千上万的蝗虫，像旋风一样在空中盘旋，横行中原。所到之处，田里的庄稼、菜蔬，山坡的野草、树叶，全部被啃个精光。颗粒无收的农民，不得不

①土馍：一种用软土与草根混合外形如馍，饥荒时吃的食品。

179

拖儿带女，流离失所，背井离乡。他们也像蝗虫一样，一群群地在中原大地上徘徊、流浪。

霍光辅政的新皇朝面临着极为严峻的考验，导致其内心极其焦急。

天灾接二连三，偏又祸不单行。就在元始元年秋，霍光暂时解决了刘旦谋反事情后，同为辅政大臣的金日磾却病入膏肓，卧床不起。这年九月，金日磾在长安府邸离世，终年只有四十九岁。昭帝赐他谥号为敬侯。

昭帝刘弗陵此时虽然年幼，却为金日磾的死而伤心不已。在霍光的操持下，昭帝为金日磾举行了隆重的葬礼，在先孝武帝的茂陵附近为金日磾修筑了陵墓。出殡的时候，仿照霍去病、卫青下葬的先例，昭帝也派出了上万身披坚甲的车、骑兵护送。送葬的队伍中，灵车前导，军队方阵殿后，上万将士护着金日磾灵枢到达茂陵附近。金日磾在民间素有好名声，送葬途中，数万百姓在路旁设香烛、纸钱、供品作为祭奠。

金日磾的死，让霍光有了一种恍恍惚惚的孤独感。这种感觉，在霍去病死的时候有过，在汉武帝驾崩的时候也有过。如今，在金日磾死的时候，这种孤独的感觉又再次将霍光紧紧包裹。而这一次，霍光的这种感触变得更加深刻。虽然上官桀与霍光是亲家，丞相田千秋也全力支持自己，但是说到朝廷中最可靠、最有力的盟友乃至朋友，也就只有金日磾一人。

眼下，霍光面对的不仅是政治上的对手、自然灾难和国库空虚，大批流民和随时可能发生的暴乱，更是燃眉之急。

由于武帝连年穷兵黩武，国家经济衰退、国库亏空，而突发的自然灾害又造成许多平民被迫成为流民，霍光所要面对的是武帝留下来的一个漏洞百出的大摊子。这个摊子在金日磾死后，更加显得捉襟见肘、百废待兴了。

虽然武帝在晚年总结了自己的一生，对自己的行为有过深深的反省，以"罪己诏"的形式告之天下，检讨自己穷兵黩武，劳民伤财，给百姓造成了巨大痛苦等错误，并且开始将国家战略扭转到了"禁苛暴，止擅赋，力本农"这样发展生产、轻徭薄赋、与民休养、施行仁政的路线上。在实际操作中，也实行了如"代田法"一类鼓励生产的制度。但是武帝晚年与民休养的方针，实际上并未得到彻底的贯彻，因为仅仅过了大约一年半的时间，武帝就驾崩了。

霍光辅政之后，坚定不移地遵从武帝晚年的方针，减少民众的负担，与民休养生息。可巨大的帝国运转仍然有着难扭的惯性，每天维持国家运转的耗费十分巨大。而主管经济的桑弘羊，依然执着于当初为增加帝国财政收入以备军用而实施的战时经济政策，在具体事务上常常与霍光背道而驰。

在天灾不断、流民四起的危机时刻，霍光一反往常的低调沉稳，果断地把国库预备的军粮拿出来赈济灾民，同时诏告天下，免去灾区农民第二年的赋税。

与此同时，霍光亲自选出一行五人，由身为九卿的廷尉王平带领，持着使节巡行各地，了解灾情，调查民间疾苦、冤案以及官员失职等事情。同时察举贤良，以为国家效力。

这些强力举措，立见成效。灾害过后，大部分流民陆续回到故土，重建家园。还有一些无法回乡和不愿回乡的灾民，朝廷则下诏取天水、陇西、张掖郡各两个县，组建一个新的移民郡——金城郡，并从国库划拨资金，安顿无家可归的灾民，让他们垦荒自立。有少数伺机闹事的刁民，则被强行迁徙到辽东。

为了鼓励耕织，霍光敦请昭帝每年三月率领朝中大臣，在上林苑亲自下地，犁田翻土，播种耕耘，以此为天下表率，鼓励农桑。

公元前83年七月，霍光再次以昭帝名义下诏书："由于近年年成不好，粮食缺乏，外流人口未能全返故里，过去曾令民供出马，现决定停止执行。对于向京师各官府所供给的马匹，皆减少数量。"

西汉一朝，养马成风。因为战争的需要，朝廷动用国家资源，建立养马场，划出指定的区域，培育马种、饲养、训练马匹，最后将马调配给军队使用。朝廷用免除徭役等政策，积极鼓励百姓养马。然而漠北一战，损失了大量好马，其中许多都是从民间征调的马匹，以至于不管是官府还是民间，马匹数量都减少很多。此时汉朝与匈奴并没有大战，霍光的这个限制民众供马的政令一发出，着实减轻了民众巨大的负担和压力。

霍光上任大司马大将军的数年间，以昭帝的名义，发布了一系列减轻赋税的措施，并循序渐进地执行下来。由是，百姓的生活开始安定下来，慢慢富足起来的百姓，无不感恩戴德，颂扬昭帝仁慈，颂扬大司马霍光贤明。

但暂时的祥和、胜利并没有冲昏霍光的头脑。他自辅佐昭帝的第一天起，就在苦苦思索怎样才能让帝国重新振兴、百姓过上好的生活。霍光心里十分清楚，皇上亲耕、接济灾民、减轻赋税等只能解决表层的问题，要想从根本上改变，必须进行经济改革，彻底改变帝国几十年来以战争为主导的经济政策局面。

汉武帝在位的大部分时期所执行的经济政策，都与北拒匈奴的征战有关。而制订这些政策的大臣们，许多都依然高居官位。其中为首的，就是和霍光一起同被武帝任命为辅政大臣的桑弘羊。

桑弘羊从十三岁进宫做官起，就受到武帝的亲自教导。桑弘羊心算能力极强，因此备受武帝器重，并被委以重任。在武帝的大力支持下，桑弘羊先后推行了算缗、告缗、盐铁官营、均输、平准、币制改革、酒榷等诸多经济政策，还曾经组织六十万人屯田戍边，防御匈奴。这些措施都在不同程度上取得了成功，而且大幅增加了朝廷的财政收入，为武帝继续与匈奴作战提供了物质基础。可以说，武帝征伐四方所取得的功业与桑弘羊主导的一系列经济政策是分不开的。之后，桑弘羊历任了侍中、大农丞、治粟都尉、大司农等职。武帝在弥留之际，把桑弘羊升为御史大夫，让他和霍光等一起辅佐刘弗陵。桑弘羊作为被武帝选中的辅政大臣，虽然不是首辅，却也绝非等闲之辈。

霍光也因为桑弘羊从前的功绩，很尊敬桑弘羊。可是桑弘羊的经济政策，是为武帝抗击匈奴的需要而制定的。如今匈奴北迁，汉朝与匈奴大规模作战的压力减轻不少，因此许多经济政策都出现了不适用的情况。武帝时期施行的经济政策，虽然充裕了国库，却剥夺了中下层民众的利益，农民的负担愈来愈重。这个政策也受到了地方豪强、贵族和商贾的强烈反对。面对罕见的天灾，这种战时经济政策也确实到了非改不可的地步了。但是霍光想推动的经济改革却遇到了很大阻力，阻力最大的便是同为辅政大臣、主管朝廷经济事务的桑弘羊。

在武帝任命的几个辅政大臣中，负责经济方面事务的是桑弘羊。由于桑弘羊在实施战时经济政策方面功绩很大，颇受武帝重视，导致他对自己过去侍奉武帝时用于大肆增加政府财政收入的一系列政策信心十足，甚至到了固执的地步。霍光几次试图说服桑弘羊进行变革，可桑弘羊却固执己见，不肯做出任何改变。每每谈到经济的时候，桑弘羊都自恃才能，对霍光的意见一一驳斥，甚至把他当初为汉武帝筹措军费的功劳都搬了出来，使霍光无从辩驳。桑弘羊才思敏捷、学识丰富，口才又极佳，霍光根本辩不过他。每每到这个时候，霍光只能在心中暗自叹息，每次激辩后，霍光都只能对着桑弘羊说："下次再议，下次再议吧。"

可下次再议时依然不会有什么进展。桑弘羊虽然表面上对霍光恭恭敬敬，但在实际经济政策上却不肯有丝毫让步。霍光虽然很是不满，却又无可奈何。毕竟他对经济并不在行，而桑弘羊却非常熟悉经济事务，并且能说会辩，因此霍光无法在争论中驳倒对方。桑弘羊还有意无意地在掣肘着霍光，不让霍光的权势太过增长，因此霍光根本就没有说服桑弘羊的可能。霍光代表着武帝执政最后几年的思想观念，桑弘羊则代表武帝中期的政治思想。霍光与桑弘羊在国家该实施何种经济政策的问题上矛盾日益激烈，分个胜负，只是迟早的事了。

时间一天天过去，霍光在耐心地等待一个适当的时机。到了公元前82年的六月，霍光的一位属下给他出了个主意。这个人，名叫杜延年。霍光所等待的机会终于露出了曙光。

杜延年是前御史大夫杜周的儿子。昭帝即位后不久，霍光当政，听闻这位杜延年和他父亲杜周一样，精通法律，而且和杜周酷吏的风格不同，杜延年为人宽厚，因此受到霍光赏识。公元前83年，益州有人造反，杜延年以校尉身份率领军队镇压了叛军，显示了他突出的才能。之后，杜延年被封为谏大夫，掌管议论之事。他处事聪慧，霍光遇到疑难之事常会找他商议。

精明的杜延年见霍光经常浓眉深锁，于是有一天主动对霍光打开话题说道："大将军可知，近几年来，民间屡遭水旱黄灾，老百姓的日子很不好过吗？"

霍光大概是有意在试探杜延年的想法，故意说道："国家运转得很正常，我竟不知道还有这样的事啊。"

杜延年又说道："因为天灾连年欠收，加上仍有背井离乡的流民没有全部返乡，老百姓的日子很不好过，因而容易发生暴乱，这都是国家安全的隐患啊！我觉得，大将军应该采用孝文皇帝时的政策，提倡节俭，对民宽和，这样才会顺天心，悦民意。"

霍光重重地叹了一口气，说道："你的想法很好，可是施行起来却是很艰难啊。"

两人相对而坐。杜延年见霍光有心事已经不是一两天了，就壮着胆子问道："不知道大将军在担心什么，难道大将军还会有什么事情难以决断的吗？"

霍光知道杜延年对自己很忠诚，便也不再隐瞒，很坦诚地对杜延年说道："我欲遵从孝武先帝晚年的交代，让民众休养生息，可是朝中有人与我想法不同啊。"

杜延年对着霍光鞠了一躬，说道："可是御史大夫桑弘羊？"

霍光答道："正是。"

沉默了一会儿，杜延年说道："大将军以为，御史大夫的政策何如？"

霍光想了想，说道："桑弘羊才识过人，先帝在时，很看重他。而且先帝北击匈奴、征讨四方，需要富国强兵的政策。若是没有他主持财政，恐怕会更为不易。只是如今我国与匈奴已经多年不再有大战，而过去的许多做法却损害了民众从事生产的积极性，国家目前正是困难的时候，过去实施的这种政策，不足之处就日益暴露出来。"

杜延年接着问道："大将军可否再说得详细一些？"

霍光继续说道："比如官营制造铁器只重产量，多为大器具，民间多有抱怨，说不适合使用，且价格高、购买不便。因为只允许官营不许民众自行制造，这样的不便，使得民众心中的不满越来越多。"

杜延年接过霍光的话说："我与许多民间商贾有过交流。"

杜延年看了一眼霍光，见霍光回以鼓励的眼光，便继续侃侃而谈道："商贾和民间还有另一种说法，说如果官营产业长此以往，一定会导致吏治的败坏。"

杜延年起身走了几步，细细斟酌了一番，随后站定对霍光说道："大将军苦恼的，是桑弘羊一人主持经济，听不进他人意见，大将军又很难与他辩论讲理。"他停顿了一下，接着说，"能不能将民间的力量与诉求，引向御史大夫，让他们来一场辩论。这样一来，大将军可以平衡多方意见，选择采取最适当的政策。"

霍光听罢杜延年的建议后，十分赞赏，立刻采纳了他的意见。不久之后，霍光以昭帝的名义诏令全国各地，选举有德行和才能，以及精通儒家经典之人，再加上一些有学问的商贾，将他们聚集来长安，为国献计献策，以此来影响和改变桑弘羊的经济政策观点，为自己的主张铺路。

廷尉王平在几年前就已经按照霍光的安排开始在全国举察贤良，将当时的大儒蔡义、韦贤、贡禹等人举荐到京，并在朝廷担任了不同的职务，成为了众多儒生们的领袖。

在做了充分的准备后，霍光精心策划的一场讨论经济政策的辩论会终于要在长安召开了。民间来的人士，共计六十余人，都是饱学之士，且多数不是国家的官吏。霍光还选了个矛盾较为尖锐的辩论话题作为突破点，即是否要取消盐、铁、酒等国家专营的政策。

桑弘羊早已从霍光处得知，霍光委托他作为朝廷的代表出席本次会议，回答社会关切问题。桑弘羊深知霍光的打算，心中对霍光很是不满："明明当初说好经济事务由我来管，为何现在你非要来横插一脚？"

桑弘羊转念又一想："霍光作为大司马大将军，权力在我之上，又有为公的大义名分，要是自己千方百计阻挠会议的召开，岂不是落下了争权的口实？既然此时无法避免会议的召开，那就定要将那些民间人士的观点一一驳倒，让你霍光的想法落空。否定我的经济政策，就等于否定了我的一生。大汉几十年的经济成就，是我毕生之荣耀，决不容许任何人去否定。"桑弘羊的眼中精光四射，他此时就像一只好斗的公鸡，脖子梗得老直老直，全身贯满了劲道。

公元前 81 年二月，长安的初春，乍暖还寒，一场关乎帝国未来经济政策的辩论在万众瞩目中拉开了帷幕。一方是六十多名以大儒蔡义、韦贤、贡禹为首的来自全国各地的民间代表，都是品德高尚、才能出众之人；另外一方则是以桑弘羊为首，加上丞相府的属官丞相史和御史大夫的属官御史等官员。民间代表和当时朝廷中的一些重要大臣共一百多人站在一个平等的场合辩论对话，这在历史上还从来没有过。

霍光为了显示自己的中立立场，并未亲自到场，而是委托了丞相田千秋主持。

民间代表们也不绕弯子，直接进入主题。一开场，就火药味十足。

大儒蔡义首先发言："希望朝廷将官营的盐铁酒类等，全部取消，放归民间。并且取消赋税以及均输法[①]、平准法[②]等政策。因为这些政策都是当年为了北拒匈奴的战争

---

① 均输法：由桑弘羊创立，规定凡郡国应向朝廷贡纳的物品，均按照当地市价，折合成当地土特产品，上交给均输官，由均输官运往其他地区高价出售。朝廷不费分文就得到了各地的土特产品，并通过这些物品的转运贩卖获得巨额的利润。
② 平准法：桑弘羊创立，是为调节市场物价，取得财政收入而采取的货物运销政策，可稳定物价，但也有一些弊端。

而制定的，现在，这些政策严重不符孝武先帝后来与民生息的政策，必须废止。"

桑弘羊也不示弱，振振有词地回应道："官营乃治国之本，若是没有朝廷主持这些重要产业，根本无法保证产量和质量。商贾有这种想法，也多出于他们自己的利益追求。他们希望国家不要'与民争利'，实为不要与他们争利，是放任他们肆意牟利。若是完全随着他们的想法，国家的经济会动荡不安，真正的底层民众反倒损失更大。"

另一大儒贡禹接着发言说道："我认为，国家应该以德治国，用仁义教化民众，并且取消所有赋税和徭役，达到一种无为而治的境界。"

桑弘羊摇头道："你们这些研习学问的人，都只见书本，不见实际。匈奴的凶恶，你们读书人怕是从未见识过。按你们的说法，如何抵御外敌，如何维持国家安定？这种想法，根本不着眼于现实，本就十分的可笑。"

双方争辩激烈。民间代表全盘否定官营政策，指责桑弘羊的经济政策导致国家垄断，败坏民风道德，与民争利。

桑弘羊一方则回应说："匈奴常常侵犯边疆，若是没有这些经济政策支撑，朝廷就没有钱。没有钱，国家就没有足够的力量抗击匈奴。国家不强，如何保护边境的民众，如何防备外敌侵略，如何让士兵戍守边疆？"

民间代表又指出均输法和平准法等经济政策，导致吏治败坏，许多地方奸商和贪官相互勾结，采用欺诈的手段，干出了许多造假贩假、丧尽天良的事情，导致了官员中逐利的风气盛行，不利于国家统治。

桑弘羊则反驳道："虽然有这种现象，但是这些政策使得投机倒把、坑害百姓的商贾少了，使得物价稳定，方便百姓，绝非坑害民众之举。"

在对匈奴的方针上，民间代表反对使用武力，主张靠德政感化，靠和亲维持和平，甚至认为武帝对匈奴用兵是劳民伤财，毫无意义。而桑弘羊则完全主战，认为匈奴是反复小人，只有靠战争才能保护边疆安全，维护国家安定。

之后，以桑弘羊为代表的官员与六十多位民间人士还辩论了许多话题。从当下的经济政策讲起，到发展经济的方向；从社会的贫富差距，讲到农业基本政策、货币制度、农商之间的关系，又到治理国家的方法、朝廷的职责、官员的选拔、如何为官、官员与民众的关系等等。进而又辩论到中央集权与抑制地方豪强，乃至社会的结构，社会中的伦理道德，甚至讲到了社会结构和为政之追求等治国理政的重大问题。从经济到政治，最后竟然上升到了哲学层面。

事实上，辩论到了这个时候，这次会议主题已经不仅仅是表面上争论是否取消盐铁酒官营的辩论了，而是成为了对武帝执政几十年来国家政治经济得失的辨析，甚至是给武帝的是非功过下定论。这场辩论最后成为了探讨未来整个国家治理政策的一场大讨论，极大地解放了当时朝臣和民众的思想。

说到底，霍光主导的这次讨论，关于盐铁酒是否官营只是个引子，整个辩论完全按着霍光所希望的那样，来了一次全面彻底的思想激荡和交锋。民间来的那些饱学之士，观点比较解放，主张建立一种彻底放开且自由的小社会结构，以道德规范人的行为。而桑弘羊一派的官员，则认为朝廷应该作为大政府，掌控政治经济的全局，主持国家方方面面，采取比较强力的政策措施。两派争论不休，到激烈处，甚至失态口出恶言。

桑弘羊批评民间人士不懂治国方略，只会信口开河。而民间人士则抨击桑弘羊自以为是，滥用职权，与民争利。

主持辩论会议的丞相田千秋性格比较软弱，才能有限，险些没能控制住局面。幸好两方都自恃身份，不屑与对方动粗，才没在会场上打起来。

这场辩论陆陆续续持续了半年时间，从二月到七月，几乎每天都在辩论。民间的贤良、饱学之士来长安时，还是春寒料峭，雪未融尽，半年过后，已经是酷暑时节。不过两方谁也没有真正说服谁。

霍光一直在关注着两方的辩论。到了七月，两方经过激烈交锋，桑弘羊的政治观点、经济政策均受到了抨击和打压，桑弘羊也已经不再那么目空一切了，开始低下一直高昂着的头颅，有点像斗累了的公鸡开始泄气了。霍光觉得时机成熟了，于是，让田千秋结束了这场历时半年的大辩论。

经过这场辩论，霍光达到了自己的目的，他让桑弘羊意识到民间存在的巨大反对声浪，如再不变革，势必危及社稷稳定和安全。霍光虽然不赞同桑弘羊的观点，但是对于儒生和民间人士的激进看法，也觉得太过于理想化，不可能完全和立即采纳。他决定两者折中，以朝廷为主，民间为辅，实施必要的变革。既解决民间疾苦，又确保民富国强，这才是霍光真正想要的结果。

霍光当然也没有忘记这次会议名义上的初衷，即讨论是否废除盐、铁、酒等专营政策。大辩论之后，霍光思索再三，决定适当放松一些官营行业的限制，废除郡国内的酒类官营和关内的铁类官营，其他政策暂时不变。

这次历史上著名的"盐铁会议"，霍光利用儒生和民间人士的观点影响了朝廷政策，并且将其中不少有才能的人选拔为朝廷官员。借着这股崛起的新兴政治力量，霍光终于将武帝晚年在"罪已诏"中体现出来的社会变革精神贯彻实施了下去，真正彻底地、不受干扰地推行"与民休养"的措施。百姓的生活比从前大有好转，霍光的声誉也日益高涨。

就在霍光平定国家内部纷争，着手推进经济改革的时候，发生了一件意想不到的事情。

公元前 81 年，在"盐铁会议"召开的同时，匈奴竟破天荒地派使者来汉朝，主动示好，表示愿意与汉朝和亲。

从汉武帝中期与匈奴大规模地开战起，大汉帝国和匈奴已经陆陆续续打了四十多年，双方血战多年自然是仇恨不浅。汉朝曾经把匈奴打得北迁，而匈奴也曾经让汉朝损失惨重。为何到了霍光手里，匈奴竟然主动寻求和解呢？

原来，匈奴的狐鹿姑单于病逝，而他的妻子阏氏害怕丧失权力，于是违背了单于死前立其弟弟右谷蠡王为单于的遗诏，而立她的儿子左谷蠡王为新的单于，即壶衍鞮单于。自然地，右谷蠡王不服，还带上了一个左贤王，不再听从壶衍鞮单于的召集。没了右谷蠡王和左贤王部，匈奴的实力大大缩水。而狐鹿姑单于在世时，匈奴中许多贵族就因为连年征战，渴望与汉朝恢复和亲，和平共处。如今实力缩水，统治匈奴的壶衍鞮单于和他的支持者日夜担心汉军像从前汉武帝在世时那样又打过来，于是壶衍鞮单于和下面的贵族大臣商量，不如干脆主动派遣使者出使大汉，请求和好，这样方能保证匈奴王庭的安全。

作为大汉帝国的实际当家人，霍光对匈奴主动和解的举动自然是非常高兴。他看了匈奴使者的书信后，思考了很久，又和朝中大臣、身边的智囊商讨，最后，给出了回答："和亲可以，但是匈奴必须将之前扣留的所有的汉朝使者，全部放回来，以表示诚意。"霍光还特意交代前往匈奴的使者务必找到当年被武帝派往匈奴作为使者的中郎将苏武。

壶衍鞮单于收到汉朝的回信后，同意放人。可当汉朝派使者到匈奴部接人时，匈奴单于却说无论如何也找不到其中一位使者了。使者提出必须要找到当初被武帝派往匈奴作为使者的中郎将苏武。匈奴一方却坚称苏武已经死去多年了。汉朝使者虽然心中生疑，却也无可奈何。

幸好当初随苏武一起出使的副使常惠知道苏武并未死，于是给使者出了个主意。按照常惠的主意，汉朝使者面见单于，说道："大汉天子在打猎时，射中一只大雁，雁足上系着一封帛书，是苏武亲自所写，说自己在贝加尔湖边牧羊。如今单于想和谈，为何要说苏武死了呢？"

听到汉朝使者准确地说出苏武被流放在贝加尔湖畔牧羊这样的话，匈奴单于也不得不承认，苏武确实还活着。并且答应，一定会送苏武回国。

于是，一位苏武的故人奉着单于的命令，来贝加尔湖拜会苏武，召他回去。这位故人，就是投降了匈奴的李陵。

李陵与苏武从前在汉朝为官时，关系就很好。李陵投降匈奴后，曾经被单于命令来劝降苏武，自然是遭到拒绝。之后，李陵对苏武多有照顾，两人也见过不少次。这次，李陵再次来见苏武时，特意带着一壶酒，前去祝贺他得以回国。

两人对饮到微醺时，李陵叹了口气，说道："你如今扬名匈奴，显功汉室，实在是古今第一人。可惜我不能与你一同回国。你是我的知己，只可惜，这次一别，怕是要成为永别了！"说到这，李陵想起自己的坎坷身世，不由得痛哭了起来。

苏武听了李陵的话，也不禁潸然泪下。随后，李陵带着苏武前去见过单于和汉朝使者，单于终于同意了让苏武南归。

当初苏武出使匈奴时，有一百来人随行，此次回去，却仅剩九人。

苏武回到长安后，受到民众的热烈欢迎，被朝廷封官赏赐。然而，霍光此时更关心的，是留在了匈奴的李陵。霍光一直认为当初李陵投降匈奴并非出于他的本意，而是迫不得已。现在李陵在匈奴究竟过得如何？他是否还希望返回汉朝呢？霍光决心要对这个朋友给予必要的帮助。

霍光找来上官桀商议，说道："李陵当初投降匈奴，实非本意，如今匈奴愿意与我们和亲，和平共处，此时将他接回来，你看如何？"

之所以找来上官桀商议，是因为上官桀当初在朝中也和李陵关系较好。霍光和上官桀两人当初都只是侍奉在武帝身边的近臣，如今都已经是朝廷的辅政大臣了。金日磾死后，在朝廷中，两人说的话最为算数。上官桀本就希望李陵回国，当然赞同霍光的想法。

于是，霍光派任立政为使者，以常规访问的名义出使匈奴，实为伺机召李陵回国。任立政也是李陵从前的故交，到了匈奴后，李陵设宴接待了他。

宴会上，任立政见李陵穿着匈奴的衣服，梳着匈奴的发型，心中怅然不已。好不容易找到机会，任立政假装醉酒，说道："汉已大赦，国内安乐，陛下年少，霍子孟、上官少叔辅政让我问候你。"

任立政话里头的意思很明显，就是说汉朝已经有过大赦，而当今主政的霍光和上官桀，又是李陵的故交，都欢迎李陵回国。任立政想用这些话让李陵心动。李陵也知道不能再装傻了，他沉默了良久，终于开口说道："我已胡服矣。"

李陵这句话的意思也很明白。"我已胡服矣"，就是说我已经穿上胡服，就不再是汉人了。李陵说这话时表情黯然，心中弥漫着深沉的悲痛。

任立政上前拉住李陵的手说道："少卿（李陵的字），我此次前来，就是霍子孟与上官少叔专门派我来向你问好的。"

李陵问道："霍公与上官大人可好？"

任立政回答道："他们都很好，而且还让我给你传话，只要少卿愿意回去，朝廷必将重用。"

李陵内心涌出一股暖流。多年过去，昔日的故交竟仍然如此关切自己，这份情谊着实让人感动。

但是李陵不敢允诺。他小声地说道："我回去容易，只是怕再次蒙受耻辱啊！"

过去李陵投降匈奴，虽说是出于无奈，但他在匈奴多年，已娶妻生子，并且做了匈奴的王，此时再回去，后人究竟会如何评说自己呢？早些年自己一心想报效国家的愿望早已经成为了泡影。梦想早已破灭，而现实是如此的残酷。此时回国，就算有荣华富贵，又有什么意义呢？

李陵心里斗争良久，最后，李陵还是很坚定地对任立政说道："大丈夫不能反复无常，再次蒙羞。"说罢，便不再提回国的事情了。

次日，李陵亲自送任立政回国，此时的李陵仍然穿着一身胡服。天苍苍野茫茫，草原的劲风鼓动着旗帜，似在替李陵苦楚的心哀号。然而英雄已经落寞收心，只留下了千古悲凉。

七年之后即公元前74年，李陵在匈奴病逝。

武帝时期，多少良臣勇将，多少可歌可泣、可悲可叹的故事，随着李陵的逝去，都化为尘土。

武帝逝后，霍光以铁的手腕，对内平定叛乱、整理朝纲、发展经济、推动改革，对外与匈奴缓和了关系，使民众真正得以休养生息。数年后，大汉帝国终于出现了全面兴盛的景象。然而，让霍光没有料想到的是，在国家困难的情况下都能团结一致的几位辅政大臣，却在国家局面好转后出现了严重的内讧，最终导致了政局的剧变。

　　为什么同为辅政大臣的几位朝堂重臣会同室操戈起来呢？霍光又将如何化解即将到来的更为凶险的局面呢？欲知详情，请看下章：逢凶化吉——朝堂一哥霍光。

# 第七章

## 逢凶化吉——朝堂一哥霍光

公元前 82 年一月。

早春的清晨，倒春寒比冬日还要寒冷。这时，只见一头老黄牛喘着粗气，嘴里哈出一串串长长的白气，拖着辆破车，咯吱咯吱地进了长安城。车上坐着一个男子，身穿黄色长衣，头戴黄帽，牛车上插着画有龟蛇图案的黄色旗帜，看上去有些不伦不类。长安城中的市民也没有怎么注意他，纵然有些市民觉得这人颇有些怪异，却也无暇多想。毕竟偌大的长安城，好几十万人口，有些奇奇怪怪的人也属平常。

这人驾着牛车，穿过街巷，竟然来到皇宫未央宫的北阙，然后从从容容地下了车。只见这个人整整衣冠，然后朗声对着皇宫北门的守卫喊道："我是太子刘据，我回来了。"

这声不大不小的喊叫，顿时打破了早春的宁静。曾经的卫太子刘据回来了？这是真的？谁说不是真的，千真万确，人都到未央宫了。好事者就这么说得活灵活现。这消息一传十，十传百，不一会儿，成百上千的人潮便围满了未央宫。

有些人是怀念太子刘据的，有些人是好奇，然而，更多的人是来凑热闹的。守卫皇宫大门的侍卫听到那人一喊，顿时慌了神，连忙上报。这消息一层层报上去，很快，霍光等大臣也都知道了。

霍光心中冒出了一个不祥的念头："如果真是太子刘据回来了，那问题可就大了。因为太子刘据被认定已死，而刘弗陵登基也好些年了。如果这个时候真的是太子刘据回来了，那朝中可该怎么办？"

霍光忍不住狠抓了一把自己的络腮胡子，脸上的疼痛让他很快冷静下来。霍光又仔细一想："这人自称刘据，究竟是真是假呢？管他是真是假，反正这事也躲不过去，先见见他再说。"

霍光心神一定，便命令右将军率军队到宫门外维护秩序，以防不测。随后上奏昭帝。昭帝尚幼，一切遵从霍光的主张。霍光便立即以皇帝的名义，令从前与刘据有过接触、如今在朝中仍然受到重用的官员，去宫门外认人。

此时，皇宫门口已经聚集了上万人，好不热闹。围观的人群中有长安的民众，也有皇宫内外的官吏。那位自称刘据的人被围在中间，看上去十分镇定，且满脸的得意。

这时候，那些出来辨认是不是刘据的朝中高官们出来了。他们一个个盯着那个自称刘据的人细看了好一阵子，觉得这个人和刘据有几分相像，却都不敢吭声。一来，刘据在八年前就传已死，纵然从前再熟悉，此时也怕不记得容貌了。何况一个人八年变化有多大呀，辨认确实不易。二来，这些官员深知此事关系重大，不知道霍光是什么态度，怎么想的，他们在官场上摸爬滚打多年，知道不能做出头鸟的道理。自然而然，他们都选择了默不作声，以求明哲保身。

各位大臣俱不出声，未央宫前一时没有了一丁点声音，枯枝在冷风中颤抖，大家就僵在那里。霍光心中暗自叫苦，这个时候，如果自己直接出来与这个自称"刘据"的人见面，一下子把自己推到最前面去，万一出现难以预料的情况，可就没有退路了。就在霍光内心的不安越来越强烈时，终于，有一位大臣站了出来。

这个人就是从前在刘旦反叛时，刘泽欲刺杀的隽不疑。隽不疑在刘旦造反事件过后，因平叛有功被提升为京兆尹（相当于当今首都的市长）。隽不疑为人正直，精明强干，很有威信。他见霍光虽然看上去面无表情，实则眉头已微微皱起，内心一定是十分为难，而大臣们一个个都不吭气，显然都在各打各的主意。

只见隽不疑站了出来，轻咳一声，对周围人群朗声

说道:"我有一事想说。春秋时期,卫国太子蒯聩因违抗
父亲卫灵公,而逃亡国外。卫灵公死后,他的孙子,也就
是蒯聩的儿子蒯辄继承了王位,这时蒯聩请求回到卫国,
蒯辄为维护先王的意愿,拒绝了父亲蒯聩的要求。孔圣在
《春秋》中肯定了蒯辄的做法。如今这个人是不是真的卫
太子还待验证。即使是真的,他也曾冒犯先帝,逃亡在外
而没有接受处罚,现在自己来到长安,他实是罪人。"

于是,隽不疑命令手下将那自称刘据的人给拿下。但
他的手下大多畏缩不敢上前,其他大臣也劝道:"这个人
是不是卫太子还不清楚,再等等吧。"

隽不疑冷笑一声,说道:"等又能等到何时?他即使
是真太子刘据,从前忤逆先帝,逃亡在外,就算回来也应
该是戴罪之身,这时候还不应该逮捕他吗?诸位如此怕事,
如何能验证他是不是真的卫太子?"

说完,隽不疑大步走向那个自称是刘据的人。只听
见隽不疑大声吩咐道:"将此人给我拿下!"那人立刻被
士兵制住。随后,被押往监狱。

霍光见状总算松了一口气。他立即派人调查这个自
称刘据的人的背景,结果查出是个冒牌货。这人名叫张延
年,是湖县一个算命先生。因为从前有刘据当太子时的门
客找他算过命,说他和太子刘据十分相像,因此竟突发奇想,
想到长安碰碰运气。这个算命先生的异想天开之举不仅没
有得到他所期盼的好结果,反而还被拉到长安街头,腰斩

206

示众。

虽然这场闹剧因为隽不疑的睿智而得以很快地处理，但是也说明了一点，那就是昭帝刘弗陵的皇位并不稳固。汉武帝驾崩、汉昭帝即位之初的几年，朝堂形势十分微妙，几位辅政大臣暗地里谁也不服谁，谁都希望自己能占据武帝死后遗留下来的巨大的政治真空。朝堂表面上看似风平浪静，其实时刻酝酿着汹涌的暗潮。

同为辅政大臣，霍光虽然位居首辅，但并不是所有的人都认可他这个首辅的权威。最想取代霍光的不是别人，正是霍光的亲家、同为辅政大臣的上官桀。霍光的盟友、辅政大臣金日磾死后，上官桀上升为第二号辅政大臣。上官桀心想，只有击垮了霍光，自己才能取而代之，成为汉室的实际当家人。

金日磾去世的那年年末，上官桀找到霍光，他急切地说："翁叔（金日磾）已然被封侯，你我二人也有先帝遗诏可以受封，我们的封赏，什么时候可以兑现呢？"

霍光听后不动声色地沉思了一会儿。虽然他与上官桀本是亲家，但两人性格迥异，并不十分交心。

上官桀年轻时曾任宫中负责养马的官员。有一次，武帝生病，病好之后去看马，发现马匹大多瘦骨嶙峋。武帝非常生气，认为是上官桀不负责任。于是武帝让人把上官桀召来，怒骂道："你以为朕再也见不着这些马了吗？"

上官桀听到武帝发怒，立刻跪下，叩头说道："我听说皇上身体不适，日日夜夜为您担心，哪里还顾得上照看马。希望陛下恕罪。"上官桀话还没有说完，眼泪就一串串地落了下来。

武帝看到上官桀一脸真心悲切的模样，竟被打动了，心中不满的情绪一扫而空。上官桀没想到因祸得福，很快就升为侍中，后来竟渐渐成为了九卿之一的太仆。

霍光对上官桀提出的封赏要求权衡了一会儿。要说霍光自己本来也对这个封侯希望已久，只是不方便自己提出来而已。既然上官桀提了出来，而武帝从前也确曾有过封赏的亲口许诺，自己刚好就顺势而为，也并无不可。

于是，霍光就顺着上官桀的意思，让其他大臣奏请昭帝，走了个过场。很快，霍光被封为博陆侯，上官桀则被封为安阳侯。虽然宫廷内外有流言说武帝压根没有遗诏给他俩封侯，不过一点谣言是难以动摇霍光和上官桀的，谣言很快平息下去。从封侯这件事情中也可以看出，霍光与上官桀二人对权力地位的欲求。

上官桀本也是武帝选出的辅政大臣，与霍光又有亲家关系，因此，每当霍光不在宫中时，上官桀就经常代替霍光处理国家大事。起初，上官桀还能自制，以武帝遗诏自警。但久而久之，上官桀的心绪就发生了微妙的变化，心中涌起了一种屈居人下的不甘。上官桀心想：我资历不比霍光浅，而且一样能处理好这些政务，说明能力并不在他之下。当初先孝武帝在世的时候，我为太仆，位列九卿之一，而霍光只不过是个小小的奉车都尉，为何如今我却要屈居于他之下呢?

　　一日，上官桀在家中和儿子上官安谈起此事，向儿子抱怨，发泄心中的不满。上官安听了父亲的抱怨后，安慰父亲说:"大将军是从前骠骑将军霍去病的弟弟，而霍去病则是先帝的外甥，有这种亲缘关系，先帝才格外看重他。父亲能力不输于大将军，只是缺少那层背景，才屈居于他之下的。"

　　上官桀听了儿子的话，心里虽然好受了一些，但仍然心有不甘。他摇摇头，说道:"要是我们上官家也能和皇家搭上关系，那不就可以压过霍光了吗?"

　　上官安听了父亲的话，仿佛被点醒一般，激动地说道:"父亲说得对。我有一个想法，要是陛下能娶了我的女儿您的孙女，那我们一家岂不就是皇亲国戚了吗?"

　　原来，上官安娶了霍光的女儿，这时候已经育有两子一女。女孩与昭帝年纪相当。上官桀听了儿子的话，心中也盘算开了:这孩子是自己的孙女，也是霍光的外孙女，要是皇帝娶了她，对霍光来说也不是坏事，但对我们上官家利益更大。于情于理，霍光总不会拒绝吧。有了两位辅政大臣的推举，自己的孙女恐怕不仅仅能入宫，更是可能成为皇后。上官桀越想越得意。

于是，上官桀便找到霍光，提起了这事。他本以为霍光定然会满口答应。但是让上官桀万万没有想到的是，霍光居然拒绝了上官桀的提议。

霍光听上官桀说了想法后，表面上不动声色，心里却把上官桀骂了好几遍。上官桀动的那点小心思实在是过于明显，霍光一听就明白了上官桀的目的。他如此迫切地希望将自己的孙女嫁给皇帝，哪里还有什么别的打算，不就是想成为当朝最显赫的外戚吗？而且，虽说昭帝和上官安的女儿年纪相当，可实际上，昭帝此时方才十岁，而上官安的女儿才五岁，两人年纪都还尚幼。

霍光心想，陛下年幼，女方更是幼童，这时候就考虑入宫一事，岂不是被人嘲笑？

出于这种考虑，霍光就对上官桀说道：“你的小孙女年纪尚幼，陛下也不大，现在就考虑这种事情，怕是过早了。等过几年陛下长大后，我亲自主持，再推选她入宫，如何？”

可上官桀哪愿意再等上几年。见霍光推托，上官桀愤愤不平，心想：就许你靠着亲缘关系升官，不许我上官家和皇帝攀上关系？哪有这样的道理？见霍光丝毫没有改变主意的意思，上官桀只得气恼地离开。气头上的上官桀甚至没有和霍光告辞就起身离开，把满腹的不满都堆在了脸上。霍光也是冷眼相看，对此不以为意。

上官桀回去之后，将事情的经过告诉了上官安。上官安听了父亲的抱怨之后，冷笑道：“父亲不要担心，我自有办法。"

由于昭帝刘弗陵年纪幼小，他同父异母的姐姐鄂邑长公主被召到宫中专门照顾他的起居。昭帝和鄂邑长公主两人关系很好，情同母子。

鄂邑长公主的丈夫早死，她守寡多年，却有一位年轻的情人，常常在宫中私会。这个人叫作丁外人。这位丁外人长得英俊潇洒，仗着自己受公主喜爱，为人骄纵。鄂邑长公主与丁外人的私事当然瞒不过霍光。这种事情虽然非同小可，可鄂邑长公主照顾皇帝也十分重要，而且并无其他更适合的人。霍光权衡再三，干脆让丁外人也入宫作为宿卫，以方便两人私会，这样就可以让鄂邑长公主更加专心地照顾小皇帝了。

上官安与丁外人的关系非同一般。他叫父亲不要担心，就是想走这着棋。某一天他摆下酒席，宴请丁外人。待酒席过了一半，上官安终于说道："听说公主有替皇帝选立皇后的打算，我有个女儿，容貌端丽，希望公主垂爱。而这事成与不成，全仰仗阁下了。"

丁外人知道上官安的女儿才五岁，就没有说话。上官安见丁外人犹豫不决，干脆挑明说道："君不知这汉家的惯例吗？要迎娶公主，乃须身为列侯。以阁下的才能德性，何愁没有封侯的那一天呢？"说完便哈哈大笑。

上官安这话的意思再明白不过，即是说，如果我上官家族将来发达了，一定保证你丁外人封侯，那时候迎娶公主就顺理成章了。丁外人听了，觉得有道理，当即允诺。

这天，丁外人与鄂邑长公主私会时，向她推荐了上官安的女儿，说她聪慧美丽，堪为国母。鄂邑长公主本来主见不多，又十分钟爱这位情夫，为了情夫高兴，就欣然同意了丁外人的提议。

鄂邑长公主与昭帝刘弗陵朝夕相处。有一天，鄂邑长公主对昭帝说："陛下已经十岁，是个大人了，大人就该成家立业，陛下有没有想要个媳妇呢？"

刘弗陵还是个十岁少年，哪知道那么多，想到有个女孩每天陪自己玩玩也好，于是兴高采烈地说想要。有了鄂邑长公主和昭帝的意见，霍光就没有再坚持己见。他心想上官安的女儿也是自己的外孙女，将来要是真的当上了皇后，对霍家也不是一件坏事，便也乐见其成。

不久之后，上官安六岁的女儿就被召入宫，封为婕妤。一个月后，即公元前83年三月，上官氏被立为皇后。

霍光见上官安绕过自己，通过丁外人向鄂邑长公主请求得以将自己的女儿送进宫当上皇后，虽然心里十分不悦，但也只能把不满放在心里。

不久，上官安因女儿被封为皇后身份愈加显贵。作为皇帝的岳丈，上官安被封为车骑将军，替代了金日磾的位置，之后又被封为桑乐侯。于是，上官桀与上官安父子在朝中权势日隆，两人互为犄角之势，开始与霍光分庭抗礼。

上官桀和上官安在高兴之余，他们也没忘记还有个重要的事情要办。那就是按照与丁外人达成的默契，要让丁外人封侯。可让谁封侯，上官安说了当然不算，上官桀说了也不算。昭帝此时年幼，并未当政，因此实际上能左右这件事情的人，其实只有霍光。

于是，上官桀找到霍光，说道："丁外人侍奉公主多年，不如给他封个列侯，你看如何呢？"

霍光立刻答道："无功者不得封侯，这是高祖皇帝定下的规矩啊。丁外人没有功劳，如何封侯？"

霍光与丁外人本无过节，他反对这件事情，只是秉公办事而已。要知道，西汉封的列侯，都是立过大功的，或者是皇亲国戚，或者是朝中重臣，除此之外，没有封侯的先例。上官桀见霍光铁面坚拒，也只能悻悻而归。

但上官桀还不死心。没过多久，他又一次找到霍光，说道："丁外人侍奉公主多年，让公主舒心照顾陛下，这能不能算功劳呢？以此功劳封侯，也不是不行吧？"

说到这，上官桀小心地看了一眼霍光。见霍光脸色铁青，上官桀心中惶恐，于是退一步说道："如果实在不能封侯，能不能先封他一个光禄大夫呢？"

霍光听了上官桀的话，十分生气，怒斥道："你怎能让我干这种荒唐事。丁外人没有军功，怎能封为列侯？他也不是公主的丈夫，要是给这么一个人封官加爵，这事情传出去，百姓会怎样看待你我，朝中其他大臣会怎么看？怕是远在北边的匈奴人都会看不起我们，嘲笑我们！请不要再提起这件事了！"

上官桀听完霍光的话，满肚子怒火，却又不便将自己与丁外人的交易明说。上官桀心想：当初你霍光不过只是个奉车都尉、光禄大夫，自己却是太仆，乃是九卿之一。现在自己是左将军，自己的儿子是车骑将军，还是当今皇帝的丈人，上官一家就算不是权倾天下，也应该是说得上话的大家族。如今自己想要给别人封个列侯，竟然要看霍光的脸色，真是岂有此理！

于是，上官桀气恼地离开了。从此，上官桀父子对霍光的怨气更大了。

上官桀的提议被霍光拒绝后，他跑到鄂邑长公主与丁外人面前挑唆："我本欲上奏为丁外人封侯，可是大将军霍光坚决不允。还说，给丁外人封侯，等于败坏朝纲。"上官桀如此添油加醋的话，鄂邑长公主和丁外人听在耳里，也埋怨霍光不能通融，开始痛恨他。而此时的霍光对此尚不知晓。

上官安在身份低微的时候，姑且还能恭谦对人。可如今他突然被封为了高高在上的车骑将军，而且因为女儿是皇后的缘故，上官安可以自由地出入宫廷。于是上官安的个人欲望开始膨胀起来，变得日益骄横，时常失态。有次昭帝请上官安入宫参加宴会，出来后上官安就对门客们炫耀说："我和我的女婿一起喝酒，真是快活！"上官安见女婿昭帝的服饰非常华美，心生羡慕，回家之后，竟要将自己穿着的旧衣饰烧掉，一心想要穿戴像皇帝一样锦衣玉饰。

　　又有一次，上官安喝醉了酒，竟光着身子在内宅里行走，还去调戏他的继母以及父亲的其他姬妾侍婢。对此，上官桀也是气不打一处来，却也无可奈何。上官安的儿子不幸病死了，他借酒消愁，竟然酒后失态，怒骂上天。而上天即代表着皇权，是不能骂的，可上官安仗着自己是皇帝的丈人，竟然毫不顾忌地骂了。

　　上官安这些不自律、不检点的行为与言论，很快就传了出去。许多朝中大臣知道后，在私下里都有所抱怨，只是谁也不便发作。毕竟，此时上官安是皇帝的岳父，而上官一家也是霍光的亲家。

　　然而，自我膨胀的不仅仅是上官安一人，上官家的许多人，以及与上官一家交好的，或者是附庸于上官家的人，也因为上官家的关系都愈加骄横起来，竟至于目无法度。

　　上官桀妻子的父亲与一位太医监交好。这位太医监有一次无视宫中的规矩，无故来到皇宫的殿上，结果被卫士捉拿下狱，而且按照法律，将被处以死罪。上官安和上官桀这下急了，赶紧毕恭毕敬地来到霍光那儿，请求霍光出面说几句话，将那人赦免。可是霍光权衡一番后，对他们说道:"要是赦免了,今后还有谁会遵守朝中的规矩呢? "最终还是不肯赦免。

于是,上官安、上官桀惊慌失措下,只能向鄂邑长公主求情。鄂邑长公主知道了这件事情后,出面交纳了二十匹马替他赎罪,才将那位太医监免去了死罪。

此事虽然了结,但上官桀、上官安父子认定是霍光在从中作梗,怎么也咽不下这口气。


终于有一天,上官桀打定主意,对儿子说:"这个不学无术的霍光,没想到今天已经是位高权重,独霸朝政了,我们要想再进一步,非得把他从大司马大将军的位置上拉下来不可。"

上官安听他父亲说完,犹疑道:"可是昭帝很听他的,在民间他也有好名声。我们有什么办法将他扳倒呢? "

上官桀说道:"虽然他有好名声,但霍光施政几年来,朝中树敌也不少。要是将这些人拉拢起来,一起对他发难,就算他有三头六臂,也只怕抵挡不住哇。"

先下手为强! 上官桀说干就干,立即去找桑弘羊。

"盐铁之议"后,桑弘羊一蹶不振,他制定的大部分政策虽然并未有什么太多改变,但他感觉自己过去的威望已然大打折扣。自己所主管的经济领域事务,被霍光横插一脚,风光被他占尽。此时的桑弘羊也认为霍光在背后给他使了阴招，内心深处非常失意和不满。

除此以外，让桑弘羊心烦的还有另外一件事情。

在武帝指明霍光为大司马大将军，并且作为首辅辅佐昭帝之后，霍光的许多亲信获得了提拔，例如杨敞，从前只是霍光身边的属官，后来竟当上了大司农。

汉代的官员，许多都是靠推荐而走上仕途的。家族中若是有人在朝廷中当了大官，那这个家族的子弟也就更容易被推荐为官。然而，当桑弘羊向霍光推荐自己的人时，却被霍光挡在了门外。

桑弘羊本以为"盐铁之议"只是自己与霍光对经济、朝政的意见不同而已。可现在这么一看，霍光的城府怕是不这么简单——当初武帝托孤时可是有好几位辅政大臣，怎么到现在竟成了你一人说了算呢？我桑弘羊功劳也不小，怎么我想推荐人才，为国效力，却不成呢？

就在桑弘羊闷闷不乐对霍光颇有不满的时候，上官桀找上门来。

这一日，上官桀宴请桑弘羊，酒到八成，上官桀说道："当初先帝在世时，我大汉与匈奴开战，平定四方，威风八面，那时候，可真是让人怀念啊。"

上官桀这话可触到了桑弘羊的伤心处。桑弘羊摇摇头说道："可惜今日奉行的是与匈奴和亲的政策，已经不再像先帝那时威风了。"

上官桀听了桑弘羊的话，就凑近他压低声音说道："先帝当初能平定蛮夷，虽说是靠了那些率军打仗的将军。然而他们打仗的吃穿行用，给养辎重，不都是靠你吗？"

桑弘羊想到因为最近的"盐铁之议"而被霍光打压，心中无比郁闷，正想发泄一番。可他又想到，这上官桀明明是霍光的亲家，这次却单独找上自己，说一些不明就里的话，用意何在呢？

桑弘羊正在揣摩对方用意的时候，上官桀倒挑明了说道："你功劳那么大，大将军不仅不用你的才干，反而打压你，私下钳制你，他这样的行为，唉……"

上官桀的话说到这分上，桑弘羊完全听出了对方的意思。可他还是不敢肯定，便说道："大将军也是自有他的考虑，也许我也有欠周详之处。"

上官桀看看左右，摇摇头，说道："我就担心，若是大将军再这样下去，我们这些辅政老臣将如何继续为国出力，先孝武皇帝可是嘱咐我们共同辅佐皇上治理大汉江山的，唉……"

上官桀这句话点醒了桑弘羊，他本能地抬头望了一眼上官桀，却发现上官桀正用一种热切的目光望着自己。桑弘羊想起最近的传言，说上官桀与霍光不和，甚至对霍光出言不逊。看上官桀今天的表现，看来传言不虚。

于是桑弘羊叹了口气说道："那就希望左将军能以先帝的嘱托为重，主持大局，那我就十分感激了。"说完，桑弘羊对着上官桀点点头。两人目光交汇之间，虽然都没有多说什么，却已经达成了某种默契。

　　说服桑弘羊之后，上官桀又找到鄂邑长公主，找到燕王刘旦……

　　在上官桀的牵头组织下，几方势力很快纠集在一起，唯一的目的，就是将霍光从主持朝政的大司马大将军的位置上赶下来。虽然这几人目的相近，却又各怀鬼胎。上官桀想的是霍光下台后，自己能大权在握，上官家族能更加荣华富贵。桑弘羊想的是将霍光搞下台后，国家的政治、经济能够按照自己的想法行事。鄂邑长公主则希望在霍光下台后，借上官桀之手，将丁外人封侯。而燕王刘旦的野心更大，他想搞倒霍光后，将刘弗陵从皇位上赶下来，自己当皇帝。

　　几个人各有各的心思，却又为推翻霍光的同样目的而行动。不过，他们也深知，虽然几方联手势力不小，但是霍光作为大司马大将军，政权、军权都把持得很牢，简单地去弹劾，一点儿用处都没有，反而会引起霍光的防备。

　　于是，上官桀又想出了一个计划。他想利用霍光对他的信任，趁霍光不在宫中，让自己代理政务、阅读奏章的时候，上书告发霍光。霍光不在，奏章在上官桀的安排下自然畅通无阻，直接送到皇帝刘弗陵的手中。刘弗陵此时年纪不过十四岁，易于摆布，到时候他圣口一开，说出对霍光不利的话，那么免掉霍光，就是天经地义的事了，即使想要霍光的命，也将轻而易举。上官桀越想越兴奋，认为计划实施后，扳倒霍光将万无一失。

这一日，霍光出宫去外地检阅羽林军操练。趁着霍光不在宫的这个空档，上官桀找到了桑弘羊，说道："霍光此时不在长安，我们正好上书，告他一状。霍光定然不会想到我们的计划，绝无防备。我将书信呈送给陛下，让他过目。只要陛下认定霍光有罪，霍光必然无从辩驳。"

桑弘羊听了上官桀的话，十分赞同。于是当即以燕王刘旦的口气写了一封奏章，状告霍光不遵礼法，有谋逆之心。上官桀又暗地里让人假扮成刘旦的使者，将书信呈入宫中。

正在这时，霍光却突然返回了长安。上官桀只好又等了几天，待到霍光休假不在宫中，轮到自己处理奏章时，将那封伪装成是燕王刘旦使者送来的书信挑了出来。

上官桀挑出状告霍光的奏章，难抑内心的兴奋。前面的一切都已经顺利实施，眼下只要将这份奏章呈给皇帝，就大功告成了。上官桀想到此，简直欣喜若狂，他强装镇定，拿着奏章，径直前往刘弗陵处。

见了昭帝刘弗陵，上官桀行了礼。他抑制住心中的兴奋，装出一副惶恐不安的表情，小心翼翼地将奏章呈到皇帝面前，说道："陛下，臣接到燕王奏章，举报大司马大将军霍光计划谋反，臣不敢耽搁，请陛下查看。"

刘弗陵面露疑惑的神情，接过奏章翻阅起来。只见奏章写道：

"从前秦朝统治天下，靠威势逼服四方蛮夷，但是却使宗室子弟势力薄弱，使外族显赫强大，废弃大道，专用刑法，对宗室没有恩德。尉佗攻入南夷，陈涉在楚泽振臂一呼，近臣作乱，内外一起发生动乱，于是赵氏（意指秦朝的宗室）就此断绝宗庙。

"太祖高皇帝考察历史，总结教训，以为秦朝建国的方略欠妥，故改变秦朝做法，划分土地城池，把子孙分封为王，因此枝叶茂盛，异姓不能插足。

"现陛下继承先帝大业，委任公卿，然而群臣结党营私，诽谤宗室，近臣谗言每日均在朝廷传播，那些邪恶的官吏废弃法律，作威作福，君主的恩德不能下到民众。

"臣听说先皇武帝派中郎将苏武出使匈奴，他被拘禁二十年不投降，回国后却只当了个典属国①。而大司马大将军手下的长史杨敞没有功劳，却当上了搜粟都尉。

"臣还听说，霍光随意调动校尉，把郎官和羽林军集中起来操练，并在道上戒严，为陛下准备饮食的太官必须先到目的地为他先作安排。如此，则我大汉危矣！臣刘旦十分担心，请求归还符节玺印，回京入宫侍卫，以提防奸

---

①典属国：负责属国的官员，秩二千石，负责少数民族事务。

臣生变。"

刘弗陵看罢奏章，一句话也不说。上官桀见皇帝不表态，急不可耐地说道："朝中有奸臣当道，陛下应该早作打算啊！"

刘弗陵将奏章放在一旁，微笑道："将军放心，朕自有打算。"

上官桀本打算看皇帝态度，趁机和桑弘羊一起请求罢免霍光，然而见刘弗陵态度暧昧，心想：是不是这个小皇帝还有些胆小，不敢贸然生事？

于是上官桀接着说道："陛下要是决定派人捉拿霍光，臣愿意承担此项重任。"

刘弗陵还是笑笑，说道："不劳将军费心，朕心中有数，等下次上朝，自会处理。将军为国着想，十分辛苦，请歇息吧。"上官桀见皇帝这么答复，也只有拜辞离开。


天下没有不透风的墙。霍光很快就知道了燕王刘旦告发自己的事情。他心头大惊，没想到这几年风调雨顺，国泰民安，自己的背后却有小人捅刀子。霍光明白，刘旦的后面肯定还有上官桀等人，这几个人联手起来可不好办哪。

想到这些，霍光心中不禁涌过一股悲凉：刘旦恨我也就罢了，你上官桀是我的亲家，不仅相信这种无稽之谈，还让这样的奏章轻而易举地送到皇帝跟前，这也太让人心寒了。

霍光一夜无眠，忧心忡忡。霍光担心的不仅仅是自己的安危，更是昭帝刘弗陵的安危，甚至是国家的安危——燕王刘旦可不是什么善类，从前他就暗地里反叛，谋求皇位。如今的动作，恐怕不仅是想将自己除去，更是想将昭帝刘弗陵除去。刘旦的这封奏章刚好趁自己不在的时候呈递了上去，而且是直接到了皇帝的手里。这份奏章来得可真是时候啊。

霍光内心的彷徨和不安却无人可以诉说。金日磾、李陵等知己已经永别，而从前的自己人上官桀不仅难以信任，而且很可能是幕后策划、罪魁祸首。自接受武帝托孤后，霍光第一次感到深深的无助与孤独。他在自家的院子中徘徊良久，将那幅武帝赐予的《周公辅成王朝诸侯图》捧在手中，久久端详。不知不觉，天就亮了。霍光一惊，赶紧备了衣物和车马，带着武帝赐予的这幅画去皇宫上朝。


皇宫里今天的气氛与平日有些不同。霍光见宫中的人都在窃窃私语，一看到自己便都不做声，有的大臣对自己使着眼神，有的则一脸严肃，看来自己被刘旦告发一事已是人尽皆知了。

霍光来到大臣入朝前暂处的画室，他见到上官桀和桑弘羊二人均假装未看到他。画室中雕画着尧、舜、禹、汤、桀、纣等古帝王像。霍光拿出武帝赐予的《周公辅成王朝诸侯图》也挂在了墙上，脸上满是刚毅的神色。

霍光此时挂出这幅武帝赐予自己的画像，以此表明自己的心迹，可谓是用心良苦。果然，大臣们见了霍光挂出的画，个个表情复杂，都肃静下来，停下了寒暄和犹疑，见霍光没有发话的意思，便陆陆续续地往朝堂去了。

霍光却留在了画室继续仔细端详着这些画像，渐渐地似乎出神了。霍光呆立在这些画像前，仿佛也像这些雕画一样，陷入了沉思中，没有随着众位大臣去朝堂。

这时候，昭帝刘弗陵来到正殿临朝。他扫视了面前的群臣，发觉霍光不在其中，于是问道："大司马大将军在哪儿？"

上官桀见昭帝一来便想着处理霍光"谋反"的事情，心中暗喜，便出班朗声说道："大将军被人告发，说他不敬，且有反叛之心，所以留在了画室，不敢进来。"

昭帝吩咐身边的侍臣，说道："快去召大将军来。朕有事情宣布。"

诸位大臣听了昭帝的话，心中都想，霍光怕是熬不过这一关了。霍光正在周公辅成王画前沉思，这时候皇帝的侍臣前来召他，霍光方才意识到不知不觉中时间已经过去很久了。

霍光叹息了一声，随侍臣来到正殿中。只见昭帝端坐在帝座上，其他朝臣见霍光来了，都不作声，赶紧低下头来，大家都在猜测接下来霍光会遭遇什么样的境况。

霍光察觉到了这不寻常的气氛。他扫视了朝中的群臣一眼，随后来到昭帝座前，摘下官帽，跪下以表谢罪。

昭帝微微颔首。上官桀和桑弘羊以为此时霍光已然是无可反抗，不免喜形于色，却听到昭帝不紧不慢地说道："大将军把帽子戴上吧。朕知道这封奏书是假的，大将军放心吧，你没有罪。"

这一席话，给上官桀与桑弘羊当头浇了一盆冷水。霍光惊喜地抬起头来，说道："陛下是怎么知道臣没有罪的？"

昭帝扫过眼前的群臣，目光在上官桀身上停留了片刻，随后说道："大将军去外地总领郎官羽林军操练演习，是近几日的事，就算从选调校尉算起，也还不到十天。燕王的封地离长安那么远，怎么可能这么快知道这事而且报来奏章？况且你就算真的有叛逆之心，也不需要调用校尉。这封奏章，定然是有人陷害大将军。"

说到这，昭帝顿了顿，继续说道："定然是有人假冒燕王的名义，写了这份奏章。朕虽年少，但也没愚蠢到能被这种东西欺骗的地步！"

昭帝的一席话，让满朝的文武百官为之惊愕。虽然群臣都认为，这个奏章十分可疑，并无根据，但他们没有想到，一个年方十四岁、大多数时候更像是个吉祥物的小皇帝，能够立刻推断出其中的因果。最惊愕的是上官桀和桑弘羊两人，他们没想到，这份自以为天衣无缝的奏章，皇帝一眼就看出了其中的破绽。

　　随后，昭帝当即令人抓捕那个以燕王名义上书的人。

　　以燕王名义上书的人正是上官桀和桑弘羊合谋找来的，上完书后就被上官桀和桑弘羊安排躲了起来。然而，昭帝一再催促，必须严查到底。上官桀也不由得担心起来：要是真的抓到了那人，那人供出自己来可怎么办？

　　于是，上官桀借着入宫看孙女的机会，向昭帝进言道："陛下不必担忧，诬告大将军这件事已经给陛下澄清了，这只是一桩小事，并不值得追究。"

　　没想到昭帝听了上官桀的话后勃然大怒，说道："这怎么是小事？朝中有奸臣陷害大司马大将军，想破坏朝纲，怎能放过？"见皇帝发怒，上官桀也不敢再多说了。

　　虽然上官桀小心翼翼地想摆脱与自己的干系，但昭帝心里明白，这事儿多半是上官桀策动的。不久，上官桀又买通昭帝的内侍，在昭帝身边说霍光的不是。结果昭帝再次大怒，说道："大将军是忠臣，是先帝嘱咐他辅佐朕的，如果还有人再敢妄议这些，立斩。"从此之后，昭帝不再亲近上官一家，而是更加信任霍光。

　　就在上官桀与桑弘羊苦闷异常、进退不得时，燕王刘旦派了心腹大臣孙纵之来到长安，找上官桀和桑弘羊密谋。

　　此时，距离他们上次密谋推倒霍光已经有段时间了。刘旦早已知道了事情的来龙去脉，他盘算良久，觉得此事还可殊死一搏，鹿死谁手还难说。上官桀和桑弘羊眼下进退维谷，和皇帝与霍光的关系已经闹翻。这时候，他们像输红了眼的赌徒，什么事都干得出来。

刘旦让孙纵之来的目的，正是希望上官桀和桑弘羊协助自己谋反。

孙纵之见到憔悴且满脸愁容的上官桀，开门见山地说道："燕王以为，大人才能远在霍光之上，却被他以皇帝的名义所压制，可见这小皇帝有眼无珠、懦弱无知。如今，这小皇帝全力依靠霍光，我们欲将霍光扳倒，已经不可能了。"

上官桀默然不语。见上官桀沉默，孙纵之接着说道："燕王贤明博学，知人善用，将军要是在他的麾下，必能成就一番大业啊。眼下只有将霍光擒而杀之……"

孙纵之的话没有说完，上官桀已经听出了对方的意思。他皱着眉头，思索良久，说道："容我再想想，过些天再答复如何？"

孙纵之听了，说道："事关重大，将军早作打算。"说完这番话，孙纵之对着上官桀作了个揖，拜别了。

当日，上官桀便将孙纵之转达燕王刘旦的意思跟自己的儿子上官安讲诉了一番。上官安有些不忍，对父亲说道："我女儿是当今的皇后，是你的孙女，也是霍光的外孙女，如果杀了霍光，那她怎么办？"

上官桀瞪了儿子一眼，骂道："正在追逐鹿的猎犬，哪里还能顾得上小兔子呢？况且依靠皇后得到尊位，一旦皇帝变了心意，那就是想做平民都不可能了，无论什么朝代都是如此！"上官安被父亲一教训，也不敢再说话了。

又过了些日子，上官桀、上官安、桑弘羊、丁外人和孙纵之，聚集在上官桀家中，谋划如何杀死霍光。最终议定，让鄂邑长公主出面宴请霍光，然后在宴会上寻机刺杀霍光。众人谋划到深夜，方才结束。

待其他人走后，上官桀将上官安带到里间，问道："你觉得，燕王打的是什么主意？"

上官安答道："我担心燕王是为了皇位。现在我女儿是皇后，要是把皇帝换了，到时候怕是燕王要以此为借口祸害我们一家。"

上官桀点点头，说道："就算没有皇后的关系，这刘旦也必然不会容我们在他身边。儿啊，我从前和燕王打过交道，他为人狡黠狂妄，毫无德信可言。先孝武皇帝在世时，他就曾有过恶劣的行径。倘若他真的当上皇帝，接下来遭殃的只会是我们一家啊！"

上官安越听越迷糊："既然如此，父亲为何还要答应这个计划呢？"

上官桀说道："我如今想击败霍光，必须利用鄂邑长公主和燕王。待燕王来到长安废除小皇帝后，我们就趁他立足不稳，将他一并除掉。那时，坐上皇位的，将是我们上官家了！”

从古到今为了能当皇上而铤而走险疯狂的人不少，然而像上官桀这样不顾现实考量，肆意妄想的，还真是不多见。上官安听了父亲的话，紧咬牙关，使劲点了点头。

鄂邑长公主听了丁外人转告的计划，准备向霍光发出邀请。他们想在酒宴上，埋伏刺客将霍光乱刀砍死。然而，这绝密的谋反计划却被鄂邑长公主的一个门客意外获知了。

原来，前稻田使者燕仓的儿子在鄂邑长公主那里当舍人，也就是门客。燕仓已经卸任，但是儿子仍在鄂邑长公主府，并无意中听到了这个计划。他将这反叛的计划告诉了父亲。燕仓惊恐不已，连忙跑去告诉自己的老上司——霍光从前的长史、如今的搜粟都尉杨敞。

燕仓以为杨敞是霍光一手提拔起来的人，必然会忠于霍光。然而他没有想到的是，杨敞这人素来小心谨慎，换句话说，就是胆小怕事。杨敞得知这消息，感觉事情实在太大，自己不敢担当，没有立即上奏、检举，而是对燕仓说，你去告诉霍光的心腹大臣杜延年。

杨敞自己则装病卧床在家，想避开这风头，这样无论谁胜谁负，自己都不至于连累过深。燕仓无奈之下，只好按照杨敞的意思，去找杜延年。杜延年知道这个阴谋后，大惊失色，立刻报告了霍光。

霍光听到了这个消息，内心的震惊无以言表，立刻进宫禀报昭帝。他同时召来田千秋，一起制定了逮捕上官桀等叛党的计划。

这天，静候鄂邑长公主音信的上官桀，被田丞相下属的征事（官名）任宫邀请，来到了丞相府，而上官安则被丞相下属的少史（官名）王寿邀请，也来到了丞相府。上官桀和上官安父子二人一进丞相府，立即被武士绑了起来，早已等候在丞相府的尚书令取出昭帝的诏书向二人宣读，两人连辩驳的时间都没有，立即被诛杀。

霍光又令吏役将桑弘羊、丁外人拘捕。上官桀父子、桑弘羊、丁外人的宗族全部被杀。燕王的使者孙纵之，也被抓住，打入狱中。鄂邑长公主得知反叛的事情败露，丁外人已死，悲痛欲绝，自知没有善果，凄然自尽。

此案还牵连到了许多大臣，如苏武的儿子苏元，因为参与谋逆而被杀，苏武受牵连被免去了官职。桑弘羊的儿子桑迁在桑弘羊被抓捕处死后，逃亡投靠桑弘羊从前的部属侯史吴。不久之后，昭帝大赦天下，侯史吴自首，说不该窝藏桑迁。当时处理这个案子的两位官员，一位是廷尉王平，一位是少府徐仁。两人都认为，桑迁只是受他的父亲桑弘羊牵连，而本人没有造反，因此侯史吴只是窝藏一个普通逃犯，虽然桑迁受牵连应该处斩，但是侯史吴属于赦免范围，可以不予治罪。然而，王平、徐仁二人做出决定时，负责监察官员的侍御史却弹劾两人，侍御史说桑迁熟读五经，却不规劝自己的父亲，和谋反有什么区别？且侯史吴当过汉朝官员，藏匿重犯，罪加一等，而叛乱者不属于大赦范围。王平与徐仁，避重就轻，在包庇叛徒。这事情本来不至于太过严重，霍光却要求严惩。王平和徐仁均被抓捕，王平被腰斩，而徐仁则自杀。

上官皇后由于年幼，方才八岁，且又是霍光的外孙女，因而幸免未被废黜。

霍光逮捕了孙纵之，对他严加拷问。最终，掌握了燕王刘旦与上官桀等密谋的全盘计划。


此时，远在燕国的刘旦尚不知长安城中发生的事变。孙纵之之前派了信使，将上官桀等人的计划送了回来。刘旦看后，哈哈大笑。一旁的燕国国相问他何故发笑。刘旦说："长安城中，左将军等人已经谋划好了，将霍光这老匹夫刺杀，随后他们就迎我去长安当皇帝。这怎能不让人高兴呢？"

燕相摇头，说道："大王从前和刘泽共谋，那位刘泽，喜好自夸自大，最终导致事情不成。如今左将军上官桀，也是性格轻佻，没有担当，他的儿子车骑将军上官安，年纪不大却很骄横。臣担心，他们也和刘泽类似，难以成事。就算侥幸成功，说不定也会背叛大王。希望大王三思而后行。"

刘旦正在兴头上，哪里听得进燕相的劝告，不以为然地说道："我是先帝在世的长子，本就应该继承皇位，普天之下，难道有人不知道这个道理吗？上官桀若有二心，我定不饶他。"

燕相无话可说，只是不停地摇头。刘旦却不去管他，对燕国群臣说道："你们赶紧准备兵马辎重，不要错过时机！"

各位大臣听了，心情各不相同。有的备受鼓舞，有的心事重重，还有的面无表情。但是既然刘旦下了命令，众臣也不好抗拒，各自做准备去了。

没过几天，就在燕王蠢蠢欲动之时，长安城的密报回来报告，谋反计划泄露，上官桀父子、桑弘羊、丁外人等人皆被杀，公主自杀，孙纵之被抓入大牢。

刘旦闻讯后一下子从皇帝梦跌回到了惨淡的现实，一下子老了好几岁。他惶恐不安，召来身边的大臣，说道："事情已经败露，我决定立刻起兵。"

燕国国相下跪劝谏道："左将军已死，公主自杀，我们在长安已无内应。而天下百姓都知道了这件事情，就算起兵，也没人响应，断然不会赢啊！如果起兵恐怕只会让大王整个家族都难保啊。"

刘旦听他这样说，万念俱灰。刘旦知道就凭自己那点兵马，没有全国响应和长安内应，根本不可能掀起什么风浪。刘旦让人摆下酒席，召集宾客、群臣、姬妾一起共饮，只求以酒解忧。酒喝到尽情处，刘旦悲从中来，随口作歌，唱道：

> 归空城兮，狗不吠，鸡不鸣，
> 横术何广广兮，固知国中之无人！

刘旦的夫人华容夫人随声悲情续歌起舞唱道：

> 发纷纷兮置渠，骨籍籍兮亡居。
> 母求死子兮，妻求死夫。
> 裴回两渠间兮，君子独安居！

座下群臣、宾客听到这曲子，不禁被这悲伤的情绪所感染，哭泣不止。

这时候，长安来的使臣到了，送来了昭帝的诏书。刘旦拆开一看，只见是一道赦令，他先是大喜，随后又大悲。

刘旦将这诏书交给手下大臣，感叹道："唉！陛下赦免了燕国的官吏和百姓，却独独不肯赦免我。从前我被陛下饶了一命，却不知悔改。我真是做了件糊涂事。"说完，刘旦决定自杀以谢罪。

华容夫人见燕王打算自杀，十分悲伤，哭哭啼啼地扑上去，想阻止他。燕王平日里虽然骄横跋扈，但是对手下亲密的大臣，也封赏不少，左右近臣也劝阻道："大王还请再等待一下，假如只是削去封国，也许还有一线生机。"

就在群臣拉拉扯扯间，昭帝又一个专使到了。刘旦麻木地阅读诏书，都是昭帝指责他的话。越读下去，刘旦就越觉得喘不过气来。诏书责备刘旦"与他姓异族谋害社稷，亲其所疏，疏其所亲，有逆悖之心，无忠爱之义。如使古人有知，当何面目复奉齐酎见高祖之庙乎"！

读到这里，刘旦知道已经不可挽回，终于下定决心，自缢而死。他的妻妾等随他一起自杀的，有二十余人。

刘旦自缢的消息传到了长安，京师为之震动。昭帝赐刘旦谥号为刺王，赦免燕王太子刘建死罪，贬为庶人。燕国就此废除。

汉昭帝时代，这场最激烈，也是涉及范围最广、官员层次最高的权力斗争，终于落下了帷幕。


这个西汉历史上涉及面最广的谋逆事件，彻底改变了昭帝朝廷的格局，也改变了霍光对人生、对权力的看法。霍光此时已经不敢信任任何人了——纵然是自己的亲家上官桀都能轻易背叛谋害自己，还有什么人能够信任呢？恐怕只有自己的家人，才能姑且相信。霍光平叛后的第一件事情就是奏请昭帝，提拔一批官员，填补那些因为谋逆而被杀、被罢免的官员的缺漏。然后论功行赏，大赦天下。

告发上官桀谋反的燕仓被封侯。杜延年不仅被封侯，还升任了太仆、右曹、给事中。光禄大夫张安世升为右将军、光禄勋。霍光的儿子霍禹、侄孙霍云、女婿范明友及邓广汉都掌握了军权。其他在这次平叛中立了功的大小官吏，都得到了封赏。

自此之后，霍光的权势遍布朝廷。朝堂内外，终于由霍光彻底把持了。

在历经了汉昭帝即位初期的政局不稳，中期的经济危机与惊天谋逆后，霍光将从前的托孤同僚、政敌，在有意无意中均清除出了政治舞台，只留下了可以说是个傀儡的汉昭帝。霍光已经成为了大汉朝事实上的最高统治者——名副其实的朝堂一哥。

已经成为朝堂一哥的霍光将如何治理大汉这个庞大的帝国呢？请看下一章：废立之争——操盘高手霍光。

# 第八章
## 废立之争——操盘高手霍光

公元前 74 年，即汉昭帝元平元年。

二月末的一个夜晚，本是静谧寒冷的。忽然，漆黑的天空中出现一颗耀眼的星星，竟像月亮那般大。那星星直向西飞去，后面有很多小星星随行。长安城中许多人都瞅见了，非常惊异，不知缘由。第二天，这事就开始传得神乎其神，一时众说纷纭。不久，大家都信了一个说法：这星星陨落的天象，意味着有贵人要离世了。

上官桀、刘旦等人死后，西汉王朝的政局迎来了一个稳定期。许多参与谋反的大臣被清除，取而代之的是一批年轻的新人，其中不少是霍光的嫡系和亲属。霍光在朝廷中的地位越来越显赫，权力也越来越稳固了。

昭帝即位以来，霍光一直在试图削弱桑弘羊在武帝中期施行的一系列经济政策的影响，国家的经济开始渐渐回到了文帝、景帝时期的轻徭薄赋的路线上来。但是，霍光也没有因为与桑弘羊的政见相左而全部抛弃他制定的政策。在武帝晚年，桑弘羊建议在西域的轮台进行屯田，并设立边防军。当时武帝因丧太子之痛，后悔穷兵黩武，决定休养生息，否决了桑弘羊的建议。而如今，霍光认为桑弘羊的这个做法是对国家有利的，于是他沿用了政治对手桑弘羊从前的建议，在西域屯田、驻军，将西汉的势力范围拓展到了西域诸国中，并且通过一系列的外交和军事手段，打击了匈奴和东北方新近崛起的游牧民族乌桓。

而作为皇帝的刘弗陵，也十分信任霍光。因为他身体较为病弱，同时也由于霍光已经实际上掌握了朝政大权，皇帝也得时常看着霍光的脸色说话。因此，刘弗陵在行了成年冠礼之后，依然将国家的内外政事都委托给了霍光。而霍光也不推托，以武帝当初对他有嘱托，自己需要继续尽心尽力辅佐皇帝为由，没有主动还政于帝。君臣二人的关系一片融洽——至少表面上是如此。

然而，实际上，刘弗陵和霍光之间，多多少少还是有些潜在的不合。霍光在一些事情上，甚至越俎代庖，代行了皇帝的权力。

霍光当年的政治盟友金日磾有两个儿子金赏和金建，与昭帝年龄相仿，都是昭帝侍中，与昭帝同起居。金日磾死后，金赏为奉车都尉，金建为驸马都尉。金赏继承了金日磾的爵位秺侯。

有一天，昭帝对霍光说："把金建也封为侯吧。"

霍光却严肃地回答："金赏是继承父亲的爵位为侯的。"

昭帝笑道："能不能封侯，难道不在于我与将军您吗？"

霍光说："先帝的规定是有功才能封侯。希望陛下能够遵循先帝定下的规矩，不要随意封赏。"

在这件事情里，即使是皇帝开了口为金赏讨封，但霍光仍然以朝廷有既定的规矩为由，不仅对昔日好友金日磾的儿子金赏十分苛刻，甚至还训斥了皇帝，也确实是尽了辅政大臣的责任。在训斥刘弗陵时，霍光觉得就像是训斥自己的儿子一样，而刘弗陵也只能唯唯诺诺。

然而，随着霍光的权势日盛，霍光对皇帝刘弗陵的干涉开始变得愈加严厉起来，甚至干涉到了他的后宫之事。上官桀叛乱败露后被族灭，然而上官皇后却得以幸免。原因无他，只因为上官皇后虽然是上官桀的孙女，却也是霍光的外孙女。

刘弗陵因为上官桀谋逆要推翻自己迎立燕王刘旦的缘故，开始越来越厌恶上官皇后，对她十分冷淡。要不是霍光的缘故，上官皇后怕是早就被废黜了。

随着上官皇后逐渐长大成人，霍光非常希望自己的外孙女能怀上皇帝的龙种，好巩固自己与皇帝之间的关系——若是皇帝喜欢别的女人，则那家的亲戚，岂不是和从前许多外戚家族一样，能够掌握很大的权力？那到时候，自己的地位该往哪儿搁呢？

为了让外孙女早日怀上龙种，霍光竟然限制昭帝挑选嫔妃，并且禁止宫女随意与昭帝接触。为防备小皇帝与后宫其他女人随意发生关系，霍光让上官皇后诏令后宫的女人必须穿着穷绔①。昭帝每天只能对着他所厌烦乃至厌恶的女人，虽然后宫女人不少，昭帝却只能和上官皇后一人有肌肤之亲，因而愈发心情不爽，对上官皇后也是愈发冷落。这样过了好几年，上官皇后始终未能怀上龙胎。而心情不好的刘弗陵，身体却是越来越差了。

而让霍光没有想到的是，二月末星星陨落的天象竟然印证到了昭帝身上。四月中旬，汉昭帝驾崩于未央宫。

刘弗陵近几年身体一直不好，遍召天下名医来诊治，也未见效。刘弗陵当皇帝十三年，事事得看霍光的脸色，连后宫的自由也给限制得死死的，久而久之，已经患下了心病，而心病是没有药可治的。谁也没想到，年纪轻轻的昭帝刘弗陵会英年早逝，驾崩时年仅二十一岁，而且没有后代。

刘弗陵的早逝让霍光很不好受。在霍光的心里，昭帝既是皇帝，更像是自己的儿子。刘弗陵是霍光最崇敬的武帝托付给他照顾的，现在却英年早逝，从这一点上霍光

①穷绔：一种裙摆系上很多丝带不容易解开的裤子。

觉得自己对武帝有愧。霍光同时又在想，自己辅佐刘弗陵苦心经营多年，才打下了一个不错的政局底子。若是将来有个新的皇帝上台，他是否还能像刘弗陵一样信任自己，继续做到"天下大事悉决于光"呢？

四月下旬，昭帝去世不久，天气刚开始转暖。长安城中一片肃穆。未央宫中比往日更加宁静。宫中的仆役婢女，大气都不敢出。每个人都惴惴不安，不知这个缺了皇帝的朝廷，会如何继续维持运转下去。

这天，霍光召集了长安城中的主要大臣来到宫中，一起商议该如何是好。上官皇后此时方才十五岁，全无主见。群臣们都知道，决定皇位人选的权力，当然是掌握在武帝钦点的辅政大臣、大司马大将军霍光手中。

霍光见朝廷中的重臣均已到场，便说道："诸位大臣，陛下突然驾崩，老臣十分悲痛。但是国家不能一直无主，眼下最重要的事情，就是决定由谁来继承大统，才能既符合汉室传承，又符合法度。"

掌管皇族宗室事务的宗正刘德首先提议道："按照皇位承继的规制，先帝刘弗陵没有子嗣，那么就只能从武帝的儿子、先帝刘弗陵的兄弟辈里面找。而武帝生有六个儿子，长子刘据在巫蛊之祸中逝去，次子刘闳早逝，三子刘旦自尽而亡，五子刘髆也比武帝早逝一年，最小的儿子即先帝刘弗陵如今也已驾崩。如今武帝唯一尚存的儿子，只有广陵王刘胥，也就是先帝刘弗陵的四哥。按照继承大统的规制，先帝刘弗陵没有儿子，那么自然是考虑他的兄弟。而广陵王刘胥又是先帝刘弗陵唯一在世的兄弟，这时候也只有由他来继位才在情理之中，也符合大将军所说的国家法度。"

宗正刘德的这番话一说出来，立即博得了许多大臣的赞同。

霍光听着大臣们的意见，面色虽然依然沉稳如常，心中却很是不安。这个广陵王刘胥，在霍光心目中绝非是一个让他满意的候选者。刘胥一直不为武帝所喜欢，武帝当年压根就没有考虑过让刘胥继承皇位。武帝和霍光都认为刘胥的行为没有法度，这个人不仅性情暴虐、放纵不羁、喜好游乐，甚至还会和猛兽搏斗、信巫术。这些也就罢了，这个刘胥还特别有"主见"，听不进别人的意见。

霍光早知道会有人提出来立刘胥为帝，但是没想到竟然没有一个人站出来反对。这么多大臣都赞同选刘胥为继承者，这让霍光大感意外。

霍光还想到：刘旦和刘胥是亲兄弟。刘旦的自杀和自己当年的平叛关系颇大，要是刘胥真的当了皇帝，难保他不念着从前和刘旦的兄弟之情，对自己不利。而且刘胥已是壮年，他一上位，自己就得还政，再也不可能继续维持"天下大事悉决于光"的局面。到那个时候，自己必然会被排挤，甚至有被削官、诛杀的可能，而朝政怕是也会被这个刘胥搅得一团糟。如果出现了这种情况，汉室的江山社稷，岂不是要断送在他的手里？将来自己又如何去见九泉之下的武帝呢？见朝臣们几乎是一边倒要立刘胥为帝，霍光此时虽然心潮起伏，但表面上却依然是一副安之若泰的样子。

霍光面无表情地扫视着争论的群臣，眼光逐个地从群臣面上扫过，良久，才缓缓地说道："诸位尽心尽力为国考虑，忠心可嘉。不过立新帝一事，事关社稷安危，需细细考量，不能草率决定。希望各位从汉室的江山社稷出发，再考虑考虑。我们改日再议。"见霍光发了话，各位大臣都不明白他的立场，只能散去。

霍光待大臣们走后，一人在宫中独坐，久久思索，直到深夜。

昭帝驾崩后的这段时间，霍光一直在宫中亲自处理每天的奏章直至深夜。今天朝臣们几乎一致举荐广陵王刘胥的举动，让霍光心烦意乱。难道除了广陵王刘胥，真的就没有更合适的人选吗？这个广陵王肯定不行，必须找到一个更合适的，才能否决群臣们的提议！还有谁是合适的人选呢？

焦虑中的霍光又端详起武帝当年赐予自己的那幅周公辅成王的画，猛然想起当初武帝曾经对他有过的另外一个嘱咐。

霍光想起，武帝当年曾经交代自己在辅佐好幼主刘弗陵的同时，还要照顾好武帝最为宠爱的李夫人的后代。李夫人的儿子昌邑哀王刘髆虽说已经早逝，但是刘髆有个独子刘贺承继了昌邑王位，从年龄上算，这个昌邑王刘贺应该是十八九岁的年龄，正值英年；从辈分上讲，刘贺也是先帝刘弗陵的侄子辈。按照礼制，先帝没有子嗣，不是可以先将他侄子辈的刘贺过继给先帝刘弗陵当儿子吗？这样，刘贺就可以先接太子位，进而承皇帝位，而那个自己很不喜欢的广陵王刘胥就给排除在帝位继承人之外了。

一想到还有昌邑王刘贺这个现成的人选，霍光的心里头有了主意。

对昌邑哀王刘髆的独子昌邑王刘贺，霍光也是有所耳闻的。听说他自从五岁承接昌邑王位后，在他父亲昌邑哀王留下的一班辅臣的辅佐下，王国治理得还算不错，每年八月的宗庙朝聘之礼，昌邑王进贡的酎金成色和分量都是最佳的。据说这个刘贺自小聪慧却有些顽劣，当了十几年的王，大体上可以说是年轻任性，喜好玩乐，但是倒也没有听说他有什么大的恶行。昌邑王这一脉，过去依靠的是李夫人家族，尤其是贰师将军李广利，自从李广利因密谋立刘髆为太子而被人告发，并战败投降匈奴后，昌邑王这一脉在朝中就没有可以倚仗的势力了。昌邑王刘贺自小就在地方长大，眼下与朝中大臣可以说没有什么紧密的联系，在朝廷中也没有什么倚靠，来到长安后必然要依附于自己。这样一来，自己继续主持朝政的局面就不会改变。要是这个年轻人能够敬重自己，潜心学习治国的方法，那就再好不过了。

就这样，霍光越想越觉得对头。没想到，纠结了这么久的一个天大的问题，竟然很轻易地就被自己找到了破解之策。霍光心里头不禁颇为自得。

然而，霍光也知道，要否决广陵王刘胥继承皇位绝非易事。从辈分上说，刘胥是长辈，而刘贺是晚辈，为什么不立刘胥而立刘贺，总得有个说法啊。刘胥是皇室宗亲，与朝中大臣的关系错综复杂，而朝臣们又大都墨守成规，秉承兄终弟接、弟终兄继的规制。要是由自己贸然提出立刘贺为帝，而朝臣们一致的意见又是立广陵王刘胥为帝，那不仅朝中大臣会一片哗然，更有可能会惹出大的麻烦来。

霍光一边想着，一边随手翻阅着奏章。这时，他看到有一位郎官的上书，上面写道："古时，周太王废长子太伯而立少子王季，周文王则舍伯邑考而立武王。只要是最适宜做皇帝的人，虽说是废长立幼但也是可以的。广陵王素无德行，不可以继承皇位。"这番话，正合霍光心意。有了这份郎官的上书，霍光打定了主意，可以让人提出不立广陵王而立刘贺为皇帝。

第二天，霍光再次召集群臣商议皇位继承的大事。霍光将郎官上书的这份奏章给诸位大臣传阅。各位大臣看了之后，心知肚明，都知道了霍光的意思，谁也不敢再提立刘胥为皇帝的事情了。这时，有霍光事先安排好了的大臣站了出来，提议立昌邑王刘贺为皇帝，并从武帝遗愿、朝廷礼制、刘贺与刘胥的比选等方面讲了诸多的理由。群臣都心中雪亮，于是纷纷附和。

霍光见大臣们的意见统一了，便说道："昌邑王深受先孝武皇帝的喜爱，为人聪慧，是可造之才。孝武皇帝曾经专门嘱咐我，要善待李夫人的后代。李夫人是武帝最宠爱的妃子，而且也是陪武帝葬于茂陵的唯一妃子，这个大家也都是知道的。李夫人的儿子昌邑哀王刘髆已经早逝，昌邑哀王留有一子刘贺，也就是现在的昌邑王，正值英年，又生长在孔孟之乡，应当颇知礼仪。当年，先孝武皇帝在处置燕王刘旦自请立为太子事件时还曾经有过感叹'生子当置于齐鲁之地，以感化其礼仪，置于燕赵之地，果生政权之心'。可以说，立昌邑王为帝，也符合孝武皇帝的遗愿。"

霍光绕了这么个大圈，说出了这么一席话，将自己心中的真实想法说了出来。群臣听了以后便再也没有人敢反对了。于是满朝文武，异口同声，一致同意立昌邑王刘贺为帝。

霍光即日便派少府史乐成、宗正刘德、光禄大夫邴吉、中郎将利汉前往山东昌邑国，诏令昌邑王刘贺入长安主持昭帝葬礼。这条诏令也等于宣告了将由昌邑王接任皇位。

时间一天天过去，派去迎请刘贺的几位大臣出发也有十余天了，按理说早就应该回到长安了。

不知道是什么原因，霍光隐隐地有些担忧。霍光寻思着：这一次自己选择刘贺接任帝位，目的是为了不让自己所不喜欢的广陵王刘胥有机会当上这个皇帝。但自己对昌邑王刘贺其实也并没有太多的了解。刘贺这人虽然年龄比昭帝刘弗陵还要小两岁，但是他是否会像昭帝刘弗陵一样，对自己言听计从呢？而且这个王二代会不会和广陵王刘胥一样，也是一个让人不能省心的主儿呢？霍光委实没有什么把握。

霍光又将当初武帝赠送给自己的那幅周公辅成王画展开来看，看着看着，却觉得心头涌出一股悲凉。霍光叹息道：先孝武皇帝的意思，是要我辅佐先帝刘弗陵，在刘弗陵能够亲政时，应当像当年的周公那样将属于皇帝的朝政权力归还于皇帝陛下。可哪料想年岁轻轻的昭帝竟然会这么早就弃天下而去呢？昭帝成年后，自己因为种种考量没有按照武帝所期望的那样及时还政于帝，这里头虽然有昭帝身体不好的客观原因，但不管怎么说，自己未能完成先孝武皇帝的嘱托，实在是有愧啊！

就在霍光心里正有所不安的时候，有下属来呈报，说去昌邑国迎接刘贺的大臣派信使快马送来了书信。霍光赶忙接过，细细阅读。信中叙述了昌邑王刘贺在进京来长安一路上的行为举止：寻找长鸣鸡、买合竹杖，还把民女强行拖入车中，陪他夜宿，等等。因为刘贺在路上的各种折腾，以致一再耽误行程。

看完信，霍光只觉得胸闷异常，仿佛喘不过气来。真是越担心什么就越来什么。照信里的内容看来，这个昌邑王还真的是一个让人不省心的主儿。刘贺在进京途中的行为举止，实在是没有皇帝应有的样子。没想到先孝武皇帝英明雄奇一世，李夫人倾国倾城绝顶聪明，而他们的后人却如此不济。

又过了几天，下属又送来信报："昌邑王已到长安，面对未央宫下跪哭丧，感伤之情，发自真情。"霍光这才稍稍安心。看来，这个刘贺也并非不可救药之人。霍光暗想，需要将他好好调教一番。

就在霍光琢磨着该如何调教昌邑王刘贺这个年轻的皇位继承人的时候，新入宫的刘贺也没闲着。他在霍光的安排下，进宫后按照礼制和程序，先是拜见了上官皇后，而后就被上官皇后以继子的身份立为了皇太子。又过了些日子，六月初，昭帝下葬平陵后，刘贺接过了皇帝的玺印和绶带，嗣承孝昭皇帝，登基为帝。尊上官为皇太后。

刘贺登基为帝的第一天，便开始大肆封赏。而让人始料不及的是，他封赏的并非是那些推举他登上帝位或是迎接他入长安的那些朝中老臣，反而是那些他从昌邑国带来的官员。

这些被封赏的官员只是昌邑国诸侯王手下的小官，和朝中大臣隔了好几个层次，却一下子便从新皇帝刘贺那里得到了许多财宝的赏赐。而且这批人和新皇帝刘贺天天形影不离。刘贺也似乎无意与朝中旧臣联络感情，称帝后基本上都与他从昌邑带来的那两百多位旧臣、门客、玩友厮混在一起。

刘贺的这些举动当即引起了朝中许多大臣的不满。于是有大臣找到霍光，说道："无功不能随意受封，这是高祖时就定下的规矩。眼下陛下刚刚继位就随便封赏昌邑国来的旧臣，一天多达几十次，而且赏赐十分丰厚。对朝中有功之臣却没有任何赏赐，实在有违规矩啊。大将军应该劝阻一下陛下。"

也有大臣来找霍光反映这个新皇帝居然在为先帝居丧期间不避荤腥，还派人去宫外买鸡、猪来宰杀烹饪，且常常和昌邑跟来的旧臣、玩友一起在宫中游乐，甚至击鼓歌唱、吹奏乐器。这些都是不符合法度的事情。

想到刘贺是自己力排众议扶上皇位的，霍光只能对找上门的大臣们劝解道："陛下还年轻，有些不懂朝中的礼节，只要他将来能好好治理国家，我们做臣子的，也就心满意足了，没有什么好抱怨的。"

霍光虽然口头上这么说，但是内心其实也是十分不自在。

这一日，霍光回到家中。他坐在桌前回味起大臣们说道的新帝刘贺的种种不是，想到这个刘贺竟然是自己力排众议拥立为帝的，朝臣们对新帝的抱怨让自己情何以堪？

霍光寻思着，这个新帝行事也确是没有章法，完全不按常理和套路出牌，即位之初，哪怕是摆摆样子，也应该先封赏包括自己在内的有功之臣哪！哪有一上位就过河拆桥、只封赏旧部的？也难怪朝臣们不服气。可是，人家既然已经就位，毕竟自己在名分上还只是臣子，总不能冲到朝堂上去指着新帝的鼻子开骂吧？怪只怪自己选人失当啊！一念及此，霍光忍不住长吁短叹起来。

就在霍光愁眉不解的时候，却见一位美妇端上一杯热腾腾的茶水放在了霍光面前。一只柔软的手抚摸着霍光的肩膀，温柔的声音在霍光耳边响起："夫君有何不快之事呀？"

霍光知道这是自己的夫人霍显来了。他一把抓住在自己肩膀抚摸着的手，一扭头就看到了一双艳丽的妙目正深情看着自己。霍光僵硬的脸上即刻扬起了笑容。霍显这女人体态丰盈，皮肤红润，媚眼如钩，看上去不过二十出头，其实已经三十多岁了。霍光最喜欢霍显那双勾魂摄魄的眼睛，每次只要一看到这双眼睛，漫天的愁绪都可暂且抛开。

二十年前，霍显从齐地流落到长安，被霍光的门客杜子陵看中，留在府里当佣人。刚进霍府时霍显饿得黄皮寡瘦，哪知半年后，却出落得如梨花带雨，分外妖娆。也该她发迹，那年春天，霍光陪同武帝祭祀泰山封禅回来，十分劳累。恰逢霍光的夫人身体不适，由霍显来伺候霍光就寝。就在霍光宽衣解带想躺下闭眼的那一瞬间，一双艳丽无比的妙目瞬间就把他的魂魄给勾去了。这双勾魂眼立即触发了他压抑的原始冲动，霍光一把将这女佣紧紧搂住……

成其好事之后，霍光问她姓名。霍显说她来自齐地，自小父母双亡，无名无姓。霍光说，那你就跟我姓霍吧，并嬉戏地说，你给自己取个名吧。这女人也毫不含糊，给自己取名为显。见这个女子毫不隐晦地表示希望显贵发达，让霍光着实吃了一惊。

不久，霍显就成为了霍光的小妾。再之后，霍光的正室死了，霍显就成为了霍光的夫人。霍光在朝堂、在家里，都是一脸的严肃，举止板正，却唯独在这位显夫人面前，可以抛开一切的烦恼，和她有说有笑。霍显的那双妙目，二十年来，一直温润着霍光那颗坚硬无比的心。

今天，霍光见夫人问起不快之事，也不隐瞒，便把近来朝臣们对新帝的议论和自己的担忧一五一十说了出来。

霍显听后，思考片刻，不慌不忙地对霍光说道："夫君不必烦恼。这刘贺年方十九，正是青春冲动期，做出一些荒唐事情来，也属平常。"霍显说完停了一下，看了一眼霍光，见霍光正期待她继续说下去，就接着说道，"给这位一身是火的皇帝找一个温良的皇后，他的心就会安静了。"

霍光一想，觉得有道理："怎么我就没有想到这个关节呢？"霍光觉得霍显说的这个办法，倒是可以一试。霍光随即说道："那有谁适合做皇后呢？"

霍显听丈夫说出这句话来，不禁咯咯娇笑起来。霍显把丈夫霍光的头抱在自己温软的怀里，说道："你聪明一世，怎么糊涂一时？我们家的成君年方二八，温顺娇美，与陛下最是般配了。"

霍光如梦方醒。他与霍显生的这个女儿霍成君年方十六，跟当年的霍显像是一个模子刻出来的，而且皮肤更加白皙。尤其是那双眼睛，澄明清亮，一双妙目竟比她的母亲霍显更加勾魂。如果能够把自己的女儿立为皇后，那自己就是国丈，那么教训刘贺也就更加顺理成章了。

想到这，霍光立即命人去召田延年和杜延年到府上来。


田延年和杜延年到后，霍光命人奉上茶水。见左右下人离开后，霍光沉吟了一会儿，才缓缓说道："陛下来到长安以后，做的事情大多都十分荒唐。新帝的这些举动，我估摸是有人在教唆。不知二位对此有何看法啊？"

田延年听霍光这样说，便看了一眼杜延年。杜延年明白他的意思，是要他先说。于是，杜延年便先说道："陛下的这些做派都十分幼稚，过去我以为只是陛下随性而为，并没有经过精心计划。现在，我也认为这都是那些昌邑旧臣在他身边出的主意。"

霍光"哦"了一声，点点头向田延年问道："延年，你怎么看呢？"

田延年想了一会儿，说道："我与幼公（杜延年的字）的看法相同。这事还需要大将军主持呀。大将军是先孝武皇帝亲自选定的首辅大臣，而陛下又是大将军扶上皇位的，大将军在我朝具有无上的尊崇地位。在新帝大肆封赏旧部的情形下，大将军宜主动亲近陛下，时时咬咬耳朵，扯扯袖子，提醒他注意自己的言行。想办法与他建立与孝昭皇帝一样的亲密关系，条件成熟了再伺机清除陛下身边的小人。如此，则我大汉朝可以无忧矣。"三人越谈越拢。

又喝了一会儿茶，杜延年开口道："听说大将军的女儿人品出众，已到欲嫁之年。大将军要是不介意，我去跟陛下提出来，将大将军的女儿许给陛下，则大将军对陛下来说，就不再是外人了……"

霍光见杜延年说出了自己内心的想法，心中暗喜，便顺势说道："如此甚好。唉，没想到陛下尚不通政事，他的身边也确实需要有人指点呀。如果能如两位大人所言，那我就将小女送进宫去。毕竟是一家人更好说话啊。就请两位去跟陛下说吧。"

这一天，刘贺一早醒来，依然是和过去几日一样，带着昌邑下人们一起游乐。到了中午，有侍臣通报是大司农田

255

延年与太仆杜延年觐见。刘贺没有多想，便召了两人进来。

见面行了君臣之礼后，刘贺问道："两位大臣今日前来有什么要紧事吗？"

杜延年行了礼，说道："我听说，陛下家眷还未来长安。陛下为国家之首，需要有一位能够母仪天下的皇后。希望陛下能够早作打算。"

田延年也接着说道："皇后若是能够母仪天下，就是万世之福，能让陛下的国家更加兴旺。希望陛下把这件事情，挂在心上啊。"

刘贺沉默了一会儿，说道："朕会尽早考虑的。"

这时，杜延年又进一步说道："我听说，大将军有一女，美丽贤淑。陛下何不将她召入宫内？大将军一定会感激涕零，更加效忠于陛下的。"

刘贺听了杜延年的话，心里暗想：这两人一唱一和，是想让我将霍光的女儿立为皇后，以此来制约寡人啊。如果那样的话，那可就太不自由了。

刘贺生性放纵，哪愿意受这个约束。他暗暗寻思着：这两人只怕是受了霍光的请托而来，如果把霍光的女儿请进宫立为皇后，那霍光就成了自己的岳父，那还不得天天把自己管得死死的？

刘贺即位这几天，白天在朝堂之上，见群臣都看着霍光的脸色说话，丝毫没有把自己这个新帝当回事，心里头也老大不痛快。只是碍于新近即位，而大将军霍光拥立自己为帝于己有大功，不便当场发作罢了。但是，不知为何，刘贺每次只要见到霍光，心里头竟不由自主地感到浑身的不自在。

刘贺心想：我的天下得由我来做主！霍光再有功，总不能比我这个皇帝还要摆谱吧，难不成我这个天子还得受他管？这两天自己故意封赏了昌邑旧部而没有封赏霍光等老臣，已经感觉得到霍光等一众老臣很不高兴了。朝臣们提出立霍光的女儿为皇后的问题，肯定是霍光想要以丈人的身份来管教自己，好在家里说一些在朝堂之上不便于说出来的话啊。

刘贺越想越觉得不是滋味。自己在昌邑国已有王妃，要立后也得先考虑自己的原配夫人才对。刘贺想尽早结束这场对话，早早和他的昌邑玩友一起去游猎，便轻描淡写地敷衍着："朕懂了你们的意思。不过，眼下朕还有许多大事要做呀！立后一事，不用着急，可以缓一步。"

听到刘贺如此回答，田延年、杜延年二人只得知趣地告退。

二人回去给霍光复命。到了霍光面前，田延年首先发话："陛下不肯应允，甚至不见说可以考虑的话。可见陛下身边的小人已经多到无可救药了。我认为，如果新帝不堪社稷，大将军应该早作打算。"

杜延年生性比较宽和，说道："我观陛下只是年轻气盛，心性浮躁不太耐烦而已，或许事态还未到无可挽回的那一步。若是能够让陛下警醒周边的小人，或许还不太晚。"

霍光听了两人的禀报，闭上眼睛叹了口气。他回想起武帝当初的嘱托，脑海中各种思绪浮现。既然先孝武皇帝要我照顾刘贺，那么自己不可不尽人臣之道。想到这儿，霍光睁开眼睛说道："幼公（杜延年的字）觉得，接下来该如何做呢？"

杜延年说道："我手下有位太仆丞，名叫张敞，性格刚正不阿而勇敢，他对陛下的荒唐做法有意见已久。我想说动他，让他直言极谏，若是陛下再不能醒悟，也无可奈何了。"霍光点头表示赞成。

次日，张敞便给新帝刘贺上了一封言辞颇为激烈的奏章：

"孝昭皇帝驾崩而没有子嗣，朝中大臣均十分担忧，于是决定选举贤明之人继承宗庙，大将军率领群臣迎请陛下入朝。如今天下无人不在拭目倾耳，希望陛下施行仁政。可是，陛下即位以来，国之重臣未见嘉奖，昌邑国来的驾车的小吏反而先升了官，这可是大过啊！"

然而，面对如此直白的谏言，刘贺却压根没有当作一回事。他既没有改正，也未惩处张敞。这份奏章就如石沉大海一般，竟在朝堂上半点风浪也没有溅起。

霍光等候了两天，希望刘贺就张敞的奏章做出一些表态，却始终了无音讯。

刘贺来到长安以后，还从来没有主动召见过霍光，仅在刚入长安、昭帝葬礼和自己登基等少数几个大场合上和霍光打过照面。

霍光暗想：自己好歹也是大司马大将军啊，天下大事悉决于光，这可是武帝和前朝先帝定下的规矩。新帝若是想好好治理国家，那么无论是询问宫中事务，还是处理政务，于情于理，都不该绕过自己。谁料想，这个自己刚扶上位的新帝不但对自己没有丝毫的封赏，而且所有朝政诏令都不再通过自己，而是直接颁布。尽管新帝发出的诏令最终都到了自己手上，有好些也已经被自己压了下来。但长此以往，这位新帝岂不是要将自己的权力剥夺干净吗？霍光强压住心中的不快，决定主动去宫中觐见刘贺，提醒一二。

刘贺进宫的时候，还是先帝刘弗陵的居丧期，就像如今的头七，有很多的规矩需要遵守，比如避荤腥、禁娱乐等等。可这天霍光进宫的时候却听到本该静穆的未央宫殿却鼓乐喧天，原来是新帝刘贺正与他的昌邑臣友饮酒作乐。

听说大司马大将军霍光要觐见，刘贺一下子有点慌乱。他知道居丧期间乐舞娱乐是有违礼制的，赶紧让下属们撤掉乐舞，然后粗略地整理了一下仪表，定了定神，去与霍光相见。

霍光等了许久，终于得以拜见刘贺。

霍光见刘贺喝得满面红光，心里暗自摇头，嘴里却说道："陛下几天来休息得可好？"

刘贺答道："大将军费心了，朕休息得很好。"霍光其实已经知道，最近几日，刘贺派人把昌邑国的乐人引进宫来，天天在未央宫中大肆饮酒作乐，不加节制地嬉戏。

霍光对着刘贺拜了一拜，隐晦地说道："陛下，长安比陛下的昌邑国要繁华许多，希望陛下不要在这里迷失，陷于纷扰之中。"

刘贺装作没有太听懂霍光的意思，却又似懂非懂地点了点头。霍光也不知道他是否听懂了，接着说道："臣听说陛下最近封赏了许多昌邑旧臣，不知是否有此事？"

刘贺不假思索地回答道："这些都是跟随朕多年的人，一直与朕为伴，朕十分信任他们。朝中有些旧习和旧政策，朕认为没有必要一直沿袭下去，启用新人，进行改革，是很有必要的。"

霍光听到刘贺不加掩饰的话，思忖这位新帝心高眼浅，任人唯亲，视国家大事如同儿戏，又不能圆滑处事，毫无城府。于是，霍光继续对刘贺说道："陛下想用新人的想法是好的，臣十分赞同。"

霍光故意停顿了一下，想格外引起刘贺的注意。见刘贺没有任何的表示，便又接着说道："陛下如此圣明且有主见，臣下近来身体不大舒服，大概也可以稍微休息休息了。"

霍光本来以为，刘贺若是能看清局势，就会发现，如今无论是对内对外，只要是涉及朝政，无论如何都绕不开自己。然而没想到，刘贺压根儿也没把自己的话太当回事，就随口答道："大将军一直很辛苦，功劳很大，既然累了，也确实该好好休息了。"

听了这话，霍光胸口像遭到了重击，一时竟说不出话来。霍光这次觐见，本想委婉地劝告刘贺，要是想顺顺当当地当这个皇帝，就必须依靠朝中的老臣，尤其是自己。没想到刘贺不识趣，不仅没有意识到自己话中的玄机，反而对自己说应该"好好休息"，这不是要让自己靠边站吗？

到了这个时候，霍光终于明白，这个刘贺，原本是个好苗子，武帝何其英明，李夫人何等聪慧，刘贺这嫡传基因，应该堪当大任。但如今刘贺已经是十八九岁了，做事却像个小孩子。唉，只怪他父亲早亡，缺乏管教；大概是母亲太宠爱，把他给毁了。他虽然并不愚笨，而且似乎很有想法，但却离我霍光的要求相距甚远。他把治理国家看得太简单了，以为把他在昌邑国的那一套搬到京城来就足够了。他以为既可以逍遥和玩乐，又能够轻松把国家治理好。他年纪太轻，又贪玩，根本没有意识到自己所肩负的重任，更不愿意讲规矩、守章法、学礼仪、勤政务……

霍光的心揪得越来越紧，他已暗暗起意：看来为了苍生社稷，必须有所准备了……

霍光无功而返，回到家中"安心养病"。然而，朝中的大臣却依然时不时找上门来，抱怨新帝刘贺的不是。霍光听在耳里，痛在心里。这些抱怨就如同是对他的责问一般，打在自己的脸上，痛在自己的心里。

这几天，霍光虽然在家，但是思前想后，对刘贺看得越来越透。这个新帝每天都有几十份诏书发出，涉及官员任免、财物赏赐，不仅丝毫不和自己商量，还把前朝立下的规矩来了个翻天覆地。刘贺不跟自己商量，就把昌邑国带来的两百多人任命到朝中各个部门，简直是瞎胡闹。据说刘贺还经常让下人们乘坐皇太后的车辇在宫中玩耍，把内宫库房的珍宝赏赐给昌邑旧部，整个就是一个纨绔子弟的做派。如果任由他如此任性胡为，汉室江山将不知道会折腾成什么样子！到那时候自己可就真的成了千古罪人哪！"

按照规制，刘贺继承的是刘彻到刘弗陵一脉相传的帝位，是以刘弗陵的继子的身份先继承了太子位，进而继承皇位的。按照规制，刘贺被过继到刘弗陵名下，就应该认刘弗陵为父亲。然而刘贺当上皇帝后，却先去祭拜自己的生身父亲刘髆，并且在祭文中自称"嗣子皇帝"。这种严重违背礼法的原则性错误，引起了朝中众多大臣的极端反感。霍光也一直在隐忍。他心中明白，若是自己不隐忍，那出丑的不仅仅是刘贺，还有把刘贺扶上皇位的自己。

又过了几天，田延年来向霍光禀报："刘贺发布诏书，将能调动军队的符节上的黄旄改为了红色。"

霍光听了这个消息，虽然表面上还是那副波澜不惊的样子，但内心早已是心潮澎湃，越来越担忧了。

改变符节的旄的颜色，为何让霍光如此担忧呢？原来这和当初"巫蛊之祸"的事情有关。当时汉武帝与太子刘据相残，当时的符节的旄本来是红色的，但是因为太子手中也有符节，所以武帝发诏书将红旄改为了黄旄，使太子手中的符节没了效用。如今刘贺将黄旄重新改回了红色，难道是打算通过这个手段，收回霍光掌控的兵权？刘贺是不是还想将朝廷中的权力全部收回自己手中？想到此处，霍光就不仅仅是担忧了，而是十分愤怒。

田延年为人仔细，察觉到了霍光情绪中的不安。便开口问道："大将军莫非在担心陛下欲掌握兵权一事？"

霍光对田延年也没有什么好隐瞒的，便接过话头说道："陛下本质并非是奸恶之人，只是不懂政务，不擅长治理国家，又不能明辨是非。他身边的那些昌邑国的臣子教唆陛下，让他暗地里排挤长安的诸位大臣，好让他们上位。陛下的身边被小人环绕，我担心，陛下会酿成大错啊！"

刘贺来到长安以后，身边也有一些谨慎的大臣劝告过他，作为皇帝要注意自己的言行，为天下表率。可刘贺从小到大随性惯了，玩乐过后，他有时候也会想到自己的爷爷武帝，从而涌出一股豪情，告诉自己明日起便要勤于政务，实现治国之抱负。然而到了次日，他想的却是，还有许多日子可以勤于政务，何苦今日就要开始呢？便又忘记昨日立下的"大志"，开始享乐了。

刘贺十分不喜欢那些一脸严肃的长安大臣，这些大臣要么古板，要么高高在上对自己一再说一些劝告性的话。他当昌邑王时，身边已经有几位大臣时常扫他的兴，到了长安，扫兴的大臣竟多了好几倍，这更让刘贺厌烦不已。刘贺知道，这些来劝谏自己的人都是亲近霍光的。他也知道，在长安城中，他这个皇帝诏令的效用，其实还远远不如大司马大将军霍光的一道指令。

刘贺身边也有谋臣多次进言："陛下若是想在长安城中站稳脚跟，就必须削去霍光的权势。否则陛下的诏令就难以走出未央宫啊！"

刘贺思考了一番，认为的确如此，于是依着身边的昌邑旧臣出的主意，为削弱霍光等朝中旧臣的权力、增加自身权威而连续下诏。

有激进的谋臣甚至劝告刘贺，不如在霍光称病期间，发布诏令，迅速将他的权力削去。但刘贺考虑再三，没有听从。一来是他于心不忍，毕竟是霍光推举自己当上皇帝的；二来自身实力也还不济，急则容易生乱，只能缓慢图之。

在霍光府中，田延年再次前来报告情况。见霍光罕见地长吁短叹，田延年说道："大将军是国家支柱，假如君主不能担当皇帝重任，就不该为君主。刘贺已经不能处理好朝政，又信任卑鄙小人，不肯悔改，不堪大任，大将军为何不禀告太后，另选贤明之人呢？"

霍光叹息着答道："我也想如此啊，可陛下是我推举上皇位的，如今又要我去将他赶下来。这种事情在外人眼中，就是不忠，就是谋逆，我定然会落下一个反复无常的悖逆骂名。唉，我应该如何做才好呢？"

田延年为霍光倒上酒，说道："大将军也知道从前贤相将君主罢黜的事情吧。商朝的伊尹为了国家安定，将太甲帝罢黜软禁，后人都称颂伊尹忠于国家。大将军要是这么做，也定能成为当朝的伊尹。"

霍光听了田延年的话，沉思了起来。伊尹乃是商朝初年著名的贤相，曾辅助商汤灭夏朝，为商朝的建立立下了汗马功劳。伊尹后来又辅佐商汤的嫡长孙太甲为帝，但是太甲即位后却一味享乐，沉湎于歌舞酒色，不理政事，还破坏商汤立下的法规。于是伊尹便将太甲废黜，自己代替太甲执政，直到三年后太甲悔过才还政于他，保全了商朝的江山社稷。

既然前朝已经有先例，自己又有什么好担心的呢？与其坐以待毙，不如奋起图之！以如今局势，要是自己再不迅速做出决断，恐怕汉室江山和自己的性命都难保了。想到这里，霍光终于下定了决心。他给田延年加官给事中，使他可以自由出入宫廷；又将自己人右将军张世安召来，商议如何罢黜刘贺。

就在霍光紧锣密鼓地谋划的时候，刘贺却依然在我行我素，每日与自己在昌邑国时的玩友厮混在一起，享乐游玩。

这一天，他正打算和下属一起去宫外狩猎取乐。几百人的车队正欲驶出宫门，只见一位大臣跑到车队前面，高声劝阻道："陛下今日还是不要出宫啊！天气久阴却不下雨，预示着有人要对陛下不利，陛下应该待在宫中，以防不测啊……"

这位大臣的话还未说完，旁边的卫士已经上前欲将他拖走。可这位大臣依然挣扎不休，不肯让路。刘贺认出了阻拦车驾的大臣是夏侯胜。夏侯胜的叔叔夏侯始昌是西汉有名的经学家，曾经是刘贺的父亲刘髆的老师。刘贺虽然认出了夏侯胜，却认为他是妖言惑众，十分恼怒，顿时没了游猎的兴趣。刘贺令卫士将夏侯胜捆起来，交给官吏去治罪。

夏侯胜与刘贺的这一层关系却不免让人遐想万分。负责对他治罪的官员立刻将此事密报给了霍光。霍光大惊，以为计划泄露，令人连夜审问夏侯胜。最后，夏侯胜回答说："《尚书·洪范》中说，君王要是有过失，就会招致天谴，于是使天气阴沉，此时就会有臣下谋害君主，我不敢明言，只能说'有人要对陛下不利'。"

霍光知道了夏侯胜的这番回答，知道这事情要么只是偶然，要么是夏侯胜也无意于揭发自己的计划。他又担心夏侯胜如此博学，要是站到了刘贺那边，对自己也是十分不利。霍光于是下令释放了夏侯胜，并对他礼遇有加，以换取夏侯胜的信任。

刘贺身边像夏侯胜这样忠心的大臣本来也有不少，只是这些大臣在目睹了刘贺种种不听劝谏、任性妄为的举动之后，即使他们原先对霍光有所不满，如今也纷纷改变立场，要么投靠霍光，要么保持中立。渐渐地，刘贺除了那些从昌邑国带来的两百多旧臣门客以外，在朝廷中，他几乎是毫无帮手了。

夏侯胜事件发生后，霍光又找来田延年和张安世，商议对策。霍光道："夏侯胜不知是否真的知道我们计划中的事，如果已经知道的话，那么这事就不能再拖延了。拖得越久，就越容易走漏消息。"

霍光又想，要废黜刘贺就必须有非废不可的理由。刘贺入宫之后的种种行为，虽然很多方面不合礼制，但是还没到非废不可的地步。刘贺不是居丧期间天天晚上在宫中饮酒作乐欣赏乐舞吗？今晚就给他安排好好一场。至于这位新帝能不能经受住诱惑，是不是逃得过这场劫数，就看他自己的造化了。如果刘贺能够把持得住，就暂且放过他；如果他自己往火坑里跳，那就怪不得别人了。

当天，霍光让人召来皇宫乐师，叮嘱如果新帝晚上要歌舞娱乐，就让那个叫蒙的宫女好好给新帝表演。

当晚，刘贺果然再次酒兴大发。他让人悄悄出宫买来鸡鸭鱼肉，召来几个昌邑旧部，在宫中狂饮起来。酒足之后，刘贺果然又要欣赏乐舞。他不顾下人的劝阻，执意召来先帝的宫女。随着悠扬的乐声响起，先帝后宫一个叫蒙的宫女惊艳登场，蒙极尽婀娜的舞姿让刘贺的血液几乎都要沸腾起来了。一曲终了，刘贺把蒙拥向了寝宫，留下了一干目瞪口呆的下属。

第二天，刘贺酒醒，惊觉身边有个绝色女子，认出正是昨晚陪着自己莺歌燕舞的蒙。刘贺意识到坏事了，宫廷乐队的女子可都是给先帝服务的，没想到酒后一不小心竟然动了先帝的"奶酪"，这要是传出去可是秽乱后宫的大罪呀。刘贺想想有点后怕，赶紧下令："敢泄言者，腰斩。"

一切都如霍光所料定的那样，新帝刘贺果然自己跳下了"火坑"。


霍光马上就知道了刘贺昨晚干的荒唐事，他等的就是这个时机！秽乱后宫，德不配位，不堪社稷重任，必须废黜！

霍光令田延年去通告丞相杨敞，令杨敞和田延年两人准备好奏章，安排好人手。

杨敞现在虽为丞相，但依然是那副胆小怕事的样子。

当天，田延年按照霍光的吩咐来到丞相杨敞的府上。杨敞并不知道田延年来拜访的目的，听了田延年转达霍光要求自己准备好废帝诏书的话后，杨敞心慌不已，虽然时值盛夏，却让他直冒冷汗。田延年见杨敞迟迟不肯表态，于是假以天热更衣的名义，起身离开。

看到杨敞犹豫不决，杨敞的妻子急忙出来，对杨敞说道："大将军让大司农来通知你，是因为他已经决定好了，你要是不答应，祸就在眼前了！"听了妻子的话，杨敞依然迟疑不决。

此时田延年已更完衣回来，于是杨敞的妻子当下便代夫做主，表示愿意支持霍光，听从霍光的号令。在整个过程中，杨敞依然是大气不敢出，直到田延年离开返回去禀告霍光。

第二天一早，趁着刘贺外出游玩的时候，霍光将丞相、御史、将军、列侯、中二千石、大夫、博士等所有朝中重要的官员召集到未央宫的大殿中，说是商议事务。大臣们没有被告知商议的具体事务，因此大多都不知道究竟是什么事情，均疑惑不解。但是既然是大司马大将军的命令，谁也不敢公然违抗。

待所有人都到了之后，霍光终于现身了。这时候，出现了许多坚甲利刃的武士，将宫殿的出入口牢牢守住。宫中的气氛顿时紧张起来。

霍光走到群臣面前，一脸肃穆地说道："各位大人，新帝登基已近一个月，然而他却行事昏庸无道。再这样下去恐怕会危害国家。新帝确实无法担当维系汉室的重任，大家看该怎么办？"

听了霍光的这番话，大臣们面面相觑：当初是你力排众议，将刘贺扶上皇位，如今却又说他昏庸无道，这到底是怎么回事呢？一时间，没有人敢站出来说一句话。大殿中陷入了死一般的寂静。

霍光早知道群臣会有这番反应。他扫视了群臣一周，目光如炬。有些胆怯的大臣在他的注视下，根本不敢抬头。

霍光眯起了眼睛，逐一从群臣脸上扫过。此时，他想到了武帝对自己的期待，想到了自己年少时追随兄长的脚步一步一步走到现在，以至于"天下大事悉决于光"，包括皇位人选这样天大的事，如今也全在自己的一念之间。今天自己做的究竟是对是错？霍光自己也得不出答案，他只知道，如今已经无回头路可走了。霍光在大殿中来回走了十几步，这孤单的脚步声，让那死一般的沉默渐渐变成了一种威压。霍光让这份威压在大殿中酝酿了好一会儿，好好地将气氛浸染透。随后，霍光又扫了扫面前的群臣，最后，将目光停留到了田延年身上。

田延年知道是该自己出场的时候了。只见他站起身，走到群臣面前，手按着剑柄，大声说道："先孝武皇帝将把幼主托付给大将军，把国家重任交付给大将军，是因为大将军忠诚贤明，能使江山社稷安定。如今天下臣民人心不稳，动荡不安，国家将有倾覆的危险。况且我朝世代相传，以孝为先，就是为使天下长久安定，宗庙永世长存。但是，如今朝中有一群小人，将国家弄得乌烟瘴气，如果国家灭亡了，将军就算是死，九泉之下又有什么面目去见先帝呢？今天商议的事情，必须迅速决断不可迟疑。要是有人迟疑不决，请允许我用剑斩了他！"

田延年这一番话说出来，将群臣最后的一丝犹豫击得粉碎，于是无人再敢迟疑。在场的大臣大多对刘贺有所不满，此时又知道大司马大将军霍光已经是志在必行。如果此时敢不服从，只怕即刻便有性命之忧。于是，众大臣皆叩首说道："宗庙社稷，天下百姓，全靠大将军。大将军的命令，我们绝对遵从，绝无二心！"

听到群臣们均这样表态，霍光感到很是满意。他取出事先写好的废黜刘贺的奏章，给群臣过目。然后让杨敞带头，依次署名。随后，霍光将奏章带着，同群臣一起去觐见上官太后，禀告新帝刘贺无法无天的种种劣迹，并请皇太后主持大局，宣布废黜刘贺。

上官皇太后既是霍光的外孙女，此时也是新帝刘贺的继母。她见刘贺竟然干出秽乱后宫的事，也是愤怒异常。事已至此，上官皇太后也只能按照霍光的安排去做了。

公元前 74 年八月。

这一天，正好是刘贺即位的第二十七天。

上官皇太后来到了未央宫的承明殿，诏令刘贺觐见。

刘贺知道太后驾临，虽然觉得有些突然，但还是不得不去拜见。刘贺似也感到有些不安，便带着两百余昌邑旧臣一起来到了承明殿的门口。

刘贺刚进承明殿的大门，却见霍光下拜说道："皇太后有诏，只请陛下一人前去，余者皆不许入宫。"

刘贺不高兴地说道："皇太后召见我，为何朕的臣子不能进去呢？他们可都是朕的臣子啊！"然而霍光不为所动，令门吏将殿门关上，不让跟随刘贺的人再进一步。

刘贺又问霍光道："太后究竟有什么事情，要召见朕？"

霍光不再回答，只是说："请陛下速速拜见太后。"

见承明殿的大门已经关上，又察觉出今日宫内气氛似乎不对，陡然间增加了很多带刀侍卫，刘贺意识到，可能出大事了。他心里紧张地盘算着，假装镇定，随霍光来到承明殿的大殿中。

承明殿的大殿上，上官皇太后穿着珍珠缀饰的短袄，身穿华贵的礼服端坐在武帐中。守卫在左右的数百名侍从都手持兵器，期门武士执戟，排列在殿阶之下守卫。众大臣按品级依次进入大殿。刘贺孤零零地站着，不知所措。霍光距离他数步，站在他身侧。刘贺听到太后的近臣召自己上前，于是上前几步，跪下听诏命。

这时候，右将军张安世步入殿中，向太后大声禀报：

"微臣率领羽林军已将昌邑国反臣两百余人全部擒获，并已送往诏狱，未走脱一人！"

刘贺一听，顿时感到天旋地转，仿佛身体已经不是自己的了。他全身发紧，微微抬起头，听到尚书令杨敞拿着奏章，大声宣读自己当上皇帝之后的种种不合礼制的行为。

当丞相杨敞读到刘贺竟然酒后与先帝的乐女"蒙"等行淫乱之事，秽乱后宫时，上官太后突然暴怒，高声呵斥："为人臣子，怎么能如此悖乱？"

刘贺不敢回话。此时，他的身边已经没有一个帮手。只能伏在地上，思考着该如何应对才好。

当杨敞宣读完了奏章，上官皇太后当即说道："准奏。"

这时，大殿内所有的人，目光都集中在了刘贺身上。刘贺已经冷静下来，只见他缓缓起身，整了整衣装。

刘贺环视了一圈群臣，只见大臣们的脸上都带着一种复杂的神情：有的假装严肃，有的看起来很愤怒，有的则带着一丝轻蔑，还有的是一种惋惜的表情。

刘贺又看了看霍光，发现霍光正警惕地盯着自己，目光中满是警觉，脸上却满是刚毅的神色。

刘贺心中冷笑了几声，对着群臣大声说道："《孝经》中说，'天子身边只要有七个能直言规劝过失的大臣，就算天子再无道，也不会失去天下'。你们一个个不都自认为忠臣吗？可你们却连这些基本的规范都不能做好，又如何算得上是忠臣呢？"

刘贺言辞凿凿的一席话，震动了众人。许多大臣不由得感觉到心中有愧，心生退缩之意。他们知道，自己虽然看似冠冕堂皇地站在这里审判刘贺，但实际上却并未做到作为臣子应该尽忠尽责做到的事情。一时间，刘贺周围的群臣中间出现了少许喧哗。

这一切，霍光是听在耳里、看在眼里、急在心里。他知道此时自己绝不能退缩，否则自己名声损失是小，这次罢黜恐怕还会以失败而告终，自己将死无葬身之地。

只见霍光几步上前，抓住刘贺的手。刘贺虽然身材比霍光略高，而且更加年轻，但是在大变面前，刘贺却只觉得手脚发软。刘贺虽然想反抗，但手脚却不听自己的使唤。霍光钳住了刘贺，解下了刘贺身上的皇帝玺印绶带。此时，刘贺的锐气已经荡然无存，似是知道大势已去。霍光冷酷地看了看刘贺，随后捧着玺印，呈献给上官皇太后。

此时的刘贺仿佛灵魂出窍，愣得说不出一句话来。随后，霍光转身扶住刘贺下殿，朝中群臣一起跟在后面相送。

霍光此时也心潮翻涌。他虽然打定主意废黜刘贺，但是废黜刘贺之后，该如何处置他？霍光一直没有拿定主意。是一劳永逸地将他除掉，还是让他返回昌邑国呢？霍光不断地权衡着。此时，武帝临终时要求自己照护好李夫人这一脉的吩咐，又在他的脑海中盘旋回荡。刘贺本来只是一个地方上的诸侯王，一个纨绔子弟。假如他终其一生待在昌邑国，那也能衣食无忧，而且前呼后拥。自己将他推上皇帝位，如今又将他拉了下来。刘贺的命运起伏，全在于自己啊！

此时，刘贺在霍光的裹持下两人已经走下承明殿大殿的台阶。霍光的心思仍然在不停地翻转着，他还在细细地思量，假若将刘贺杀了，那世人会如何看待自己呢？

霍光知道，假如自己真的除去了刘贺，那他谋逆的罪名就永远都洗刷不掉了。在霍光的脑海中，武帝从前的嘱咐更加清晰了："昌邑哀王刘髆有一幼子，如今方才五岁，你日后就多加照顾吧。"武帝这话在霍光耳边不断回响，宛如警钟，让他回过神来。

霍光终于想通了，既然如此，还是放那刘贺一条生路罢了。让他回到昌邑故地，既是遵照孝武皇帝的嘱托，自己也能落下一个好名声。而且，从"伊尹放逐太甲"的典故来看，当年伊尹也只是放逐太甲而没有杀掉，三年后还迎请回朝继续当帝。自己也不能杀掉刘贺，说不定留着他将来还有用处。刘贺之后还得立个皇帝，如果不听自己的话，那么将来还可以再效仿"伊尹放逐太甲"的典故，将改造好的刘贺再迎请回来取而代之。为今之计，看来只能这么干了。

霍光又想，为了防备刘贺心里不服气背地里再对自己不利，还是应该废除昌邑国。刘贺带进京的那些出谋划策的昌邑旧臣除了劝谏过刘贺的，其余的都应以辅佐不力的罪名全部处死。不过考虑到刘贺将来的生计，可以封给他一些食邑，让他衣食无忧。在最后一刻，霍光终于下定了决心，放刘贺一条生路。

在霍光心思急转的时候，他已经挟着刘贺来到了宫门外。宫外已有一辆霍光安排的马车在那里等候。霍光扶着刘贺来到马车旁，低声说道："大王，请登车吧。"

刘贺顿了顿，似是回过了神。他看了一眼霍光，眼神落寞。霍光心中也是猛地一颤。刘贺推开霍光的搀扶，面朝西跪下，拜了又拜，随后起身喃喃说道："都怪我太无能。皇爷爷，孙儿对不起您啊。都怪我愚昧而不明事理，不能担当汉室的重任！"说完，刘贺艰难地登上了马车。

霍光也上了马车，陪坐在一旁。他见刘贺惶惶不安的样子，心头也是感慨万千。霍光知道刘贺并非是大奸大恶之人，只是不懂政治，不会权谋，也不会笼络人心而已。他当初扶刘贺登上皇位，本来也是想好好辅助他，教他治国理政的方法。然而世事无常，刘贺和自己终究不能相容。事情到了这个地步，也本不是自己所希望的。

马车起动。霍光开口说道："大王来到长安，臣本欲按照先孝武皇帝的嘱咐，保江山、安社稷、辅佐大王，可大王却不信任于我，而是偏信小人，不守孝道，以至于朝政混乱，风气败坏。大王不能承担宗庙重任，又不能任用贤臣。这样一来，大王的行为等于是自绝于上天。臣等怯懦无能，不能用死报答您！臣宁可对不起您，却也不敢对不起国家社稷啊！"

刘贺呆呆地摇了摇头说道："大将军说的没错，我确实过失很大。只是到了此时，我也难以弥补。只希望大将军能够按照我爷爷的嘱托行事，我也能落得一份安心了。"此后，两人之间再无对话。

马车到了长安城中的昌邑国府邸。刘贺下了车，向霍光拜辞。霍光说道："希望大王多多珍重，今后我再也不能侍奉在您左右了。"说到这里，霍光也是老泪纵横。

刘贺被罢黜后，朝中无主。霍光将怎样应对又一次帝位空悬的危机呢？请看下章：有功任性——皇上之皇霍光。

# 第九章

## 有功任性——皇上之皇霍光

长安城迎来了久违的平静。只是所有的大臣心里都清楚，这份平静也只是风暴之间短暂的休憩。很快，又将有一轮新的风暴，降临到这个国家的权力中心。

刘贺在皇位上坐了不到一个月，就被罢黜了。虽然朝中的大臣们多多少少都松了一口气，但是这一口气还没缓过来，他们就不得不面临一个老问题：朝中无主，应该由谁来继续当这个皇帝？

这时，已没人再敢推荐广陵王刘胥了。在见识了霍光的一番霹雳手段后，几乎所有的大臣都缄默不言，观望等待。

废黜刘贺后，霍光表面上坚定无比，内心却十分伤感。他伤感的不是刘贺的遭遇或是自己的名声，而是伤感如今刘氏宗室内，竟很难找出像样的皇位继承人了。

国不可一日无君。没过几天，霍光又将朝臣们召集，商讨该立谁为新君。经过刘贺立与废一事之后，霍光的威严更甚。大臣们猜不透霍光到底想什么，为了谨慎起见，大家都不作声。连续几日，偌大的未央宫里只听到咳嗽和喝水声，未能讨论出任何结果。而民间这时却有传言，说霍光想自立为帝。这让霍光更感压力巨大。

正在霍光心烦意乱的时候，他从前的部下给他上书推荐了一个人选。那推荐人就是曾前往昌邑国迎请刘贺入主长安继承皇位的光禄大夫邴吉。

邴吉曾在汉武帝朝，力保戾太子刘据的孙子刘病已。刘病已也亏得邴吉的拼死呵护，才活了下来。武帝驾崩后，刘病已录入了皇家宗谱。这些年中，邴吉在霍光手下当过大将军长史，因为邴吉为人正直而不失谨慎，因此霍光也很看重他，后来将他调入朝中担任了光禄大夫、给事中。

邴吉见霍光烦恼，于是上书说："将军身受托孤重任，尽心尽力辅助。然而昭帝早崩，故昌邑王刘贺却昏庸无道，将军以大义废除他，天下没有不心服者。如今社稷宗庙与天下百姓，都取决于将军。据我多年考察，先孝武皇帝的曾孙刘病已，现居掖庭，已经十八岁。他精通经书，了解民情，吃苦耐劳，堪当大任，望将军明察。可让他入宫侍奉太后，然后再作打算。"

霍光读完奏书，又想起了当初武帝对他的嘱托。武帝晚年在明了太子的冤屈后，嘱咐将刘病已收养在掖庭，并且将他录入了族谱，等于是恢复了刘病已的皇室身份。这些年，霍光也时不时听到有关于刘病已的传闻，说他常常外出游历、拜师学习，虽然只是一介平民，却在民间积下了好名声。

霍光突然想到：当初我怎么就没有想到他呢？相比于身为昌邑王的刘贺来说，刘病已说不定是更加适合的人选。刘贺当时已为昌邑王，有众多追随者；而刘病已是一介庶民，在朝中全无根基。相比刘贺，刘病已必然更加依靠自己。

次日，霍光便将群臣召集起来，开口说道："邴吉上书，说先孝武皇帝的曾孙刘病已很有才能，贤达聪慧，堪当重任。你们觉得如何呢？"

杜延年作为霍光的心腹重臣，其实也非常了解刘病已。只是从前因为刘病已是庶民，不在考虑之列，不方便推介。现在见霍光开了口，杜延年便率先站出来呼应道："我听闻病已仁爱宽厚，诸多百姓夸赞他。大将军应该考虑邴吉的意见。"

杜延年一席话出来之后，满朝文武也都纷纷附和。霍光见没人反对，自己也急需找到一位适合当皇帝的人，否则朝野内外，说自己想篡位的谣言会愈演愈烈。于是，他会同杨敞等朝臣，上奏上官皇太后道："先孝昭皇帝没有子嗣，则应该选择其他旁支中有贤德的人，作为继承人。孝武皇帝的曾孙病已，多年前按照孝武皇帝的诏令，由掖庭照管，已经十八。他从师学习《诗》《论语》《孝经》，操行节俭，慈仁爱人，可以作为孝昭皇帝的继承人，奉承祖宗的大业，统率天下万民。"

上官皇太后是霍光的外孙女，对霍光的建议是无所不从。这份提议只是象征性地走了个过场，随后，霍光就派宗正刘德到刘病已所在的尚冠里住处，让刘病已沐浴更衣后，将他接到了宫中。

刘病已在未央宫朝见皇太后，先被封为阳武侯。随后，霍光等朝中大臣奉上皇帝玉玺和绶带，刘病已就此正式继皇帝位，并拜谒高祖庙。刘病已后改名为刘询，后世称其为汉宣帝。


据说有一次刘询乘坐马车拜谒高祖庙，霍光坐在马车的一侧陪侍，一同前往。刘询和霍光坐在一起，见霍光虽然须发斑白，但是身板硬朗，面色冷峻，心里头就紧张莫名。刘询知道，霍光是曾爷爷武帝选定的托孤之臣。刘询在民间的时候就对霍光使用各种手段，击垮上官桀、桑弘羊、燕王刘旦的事情有所耳闻。他还听说了这位大司马大将军前段日子将前皇帝刘贺扶上位没多久就废黜的事，可见他权势之大。刘询更深知自己事实上也不过是霍光选择的傀儡，要是对霍光有所不敬，怕是自己也要步入刘贺的后尘。想到这里，刘询就不由自主地产生了一种深深的畏惧，就像有芒刺顶在背上那样难受，背心冷汗如泉涌。"芒刺在背"这个典故讲的就是刘询和霍光在一起时的感受。不过，刘询虽然才年方十八岁，却见识广博，就算内心十分不安，表面上还是表现得十分平静。

在经过刘贺立废事件之后，霍光也变得更为慎重。当初霍光是看着昭帝刘弗陵长大的，彼此之间相互信任，培养出了比较高的默契度。而刘贺从前远在山东当诸侯王，和霍光打的交道很少，因此彼此不够默契。刘弗陵对自己敬重有加，而刘贺则不然。霍光心里头也在琢磨，这位在民间长大的新皇帝，究竟是像刘弗陵，还是像刘贺呢？

在迎请刘病已入宫拜见上官皇太后之前，霍光已经命下属在暗中观察刘病已的处事为人。下属报告说，刘病已德才兼备，为人又不太张扬，霍光终于放下心来。此次陪着新帝一起前往高祖庙祭告祖宗，霍光也是想靠自己的眼睛多多观察一下，看看这位年轻的皇帝究竟是什么样的人。

虽然一路上刘询刻意掩饰着内心的不安，但霍光行走政坛多年，还是感觉到新帝内心的慌乱。他知道刘询此时对自己不仅仅是恭敬，更有一种掩饰不住的畏惧在里面。这让霍光比较满意——若是像从前刘贺那样，对自己毫无敬畏之心，那还如何维护自己的权威，如何让他听从自己的指点？

从高祖庙还朝之后，宣帝对霍光一直十分敬重，时常请教霍光从政为人的道理。霍光见宣帝如此，渐渐地对新帝放下心来。

两三个月一晃眼就过去了。

这几个月，霍光依然忙于政务，但心情却好了不少。新登基的皇帝能够敬重自己，且遇事谦退，为人谨慎，是一个听话的好皇帝。

此时的霍光已六十多岁了。他最初一心辅佐昭帝刘弗陵，并未想太多功名利禄之事。然而在经历无数次血腥的宫廷权谋争斗后，霍光为巩固自己的地位，还是渐渐地将自己的下属与亲属安排在了朝廷的各个重要官职上。当上官桀、桑弘羊等其他当初被武帝选定的辅政大臣被霍光一个个击败时，在朝廷中，自然而然地形成了一个以霍光为中心的利益集团，许多人都甘愿为他效命。不少朝臣巴结他，以他为靠山，形成了自上而下的利益纽带。许多得罪过他的大臣皆被罢官、下狱甚至处死。而他的儿子霍禹、侄孙霍云都当上了中郎将；另外一个侄孙霍山则任奉车都尉，就像霍光当年一样，掌握着皇帝出行安全；两位女婿都当上了卫尉，掌管整个皇宫的警卫。霍光兄弟的后辈和女婿，不少都有资格参加朝会，担当诸如大夫、都尉、给事中的官职。霍氏家族在朝中连成一体，盘根错节地占据了长安的政治版图。那些从前的下属，许多也都在朝廷中当上了大官，例如杨敞、田延年、杜延年等。此时，霍光纵然有过一丝告老还乡的念头，也不可能真的去做什么急流勇退的事情。他自己不能做，身边的亲属也不想他这么做，那些由他提拔起来的官员也不甘心他这么做。霍光多年品味着的权力美妙滋味就如同美酒，令他陶醉，无法自拔。

新帝刘询事事都听霍光的，但却有一件事没有遂霍光的意。

宣帝即位前，已经有了一位结发妻子，名叫许平君，两人育有一子，叫作刘奭。宣帝入主未央宫后，封许平君为婕妤。过了三个月，有大臣上奏，请宣帝立一位皇后。这提议一出来，朝中议论纷纷，其中就有大臣上奏，请立霍光的女儿霍成君为皇后。

原来，宣帝继位后，霍光的夫人霍显又开始打起了主意，想故伎重演，把她的宝贝女儿霍成君送入宫中，成为皇后。这是她的一个心结。

这天，霍显见到丈夫霍光的心情还不错，就满脸堆笑地说道：“从前故昌邑王来长安时，就曾提议将成君许给他做夫人，不知夫君还记得吗？”霍光听了后，答道：“成君没有做成故昌邑王的夫人，是她的运气。你还提这个干什么？”

霍显笑道：“成君是有福之人。你看她出落得愈发水嫩。如今的皇帝年少贤明，将军也很是看重。如果把女儿成君许给他，将来成为皇后，我们霍家不就能永远兴盛下去了吗？”

霍光听了夫人霍显的话，心想：我那外孙女虽为皇太后，但是太没有主见，难以对陛下产生影响。假如女儿成君嫁给了宣帝，那么自己就是国丈的身份，以后成君要是能再生下个皇太子，那么霍氏家族就安稳了。

想到这些，霍光点了点头，对霍显说道："你说得有道理，但这件事你不要插手，由我来安排。"

于是，霍光有意无意中向一些大臣透露了自己的想法。

上有所好，下必甚焉。霍光的心思既然被朝臣知道了，那么就有人愿意为他出头。不几日，便有大臣上奏，从武帝对霍光的托付说到霍光为人臣之典范，再说到皇帝如今刚刚即位，应该册立一位能母仪天下的皇后，以安抚天下百姓。而最合适的人选，就是那位人臣典范霍光的女儿霍成君了。

这份奏书很快就被送到了宣帝的手上。本来作为大臣来说，不应该过多地关心后宫之事，只是所有人都知道，这些大臣的奏章代表的不仅仅是他们自己的意思，更是代表着霍光，以及霍氏家族的要求。

宣帝又何尝不知呢？看到奏章后，宣帝默想了许久，依然没有下定主意。宣帝自幼生长于民间，加上爷爷刘据曾经被认为是反贼，因此他也被牵连，很长时间都只是一介庶民。由于朝中的种种变故，因缘际会之下，他才当上了这个皇帝，而且他当上皇帝也并非是靠自己的才能，更多的是靠着霍光将他从诸多刘氏宗室中选了出来。要是自己不听话，那个故昌邑王刘贺的昨天，将是自己的明天。

在宣帝心中，他虽然畏惧霍光、敬重霍光，但是绝不甘心永远屈从于霍光。他知道，自己最大的资本就是年轻。

霍光如今六十有余，还有几年可活？自己只需等待，时间便是自己最大的武器。自己只需要满足霍氏家族一时的要求，日后等霍光死了，天下迟早还是自己的。

然而，宣帝拿着朝臣奏请立霍光的女儿霍成君为皇后的奏章的手却在颤抖。虽说他从小历经生死磨砺，十分聪慧，利害关系早已看得一清二楚，可是他却迟迟不能做出决定。因为许平君与他是患难之交，嫁给自己多年，不仅给自己生了个儿子，而且夫妻二人关系融洽，相敬如宾。这样的爱情、亲情怎能因为霍光而一笔勾销呢？自己若是真的按照奏章所请去做，岂不是成为了一个薄情寡义之人？就算自己昧着良心立了霍光的女儿为皇后，那天下的百姓会怎么看待自己？日后自己在朝廷，还怎么树立威信？

不能，霍光的这个请求，自己绝不能答应！但是，又必须避免因此而激怒霍光。

次日上朝，又有大臣进言道："陛下即位已经多日，陛下是天子，如同百姓之父，但天下也需要百姓之母，希望陛下能尽快选出合适的皇后人选，以安朝臣和天下百姓之心。"

宣帝没有立刻做出答复。他看了一眼霍光。霍光伫在一旁，目不斜视，没有任何表情，也未有任何举动。

宣帝深吸一口气，缓缓说道："朕以前周游各地，随身常带一把佩剑，可惜这把剑无意中遗失了，不知所终。朕希望你们能为朕找到这把佩剑。"

有大臣问道："陛下这把宝剑可有什么特征吗？"

宣帝说道:"只是一把寻常铁剑,只是这把剑跟随朕许多年,朕实在不舍得将它舍弃。希望诸位能够实现朕的心愿,将这把剑找还给我。要是有人能找到,朕一定会重重地赏赐。"

说完这席话,宣帝不露痕迹地瞄了一眼霍光。只见霍光依然没有任何表情,似是此事与他没有任何关系一般。

霍光虽然不动声色,但他怎么会不明白宣帝的意思呢?宣帝分明是在顾左右而言他呀!寻常铁剑寻常铁剑,纵然是寻常铁剑,可伴随身边多年,这位皇帝尚且想将它寻回,何况是一个人,是一个相伴多年的伴侣呢?显然,宣帝已经委婉地表明了自己的态度,那就是绝不抛弃糟糠之妻,一定要立许平君为皇后。

霍光面无表情地扫视着殿中的群臣。只见有的大臣迷惑不解,有的大臣若有所思,有的则是看上去已经明白了皇帝的意思。霍光此时内心也很矛盾。他对这位年轻的皇帝评价颇高,寄予厚望。这位皇帝绝非不懂察言观色之人,也绝非是野心勃勃想挑战自己。那么他又是为何要说出这么一席话呢?

霍光转瞬间便想通了。他只是不肯抛弃糟糠之妻,甚至为此不惜站自己的在对立面上。霍光内心发出一声叹息,自己已经是六十多岁的老人了,遵从当初先孝武皇帝的遗诏,当这个辅政大臣,已经有十余年了。可惜先孝昭皇帝早逝,刘贺又不堪用,刘氏宗室内其他王侯皆不能托付社稷。只有这位年轻的皇帝，能让自己放心。自己只需要辅助他、教导他，以后他定然能成为贤明的君主。自己已经六十多岁，还有什么功利好图的呢？只希望自己能不辜负先孝武皇帝的嘱咐，不辜负自己当初为了汉室的初心。立后一事既然进展到如今这一步，不如干脆送个人情给这位皇帝，也希望他能信服自己，不要和自己针锋相对。

想通了这一节，霍光便出班说道："臣听说，婕妤许氏为人谦和，待人友善，陛下可考虑将她立为皇后，以励天下百姓。"

宣帝怔怔地看了霍光许久，说不出话来。他简直不敢相信这是霍光说出的话，不由得问道："大将军的意思是——"他拖着长音，不知道该如何接着往下说，只是愣愣地看着霍光。

此时，朝中大臣们也一个个迷惑不解。他们听说霍光想将女儿霍成君嫁给皇帝，可如今霍光却主动提议，立皇帝的发妻为皇后，那究竟是为何呢？

霍光为了表明自己的态度，又朗声说道："臣认为陛下原配夫人许氏，温良恭俭，堪为表率，宜立为皇后。"

见霍光说得如此明白，当即便有数位大臣不及多想就随着霍光的意思进言道："请陛下立许婕妤为后。"唯恐没有跟上霍光的节奏。之后，又有许多大臣上奏，纷纷请立许平君为皇后。

公元前 74 年十一月，许平君被宣帝册封为皇后。宣帝还想按照从前惯例，封皇后的父亲许广汉为侯。没想到这一次霍光却不同意，说许广汉受过宫刑，不能封侯。宣帝立即明白了霍光的意思，霍光是在借一个正当理由敲打自己，提醒自己不可太过放肆。

虽然按照自己的希望，许平君被立为了皇后，但那并非因为自己是皇帝，而是靠着霍光发话才得以实现的，要是自己以为翅膀硬了，能够不听霍光的话为所欲为，那就是自寻死路了。宣帝自小生活在底层，是个明白事理知道进退的人。他见霍光表了态，于是也就不再坚持。从此之后，宣帝更加谨慎行事，处处敬重霍光，事事听从霍光的意见。

宣帝登基的第二年，即公元前 73 年。新年刚过，宣帝即对帮助他当上皇帝的有功之臣厚加封赏。霍光被加封了一万七千户食邑，张安世被加封了一万户食邑，此外还有五位大臣被封侯，其他许多大臣被增封食邑。

封赏之时，霍光向宣帝请求还政，然而宣帝却未同意。宣帝清楚地知道，这只是霍光做出的一个姿态，以示自己没有野心。如果自己贸然应允霍光的提议，弄不好将无法收拾局面。宣帝于是谦让再三，仍继续委霍光以大任，并下令朝廷的任何事情都须先禀报霍光，再呈报给自己。

从此，霍光每次朝见宣帝，宣帝都对霍光十分谦恭有礼。

霍家增封一万七千户食邑，比他们之前的总和还多得多，然而霍显却一点也高兴不起来。当她得知许平君被立为皇后的消息时，差点就将一口鲜血喷出来了。霍显绝不甘心自己的女儿不是皇后。只是，自霍光废黜刘贺后，霍显发现他整个人变了，连自己的温存也不理不睬。一天晚上，霍显见丈夫在桌前喝茶，便假装不知情，询问起后宫之事："听说最近许婕妤立为了皇后……"

刚说到这里，霍光就知道了她的意思，便不客气地打断了霍显的话，说道："你不懂朝中政事，不要去操心。朝中的事情远比你想得复杂。我自会处理好。"霍显听到丈夫口气不善，不敢再问，只能暂时放下。

过了不短的时间，霍显越想越生气。在她看来，丈夫说话连皇帝都得听，他就是一个管着皇帝的皇帝。自己女儿如此貌美乖巧，当皇后理所当然，不想现在反倒被一个平民女子占了那高位。这点小事丈夫都不能摆平，真的是老了。霍显由责怪丈夫霍光转而仇恨许皇后，恨不得许皇后立即死去，好让女儿霍成君上位。霍显在这种仇与恨的纠结中，吃睡不香。

一年后，即公元前72年，许皇后再次怀孕，即将分娩。这消息传到霍显的耳朵里，让她更加焦躁不安：此时许平君已经育有一子，要是再生一个，那皇帝会更加宠爱她，自己女儿离皇后之位就越来越远了。

正当霍显觉得希望渺茫的时候，一位女子的到来，让霍显仿佛看到了一线曙光。

这女子叫淳于衍，是一位宫廷女医，经常给达官贵人看病，和霍显关系极好。淳于衍因为精通医理，此次被征召入宫，侍奉即将分娩的许皇后。她的丈夫淳于赏也在宫廷中当差，负责守卫宫门。在淳于衍即将入宫时，淳于赏对她说道："此次你入宫前，去与霍夫人辞行，趁此机会向她请求，托她的关系，把我调到安池监的差事上。你和霍夫人交好，只要霍夫人肯在大将军面前为我说话，一定可行。"安池是山西的一个盐池，安池监就是负责这里食盐的官，显然是个肥差。

霍显听到淳于衍的请求后，心中暗喜。她亲昵地说道："你我情同姐妹，怎么不早点告诉我呢？"说完，霍显把淳于衍请到里室，反身把门给栓上了。

淳于衍见今天霍显的神色与往日大不相同，一颗心不禁怦怦地乱跳起来。只听霍显又说道："此次你进宫，确定是服侍许皇后？"淳于衍局促地回答道："是的。"

霍显说："这么说来，你丈夫的事情就很好办了，只是你要帮我做一件事情。"

淳于衍很是不解，说道："夫人，天下事哪有您做不了的，还需要我做？"

霍显摇摇头，诡异地笑道："这事只有你才能做到。"

淳于衍十分急切地想为丈夫谋官，于是说道："只要夫人吩咐，我一定效命。"

霍显低下头，贴近淳于衍，低声说出一件事来，吓得淳于衍险些瘫倒在地。

淳于衍傻愣了半天，才轻声说道："陪侍皇后的医生不止我一位，而且给皇后服的药需要医官先尝，我无法下手啊！"淳于衍道出难处，只盼着霍显能够改变主意。

霍显见淳于衍犹豫不决，就说道："那就要看你的了。你夫君能不能做安池监，也就看你的了！"

淳于衍在霍显的一诱一恐之下，没了主见。她想到霍显的阴毒、霍光的权倾天下和丈夫的处境，最后一咬牙，狠狠地说道："我愿尽力。"

淳于衍回去之后，将附子捣碎，藏入衣袋，进宫去了。不久，许皇后临盆，生下了一个女儿，虽然她产后体虚，但姑且还算是母女平安。见此情况，御医们决定拟一个药方，给许皇后进补。淳于衍趁人不备，将附子混入药中，让许皇后咽了下去。

许皇后吃了药后，感觉天旋地转，便说道："我怎么头晕得厉害，这是何故？莫不是汤药里面有毒不成？"

淳于衍一惊，立刻让自己平静下来，答道："皇后宁安勿躁，你体虚，歇息一会儿就会好的。"然而，许皇后却愈加气促，话都说不出来，大喘一阵后，突然四肢僵硬。

等到其他御医围上来抢救时，却已回天乏术了。


　　许平君身为皇后，却为人谦逊，在大臣们那里也赢得了颇多好感。于是有大臣呈奏章给宣帝，说皇后突然去世，乃是众医官无能所致，应该从严惩治。宣帝本就悲痛欲绝，见到这个奏章，立刻下旨将所有涉事的御医抓了起来。

　　霍光回到家中，说起了宫中许皇后身亡、众医官被抓的事情。听到丈夫带来的这个消息，霍显顿时傻眼了。她没想到此事会闹出如此大的动静。霍显心想，若是淳于衍熬不过审讯而供出了自己，那自己岂不是要给许平君陪葬去了？

　　霍显惊恐不已，她思前想后，只有将这件事情和盘托出。这女人十分清楚，这时候只有霍光才能救她。

　　霍光听了妻子霍显的话，半晌不语。仿佛晴天霹雳一般，他的脑袋里炸开了一个巨大的轰雷。他真想狠狠地给霍显一个大巴掌，但却只是挥挥手让霍显离开。

　　霍显离开后，霍光独自一人踱步到院中。他不断地自问，自己几十年如一日尽心尽忠，一心只为了汉室社稷，从未出过什么大错，为何晚年却要遭遇如此劫数？

　　霍光在庭院中踱了许久许久，本欲下定决心，向宣帝揭发霍显，大义灭亲，然而在真的准备去做的时候，他却犹豫了。这是霍光人生中不多的几次犹豫。他知道，霍显做的这事要是公布于众，要完蛋的可不只是她一个人，自己以及整个霍氏家族都可能因此而倾覆。就算是宣帝看在自己的分儿上大发慈悲，只追究霍显一人，但自己和整个家族多年积累起来的名声和威望，就将一落千丈。霍光面对夜色，权衡良久，终究还是没有勇气踏出这一步。

第二天，霍光找到负责此案的官员，暗示要低调处理此案。这些官员都是由霍光提拔上来的，自然是心领神会。之后，霍光又觐见宣帝，说许皇后薨，是命数之注定，要是把这一众御医一起治罪，恐怕一来有失皇上的仁慈，二来许皇后为人善良，这也不是她所希望看到的。宣帝见霍光竟然为了此事出面，虽然心生疑窦，却也只好强忍悲痛，下诏赦免了众御医，将许平君下葬。

这事件平息之后，霍光仿佛老了许多。霍光觉得自己的精气神在一点点地流逝，反应也渐渐变得迟缓了起来。霍光思忖，自己恐怕时日无多。他遍览朝廷，看到在自己的指引下，宣帝能够勤奋治国，处事明达。虽然自己当初是受先孝武皇帝之托，辅佐刘弗陵，然而造化弄人，刘弗陵早逝，这份心愿终究未能达成。不过让霍光稍感欣慰的是，这汉室的江山，终于还是能够稳妥地交给一位放心的继承者，也不枉自己穷尽一生的操持。经过许皇后死亡的冲击，霍光渐渐开始主动地退出朝廷的权力中心，有意将朝政交还给宣帝手中。宣帝虽然察觉到了霍光的交权举动，却依然对霍光以礼相待，没有接受霍光的交权举动。

数月后，见许平君之死的事情已经平息，满心想让女儿做皇后的霍显又跟霍光提议，将霍成君送入宫中。这一次，她的目的达成了。在朝廷一干大臣的劝说下，宣帝将霍成君纳为夫人。宣帝虽然追忆许平君，然而霍成君生得娇媚百态、如花似玉，很快就搏得了宣帝的宠幸。

公元前70年三月，霍成君被册封为皇后。霍显多年的谋划终于达成。霍家借着霍成君为皇后，在朝中更加荣贵。

然而，这一切只不过是霍氏家族覆灭前最后的狂欢。霍光和霍氏家族以及依附着它的所有人都没有想到，从顶峰到深渊竟来得如此之快。


公元前68年春，霍光在辅政昭帝刘弗陵、废帝刘贺、宣帝刘询前后三任皇帝一共十九年后，终于病倒了。霍光清楚地知道，这一次委实是归期将至了。

知道霍光患病不起，宣帝亲自来到霍光床前问候。却见几年前还年富力强，甚至可以称得上是英气勃勃的美男子霍光，如今却面容枯槁，不禁伤感万分，垂泪而泣。

霍光见宣帝痛哭流涕，十分感动，缓缓地说道："陛下不要伤感,臣霍光抱憾不能再辅佐陛下,心中十分惭愧。"

宣帝叹了口气说道："大将军怎能这么说，朕还需要你辅佐呢。"

霍光答道："臣只愿看到汉室江山繁荣兴盛，然而臣自知已经时日无多，只是还有些心愿未了，希望陛下能够恩准。"

说完，霍光眼光看着旁人。宣帝明白他的意思，挥手让其他人退下。见只有自己和宣帝二人，霍光才说道："臣的家人有些愚钝，希望陛下多加照顾，这样臣也就放心了。"宣帝点头默许。

宣帝回宫后，霍光托家人写了一份谢恩书，呈送到宫中。说愿分出食邑三千户，交给兄长霍去病的孙子，现在的奉车都尉霍山。宣帝毫不犹豫，当日便将书信交给丞相、御史大夫商议办理，并封了霍光的儿子霍禹为右将军。

公元前68年三月，在汉朝的政治中心主政近二十年的四朝元老霍光去世。宣帝亲来祭奠，以示尊宠。宣帝下诏，赐霍光金缕玉衣，以帝王礼仪，将霍光葬于皇家陵园——茂陵，赐谥号为宣成侯。墓前设园邑三百户，派兵看守陵墓。对霍氏家族尚在朝中任职的官员，宣帝也是封赏颇丰。

然而，霍光死后，霍氏家族依然恃宠而骄，日益狂傲。仗着霍成君是皇后，身为大司马的霍禹常因醉酒而懒于上朝。霍氏族人不守礼节、荒淫无度，霍光在的时候，尚能镇住他们、管教他们；霍光死后，没了拘束，霍氏家族变得越来越嚣张。霍光既已去世，霍家自然由霍显说了算。她为所欲为，不仅把霍光墓地私下扩大了许多，还公然跟霍光的门客冯子陵姘居，成双成对地招摇在长安街头。

公元前67年，宣帝将长子刘奭封为太子。霍显知道后，当即吐血，十分嫉恨，便授意身为皇后的女儿霍成君伺机毒死太子。可是太子刘奭被保护得十分周密，任何他进口的东西，都需侍卫先试尝，因此霍皇后一直无法得手。

宣帝本欲按着霍光的愿望，善待霍家，即使霍家专横跋扈，也一而再再而三地加以容忍。然而长安城中渐渐流传出霍显命人毒死许皇后的传言。宣帝本不相信，可是觉察到霍皇后对太子也有多次可疑的举动后，就渐渐起了疑心。加上霍氏家族日益触犯皇权的底线，他们的劣迹被朝中大臣和民间百姓所不齿。至此，宣帝终于痛下决心，要将霍氏家族彻底从政治舞台上除去，以绝祸患。

霍光死后，宣帝开始亲理朝政。表面上他继续封赏霍光的子孙，让其享受荣华富贵。实际上却迅速架空了霍氏集团的官员，收归了兵权。他将自己提拔的官员陆续安排到重要的位置上。通过一系列措施，霍家的实权被剥夺殆尽。宣帝则逐渐把朝政权力悉数收归到自己手中。

面对权力的丧失，霍氏家族惶恐不安。而雪上加霜的是，霍光死后两年，即公元前66年，霍显毒杀许平君皇后的内情被揭露了出来。惶惶不可终日的霍显狗急跳墙，鼓动儿子霍禹、女婿任胜等人造反。霍显纠集霍氏族人试图再次上演霍光废刘贺的大戏，策划以上官皇太后的名义废黜宣帝，让霍禹称帝的造反行动。然而霍显的计划还没来得及实施，便被人告发。于是，早有防备的宣帝得以名正言顺地将霍氏家族剿灭。霍皇后也随后被废，最终自杀。

长安城中有数千家人被霍氏家族谋反案牵连而遭族灭。

自此，宣帝终于成为了大汉帝国真正的主人。

不过，霍家覆灭后，宣帝并未抹去霍光的功绩。宣帝晚年在评价辅佐汉室的有功之臣时，令人画了十一名功臣的画像于麒麟阁以示纪念和赞扬，即历史上著名的麒麟阁十一功臣，霍光位列第一。


霍光自十五岁由兄长霍去病带入宫中，侍奉汉武帝三十余年，期间未曾犯一次错误，因而汉武帝最终托孤于他。汉昭帝时，霍光忠于汉室，辅佐年幼皇帝历经艰险，平定内忧外患，辅政十四年尽忠尽责。昭帝早崩，霍光主持大局，以社稷为重，立废皇帝，以延续汉室，终寻得能继承大统之人，立刘询为帝。汉宣帝时期，霍光执政多年后，终能将大好江山交还汉室。这些功绩，足与历代贤相媲美。

只可惜，霍光晚年对妻与子未能严加管束，念于亲情和个人名利得失，以至于死后仅两三年，霍家即遭族灭。细细咀嚼这段历史和霍光其人，确实令人感慨，发人深思。


霍光从政为人的经验教训对后世的人们有哪些启迪呢？请看最后一章：青史有争——隐形天子霍光。

# 第十章
## 青史有争——隐形天子霍光

前文说到，霍光辅政后，作为首辅前后执掌朝政十九年，兢兢业业，被宣帝封为麒麟阁十一功臣之首，功绩可谓彪炳日月，足以与历代贤相名臣相媲美。但霍光死后不久，霍氏家族即遭族灭。其原因何在？与霍光有何关联？他人生光彩夺目的背后，有哪些瑕疵值得我们辨析并汲取教训的呢？

我们先将霍光与历代几位名相比较一下。

霍光之所以能够废刘贺，效仿的是中国历史上商朝"伊尹放逐太甲"的典故。

伊尹号称中国历史第一贤相。大概没有人想到，伊尹居然是奴隶出身。这个生下来就是奴隶的人在商汤家的厨房烧菜做饭，但他可不甘心一辈子如此。为了显示自己的才能，引起商汤的注意，伊尹在做菜上动起了脑筋。他有时把菜做得非常可口，有时却故意做得很咸，有时又做得很淡，惹得商汤来找他问话。伊尹就利用商汤找他问话的机会，与商汤对话说道："菜不能太咸，也不宜太淡，只有恰到好处，才有味道。治理国家也一样，既不能操之过急，也不可松弛懈怠，恰到好处，方能万事大吉。"伊尹的这番话果然打动了商汤，他觉得这个奴隶不简单，于是赐他为庶民，有事就跟他讨论商量。

经过一段时间的观察和接触，商汤见识到了伊尹的经国济世之才，就拜他为丞相。后来，伊尹帮助商汤灭了夏朝，建立起商朝。商汤死后，伊尹继续辅佐第二代君王，国家管理得很好。第二代君王死后，商汤的孙子太甲继位。太甲帝上位后，前两年还对伊尹比较尊重，言听计从，国家安泰。然而到了第三年，太甲帝就忘乎所以了，认为自己是一国之君，一切应服从于他，开始任性跋扈，将朝廷礼制弃置一旁，把国家搞得一塌糊涂。伊尹一再规劝，后见太甲帝毫无收敛之意，在不得已的情况下将太甲放逐到他爷爷商汤下葬的桐宫，要他早晚面对祖父的陵墓，聆听守墓老人讲述商汤创业的艰辛和治国的勤勉，感化教育太甲。三年后，这个年轻的君主终于悔过自新。于是，伊尹亲自带领文武百官将太甲迎回首都亳城，并郑重地将政权交还给他。从此，太甲接受教训，把天下治理得井井有条。

霍光的经历与伊尹有些类似。他随侍武帝三十年，辅佐昭帝十四年。昭帝驾崩后，霍光把刘贺扶上皇位。面对年轻而又任性的刘贺，霍光效仿伊尹的做法，将刘贺放逐到他父亲刘髆下葬地昌邑为庶民，实际上是幽禁在老家。霍光只是学到了伊尹放逐太甲的表象，并没有学到精髓：教育感化年轻的君王，让他成长、成熟，重新担当大任。

霍光在立废刘贺的问题上，缺乏伊尹的政治远见，也缺少杰出政治家应有的大度和自信，他纯粹是把刘贺当作他执政朝廷、统治国家棋盘中的一颗棋子。霍光死后不久，霍氏家族即被霍光自己扶上皇位的汉宣帝刘询所剿灭，更加说明了霍光的短视。

再来看看大汉朝开国丞相萧何，就是那个在月亮下面追韩信的萧何。他是在刘邦刚举义旗造反时就成了刘邦的副手，后来帮助刘邦打下了大汉江山的人。

当年萧何在沛县当吏掾，也就是个打杂的秘书，主要管官员的进进出出。但萧何是个热心肠，喜好结交朋友，三教九流，只要投机，无不接纳。刘邦当时是个小小亭长，颇不安分，经常惹事，萧何多次保护他，并常在一起饮酒狂欢，两人结下酒肉缘。后来天下大乱，刘邦在沛县起事，萧何以一篇激动人心的檄文鼓动沛县人民杀了县令，让刘邦当上了县令，于是大家都管刘邦叫沛公。刘邦一当上县令，即一把抓住萧何宣布他为县丞，成了刘邦的副手。刘邦心里清楚，干具体的事情，自己可不行，得靠萧何这些哥儿们。刘邦别的本事没有，就是会用人。他就靠这点本事赢得了天下。

在后来与项羽争天下的楚汉战争中，萧何开发巴蜀，镇抚关中，支援前线，历经艰险，终于帮助刘邦打败了强大的楚霸王项羽，开创了大汉王朝。

刘邦称帝后，大宴群臣，论功行赏。刘邦发自肺腑地说道："运筹于帷幄之中，决胜于千里之外，我不如张良；镇国家、抚百姓、供军需、给粮饷，我不如萧何；指挥百万大军，战必胜，攻必克，我不如韩信。这三个人都是真干将，我生平不善带兵，只擅长将将，我拥有了他们这些干将，所以能够得天下。我今日得到天下，张良、萧何、韩信功勋绝伟。而当年我看不上韩信，气跑了他，是萧何给追回来的，因此，他的功劳又加一等，所以要论功劳，萧何最大。"

于是刘邦定萧何为首功，封为郿侯，食邑八千户。诸侯分封完毕，便开始排位次。群臣都说："平阳侯曹参身受七十余处战伤，攻城略地，功劳最多，应排第一。"

刘邦已经重封了萧何，对排位次的事不好再说什么，不过他心里仍然认为萧何应该排在第一位。这时，关内侯鄂秋说道："楚汉相争，陛下多次全军溃败，多亏萧何从关中派出军队接应陛下。军粮也全靠萧何由关中供应。这是创立汉家天下的万世之功，怎能把那些一时的战功列在万世之功的前面呢？我认为萧何应排第一，曹参第二。"

这番议论正合刘邦心意。于是，萧何又位列第一，并准许他穿靴带剑上殿。

如此恩宠，萧何也一度非常得意。但不久，他却把自己的万贯财产捐给了国家以作军用。

萧何为什么会这么做呢？

原来，大汉朝初建，不少诸侯王心里不服，纷纷谋反。大将陈豨拥兵而首先谋反，刘邦大怒，亲自平叛。而韩信又在关中谋反，被吕后、萧何用计诛杀。刘邦听到韩信被杀的消息时正在外平叛，他专门派使回京拜萧何为相国，加封五千户，并派五百人的卫队来到丞相府保护萧何。

萧何很是高兴，在府中大摆酒宴，开怀畅饮。萧何正在得意之时，突然前朝东陵侯召平穿着一身白衣进来吊丧。萧何很不高兴。召平却脸不变色地对萧何说："相国，你大祸临头，却还在这里饮酒狂欢。皇上在外征战，而你留守京城。你没有汗马功劳，皇上却给你加封，现在还给你设置卫队，这是由于淮阴侯谋反，因而也怀疑上你了。安排卫队保卫你，这可不是对您的爱护，而是防范你啊。"

萧何一听，惊出一身冷汗。萧何于是对召平说道："那我该怎么办呢？"

召平说："你只有把私家财产捐给军用，才能消除皇上对你的疑心。"

萧何听从了召平的劝告，不仅没有接受五千户的封赏，还把自己的家产捐作军用。刘邦果然很高兴。

如此有大功于大汉帝国的萧何，处事也得如此小心收敛。

而霍光得意时是怎样的呢？他与宣帝同车，宣帝如芒刺在背。霍光不仅不惊觉，内心恐怕还有不小的得意："连皇帝对我都如此畏惧，那还有谁能撼动我呢？"却不知灭顶之灾常萌于忘形。后来霍氏被族灭，民间就有说法道出了缘由："威震主者不畜，霍氏之祸萌于骖乘。"

萧何和霍光两人的生平还有一个场景很是相像。

萧何病重，汉惠帝亲临探视，问他百岁之后，谁能接替他。萧何说："知臣莫如主。"

惠帝明白萧何的心意，就说道："曹参怎么样啊？"

萧何叩头说："陛下英明，我死而无憾了！"

霍光病重，汉宣帝亲临探视，霍光却写了一份谢恩书，愿以分出食邑三千户作为交换，封兄长霍去病的孙子、奉车都尉霍山为列侯。宣帝毫不犹豫，当日便将书信交给丞相、御史大夫商议办理，并封霍光的儿子霍禹为右将军。

两位汉朝泰斗级丞相的品性高下由此可见。

萧何生前置买田产宅地专找穷僻之处，住宅不建围墙，并要求后代也要像他一样节俭。萧何死后，长子继承侯位，长子死后无子，高皇后便封他妻子为侯。直到宣帝时，还下诏求问其后人，封其玄孙萧建世为侯。可见，历代皇朝对萧何家族的厚待。而霍光死后两年，霍氏家族即遭族灭，其下场实在可悲。

还有一位名臣的经历跟霍光也十分相似，那就是明代也当过首辅的张居正。霍光从辅佐八岁的汉昭帝开始，执掌朝政十九年。张居正从辅佐九岁的万历帝开始，执掌朝政十年。两人都是临危受命，成为首辅大臣后，他们都以铁的手腕，排除万难，将一个衰颓的王朝，重新振兴。

明朝不设丞相，朱元璋为了加强集权统治，废除了丞相制，而代之以内阁制。这看上去是分散了丞相的权力，实际上，内阁首辅即相当于丞相。而如果这位首辅又是皇帝的老师、大学士，那就更是一人之下万人之上了，连皇帝也得听他的。张居正就是明代万历朝的大学士、内阁首辅。

张居正出生于江陵一个书香门第，自幼聪慧，很有个性。明王朝到了明神宗时，经过两百多年的风风雨雨，已是百病丛生，危机四伏。这时，荣登内阁首辅、辅佐九岁小皇帝的大学士张居正挺身而出，他以非凡的智慧、铁的手腕，整饬朝纲、巩固国防，进行税制改革，使奄奄一息的明王朝重新振作，焕发了生机。张居正推行的"一条鞭法"是中国税赋制度史上继唐代两税法后的又一次重大改革。它简化了赋役的项目和征收手续，使赋役合并为一，"摊丁入亩"。张居正以他的智谋和经恒之久的手段，改变了当时极端混乱、严重不均的赋役制度，减轻了农民的赋役负担，限制了官吏、豪门、大地主舞弊，使明朝的财政状况有了根本的好转。

明代中叶，随着土地兼并的发展和吏治的腐败，地主豪强和地方官府互相勾结，大量隐瞒土地，逃避赋税，使朝廷的赋税大量流失。崛起于民间的张居正清楚地看到了这一点，责成户部尚书张学颜主持清丈，对庄田、民田、职田、荡地、牧地全部进行丈量。所丈量的土地，除皇上赐田外，一律按地办纳粮差，不准优免。由于清丈田亩触及了官僚、贵族、豪强地主的利益，所以遭到了他们的抵制和反抗。有些地方官在清丈田亩时很不认真、很不得力，有的甚至公开庇护豪强，迟迟打不开清丈局面。对此，张居正规定，地方官征赋不足九成者，一律处罚。地方官因此而受降级处分和受革职处分的有多名。这使惧于降罚的各级官员不敢懈怠，督责户主们把当年税粮完纳。由此改变了拖欠税粮的状况，使国库日益充裕。考成法对整顿田赋、增加国家财政收入起了很大作用。

除了增加国家和民众的收入，张居正还倡导厉行节约。万历七年，万历帝向户部索求十万金，以备光禄寺御膳之用。张居正知道后，上疏据理力争，言明户部收支已经入不敷用，非常吃紧，"目前支持已觉费力，脱一旦有四方水旱之灾，疆场意外之变，何以给之？"他要求万历帝朱翊钧节省"一切无益之费"。结果，不仅免除了这十万两银子的开支，连宫中的上元节灯火、花灯费也免除了。在张居正的力争下，停止重修慈庆、慈宁二宫及武英殿，停输钱内库供赏，节省服御费用，减苏松应天织造等，使皇室的

奢侈行为大大收敛。甚至因为害怕浪费灯烛，张居正将万
历安排在晚上的课程改到了白天。纂修先皇实录，例得赐
宴一次。张居正参加纂修穆宗实录，提出辞免赐宴。他说：
"一宴之资，动之数百金，省此一事，亦未必非节财之道。"

正是由于张居正的大力改革和厉行节约，使明帝国在
他执掌朝政的十年里，国库存积银两达一千二百五十万两。

张居正称得上是为国为民殚精竭虑，五十七岁即溘
然早逝。他逝世后，万历帝下诏罢朝数日，追封他为上柱国，
赐谥文忠。然而，没过几个月，万历帝就态度大变，在反
对改革的官僚和贵族唆使下，他下诏收回张居正的上柱国
封号和文忠赐谥，并下令查抄张宅，没收所有财产。


伊尹、萧何、张居正这三位历史上的名相，生前的经历、
作为皆与霍光相似，但死后下场与霍光也相似的只有张居
正。可以说，霍光与张居正两人都为国为民做出了卓绝的
贡献。但在执掌朝政的过程中，两人与伊尹和萧何不同，
未能及时放权收手，终招祸端，殃及家族后人。

张居正在万历帝成年后，见万历帝荒淫享乐，而自
己推行的改革大业，阻力重重，他只有逆水行舟，独撑政
局。张居正并不是不识时务，而是明知不可为而为之。而
霍光在昭帝成年时，本来应该将朝政大权移交给这位十四
岁即能识破上官桀阴谋的圣明天子，但却因恋栈权位而迟
迟不肯还政于帝。宣帝十八岁登基后，这位在刀锋上长大

313

的布衣天子，坚毅深沉，这时候已经非常成熟，霍光不在此时隐退，仍然沉迷于权力中醉心于做他的隐形天子，两次退二线的机会霍光都只是表个姿态，作戏而已。霍光始终是在权力的泥沼中执迷不悟，最终给自己的家族后人埋下了祸根。

霍光在历史上的不足还与他续娶的女人霍显和以他为靠山的家族人等有关。霍光对枕边人和身边人的管理是很成问题的。当得知老婆霍显毒死宣帝的正室妻子许皇后时，霍光虑名利、徇私情竟然瞒案不报、压案不查，见宣帝下令追查会危及到自己的名誉和权位，便跑去对宣帝说了一通瞎话，包庇了事。

霍光还按照老婆霍显的想法把自己的女儿许配给宣帝，立为皇后。有其母，必有其女。霍皇后后来也差点干出下毒谋害太子的勾当。霍光死后，在宣帝一步一步地将朝政大权收归己手的紧逼之下，霍显这女人居然不自量力想要策动宫廷政变，把刘家天下变为霍家天下。到了这一步，宣帝也是无法再容忍了，霍氏最终被族灭，顺理成章。

霍氏被族灭，在一定程度上也可以说是因为霍光当初娶错了一个女人——霍显。

历代对霍光的评价不少。

严延年评道："光擅废立，亡人臣礼，不道。"

　　司马光说："霍光之辅汉室，可谓忠矣；然卒不能庇其宗，何也？夫威福者，人君之器也。人臣执之，久而不归，鲜不及矣。以孝昭之明，十四而知上官桀之诈，固可以亲政矣，况孝宣十九即位，聪明刚毅，知民疾苦，而光久专大柄，不知避去，多置亲党，充塞朝廷，使人主蓄愤于上，吏民积怨于下，切齿侧目，待时而发，其得免于身幸矣，况子孙以骄侈趣之哉！虽然，向使孝宣专以禄秩赏赐富其子孙，使之食大县，奉朝请，亦足以报盛德矣；乃复任之以政，授之以兵，及事丛衅积，更加裁夺，遂至怨惧以生邪谋，岂徒霍氏之自祸哉？亦孝宣酝酿以成之也。昔椒作乱于楚，庄王灭其族而赦箴尹克黄，以为子文无后，何以劝善。夫以显、禹、云、山之罪，虽应夷灭，而光之忠勋不可不祀；遂使家无噍类，孝宣亦少恩哉！"

　　苏轼从汉武帝知人善用的角度说："古之人，惟汉武帝号知人……至于霍光，先无尺寸之功，而才气术数，又非有以大过于群臣。而武帝擢之于稠人之中，付以天下后世之事。而霍光又有忘身一心，以辅幼主。处于废立之际，其举措甚闲而不乱。此其故何也？夫欲有所立于天下，击搏进取以求非常之功者，则必有卓然可见之才，而后可以有望于其成。至于捍社稷、托幼子，此其难者不在乎才，而在乎节，不在乎节，而在乎气。天下固有能办其事者矣，然才高而位重，则有侥幸之心，以一时之功，而易万世之患，故曰'不在乎才，而在乎节'。古之人有失之者，司马仲达是也。天下亦有忠义之士，可托以死生之间，而不忍负者矣。然狷介廉洁，不为不义，则轻死而无谋，能杀其身，而不能全其国，故曰'不在乎节，而在乎气。'古之人有失之者，晋荀息是也。夫霍光者，才不足而节气有余，此武帝之所为取也。"

蔡东藩说："光忠厚有余，而才智不足，诚哉其不学无术乎！""伊尹能使太甲之悔过，而霍光徒毅然废立，专制成事，其不如伊尹多矣！然以后世之莽操视之，则光犹有古大臣风，与跋扈者实属不同。善善从长，光其犹为社稷臣乎？"

班固说："霍光受襁褓之托，任汉室之寄，匡国家，安社稷，拥昭，立宣，虽周公、阿衡何以加此！然光不学亡术，闇于大理；阴妻邪谋，立女为后，湛溺盈溢之欲，以增颠覆之祸，死才三年，宗族诛夷，哀哉！"

我在写作此书稿的时候，脑中不停地翻转着霍光的形象。在写完全篇的时候，霍光的形象渐渐清晰：这是一个集"忠臣、能臣、功臣、权臣"于一身的"隐形天子"。说他是忠臣，霍光忠于汉武帝，他辅佐了昭帝、废帝、宣帝三任皇帝，完成了武帝托孤遗愿，始终没有取而代之，可谓忠心耿耿；说他是能臣，武帝死后，霍光以铁的手腕，对内平定叛乱、整理朝纲、发展经济、推动改革，对外缓和了与匈奴关系，使得民众得以真正休养生息，数年后，便把武帝晚年穷兵黩武导致的国力衰竭的局面给扭转过来，能力实在是非同一般；说他是功臣，霍光死后，宣帝尽管杀了霍氏全族，却依然将霍光放在麒麟阁十一功臣之首的位置，可见霍光对国家的贡献连诛他全族的宣帝也是相当认可，霍光也可谓是功高盖世；说他是权臣，霍光铁腕执政，铲除上官桀、桑弘羊等政敌，作为臣子操纵皇帝的立废，玩弄刘弗陵、刘贺、刘询前后三任皇帝于股掌之中，他不是"隐形天子"又是什么？

霍光从初进宫门的青葱少年，经过数十年的奋斗，最后成为"天下大事悉决于光"的隐形天子，他的一生经历了无数坎坷，也在历史上留下了无尽的争议。掩卷之余，怎不令人沉思？

图书在版编目(CIP)数据

隐形天子：霍光的前世今生 / 黎隆武著 . -- 南昌：
二十一世纪出版社集团 , 2017.1
ISBN 978-7-5568-2474-8

Ⅰ. ①隐… Ⅱ. ①黎… Ⅲ. ①长篇历史小说－中国－
当代 Ⅳ. ① I247.5

中国版本图书馆 CIP 数据核字 (2017) 第 001274 号

隐形天子——霍光的前世今生 / 黎隆武 著

| | |
|---|---|
| 总 策 划 | 朱 虹 |
| 编辑统筹 | 张秋林 |
| 责任编辑 | 李一意  谈炜萍  张 周  朱毅帆 |
| 特约编辑 | 陈文平  王雨婷 |
| 装帧设计 | 陈思达 |
| 出版发行 | 二十一世纪出版社集团有限公司（江西省南昌市子安路 75 号  330009） |
| | www.21cccc.com  cc21@163.net |
| 出 版 人 | 张秋林 |
| 经　　销 | 全国各地书店 |
| 印　　刷 | 江西华奥印务有限责任公司 |
| 版　　次 | 2017 年 1 月第 1 版  2017 年 1 月第 1 次印刷 |
| 印　　数 | 30000 册 |
| 开　　本 | 890×1230 1/32 |
| 印　　张 | 10 |
| 书　　号 | ISBN 978-7-5568-2474-8 |
| 定　　价 | 28.00元 |

赣版权登字 04-2017-99 版权所有，侵权必究